KB024836

소설

시그널 2

소설 시그널 2

1판 1쇄 펴냄 2017년 3월 2일
1판 3쇄 펴냄 2024년 1월 26일

극본 김은희 | **소설** 이인희

펴낸이 김경태 | **편집** 홍경화 양지하 한홍비
디자인 박정영 김재현 | **마케팅** 김진겸 유진선 강주영
펴낸곳 (주)출판사 클
출판등록 2012년 1월 5일 제311-2012-02호
주소 03385 서울시 은평구 연서로26길 25-6
전화 070-4176-4680 | 팩스 02-354-4680 | 이메일 bookkl@bookkl.com

ISBN 979-11-85502-63-2 03810

출판사 클의 책을
만나보세요.

소설

시그널 2

간 . 절 . 함 . 이 . . 보 . 내 . 온 . . 신 . 호

김은희 극본, 이인희 소설

차례

5 홍원동 연쇄살인사건 007

6 인주 여고생 성폭행사건 093

7 이재한 실종사건 185

5

홍원동 연쇄살인사건

"쉬잇. 소리 내면 안 돼. 그러면 혼나."

사력을 다해 소리를 질러봤지만 역부족인 수현은 점점 숨이 막혀왔다.

"조금만 기다려. 그럼 편하게 해줄게."

"박해영 경위님? 박해영 경위님?"

해영을 찾는 소리가 들렸다. 시계를 보니 11시 23분. 이재한 형사다.

그러나 해영은 무전기를 이미 파쇄된 종이 더미 안에 버렸다. 어디서 나는 소리일까. 따라 들어가니 어느 책상 서랍 안이었다. 무전기를 꺼내며 책상 위의 명패를 다시 한 번 확인했다. '광역1계장 안치수'. 도대체 왜 이 무전기가 안치수 계장의 서랍 안에 있는 건지 알 수 없어 당황한 해영은 무전기를 꺼내든 채 한동안 그 자리에 서 있었다.

"박해영."

그때 뒤에서 누군가 부르는 소리에 뒤돌아보니 안치수가 무표정한 얼굴로 화가 난 듯 서 있었다.

"이걸 왜 계장님이 갖고 계시죠? 이건….."

해영의 얼굴은 의심으로 가득 차 굳어 있었다. 복잡한 심정이 표정에 고스란히 드러났다.

"그게 뭐? 그게 네 거라도 돼?"

안치수는 예의 무표정함으로 대꾸했다.

"이 무전기가 누구 건지 알고 계신 것처럼 말씀하시네요."

안치수 계장이 이재한 형사를 알고 있었던 건가. 해영은 안치수의 대답을 기다렸다.

"알고 싶나? 이재한 형사 거였어."

"이게 이재한 형사님 무전기였다고요?"

놀란 해영이 되물었다.

"맞아. 이재한 형사가 부적처럼 끼고 다녔던 물건이야. 15년 전, 이재한 형사의 실종사건을 수사하던 감사관실 직원들이 이재한 차가 발견된 주변 야산을 수색하다가 발견했지. 지금까지 증거물실에 보관돼 있다가 보관기한이 지나서 폐기처분될 예정이었어. 그런데 그 무전기를 왜 네가 갖고 있었던 거지?"

"이 무전기를 제가 갖고 있었다는 걸 어떻게 아신 겁니까? 설마 절 감시라도 하신 거예요?"

해영의 의심은 커져갔다. 분명히 안치수에게 어떤 비밀이 있다는 것을 확신했다.

"내 질문에나 대답해. 너, 이재한 형사와 무슨 관계야? 무슨 관곈데 이재한 형사 뒤를 캐고 다니는 거야?"

"왜요? 제가 이재한 형사에 대해서 알고 싶어하면 안 됩니까? 아니면 이재한 형사의 실종에 대해 제가 알면 안 되는 비밀이라도 있는 건가요?"

갑자기 얼굴이 일그러진 안치수는 해영의 코앞에 얼굴을 대고 노려보며 말했다.

"이재한 형사 실종사건엔 비밀 같은 건 없어."

당장이라도 주먹이 날아올 것 같은 팽팽한 분위기에 대치하던 둘은 다른 형사들이 들어오자 그제야 긴장을 풀었다. 안치수는 해영에게만 들릴 만큼 작은 소리로 말했다.

"다시 한 번 내 책상 건드리면 그냥 안 넘어간다."

"제 물건은 제가 다시 가지고 가겠습니다."

무전기를 가지고 집으로 돌아온 해영은 책상에 앉아 생각에 잠겼다.

'그때, 무전기가 내게 들어온 게 정말 우연이었을까?'

해영은 무전기를 들고 한참을 바라보며 트럭 안에서 자신을 찾던 목소리를 기억했다. "박해영 경위님, 박해영 경위님." 한밤중 폐기물 더미 안 낡은 무전기에서 흘러나오던 자신의 이름.

'왜 11시 23분이지? 왜? 왜 하필 나였던 거야, 왜. 아까 안치수 계장은 이 무전기가 15년 전 실종된 이재한 형사님 차에서 발견된 것이라고 했다. 그렇다면… 그래, 이재한 형사님 실종사건, 그 안에 비밀이 숨겨져 있어. 왜 나인지, 왜 이 무전이 시작됐는지.'

해영은 지난번 감사관실에 부탁해 열람한, '진양서 강력계 이재한 경사 실종사건 수사 보고'라고 쓰여 있던 서류를 떠올렸다.

'2000년 8월 3일, 김윤정 유괴사건 수사 도중 상관의 출동지시 명령
에 불복하고 잠적'
'2000년 8월 10일. 이재한 경사 실종사건, 청문감사관실로 인계'
'서울 동부지역 불법장기밀매 조직원 김성범 검거 및 취조 도중, 진양
서 강력계 이재한 경사에게 정기적으로 상납금을 건넨 사실 진술'
'수사 도중 불법 장기밀매사건 외 13건의 수사를 축소 은폐한 대가로
총 2억1천만 원의 현금을 착복한 증거 발견'
'청문감사관실의 수사를 감지한 이재한 경사 도주 의혹'
'본인 소유의 자동차가 13번 국도변에 버려진 채 발견'
'8월 3일 이후 휴대전화, 신용카드 사용이 확인되지 않음'
'용의자 소재 불명'
'시효만료로 수사 종결'

해영은 실마리를 잡은 것 같았다.
'이재한 형사님은 비리 형사라는 누명을 쓰고 실종됐어. 이재한
형사님에게 누명을 씌우고 사건을 조작한 경찰 내부의 조력자. 그
사람을 찾아내면 이재한 형사님이 왜 어떻게 실종됐는지 밝혀낼 수
있어.'

사채업을 하며 나이트클럽을 운영하는 김성범은 여기저기서 폭

리를 취해 받은 돈뭉치를 꺼내놓고 장부에 기입하느라 정신없었다. 1995년 피라미드 사기로 20억이 넘는 돈을 해치운 그는 강연동 피라미드 사건의 유력한 용의자였으나 증거 부족으로 사건이 종결되어 아무 문제없이 지금까지 어둠의 세계에서 활개를 치며 살고 있었다.

"사장님, 퀵 왔는데요."

웨이터가 두고 간 서류봉투에는 '안치수'라고 적혀 있었다. 보자마자 한숨부터 내쉬며 봉투를 뜯었다. 종이가 한 장 나왔다.

'한성빌딩 뒤편 주차장. 4시. 휴대폰 사용하지 말 것. 이재한 사건 관련 지시사항 있음.'

메모를 본 김성범은 멈칫했다. 이제 와서 다시 이재한에 대한 지시사항이라니. 김성범은 장부 정리를 마저 하고 금고 안에 돈을 채워 넣었다. 그때 그 사건이 아니었다면 지금 이 돈뭉치가 든 금고는 자기 것이 아니었을 것이다. 그러니 다른 일도 아닌 이재한 형사와 관련된 일이라면 긴밀히 공조해야 했다.

"죽은 듯이 있으라고 할 땐 언제고 왜 또 사람을 오라 가라 지랄일까."

김성범은 귀찮았지만 안치수의 연락이었으므로 군말 없이 나갔다.

"오라면 오고 가라면 가고. 충성도가 꽤 높으시네요."

주차장에 나와 있는 건 안치수가 아니었다. 해영이 이재한 형사 실종사건 수사자료 속 발견한 이름의 주인을 찾아간 것이다. 기다리고 있던 해영이 김성범을 보며 능글맞게 웃었다. 김성범은 당혹감을 감추지 못했다. 해영이 이어 말했다.

"퀵 서비스 좋네. 옆으로도 안 새고 갈 사람한테 정확한 시간에 도착하고."

당황한 김성범은 침착하려고 애쓰며 말했다.

"무슨 말을 하는 거예요?"

"안치수 계장이었어요? 이재한 형사를 비리 형사로 만든 게?"

해영은 여유롭게 웃는 얼굴로 김성범에게 물었다.

"안치수가 누구예요? 난 모르는 사람이에요."

처음부터 김성범이 대답하지 않으리라는 건 알고 있었다.

"물론 안치수 계장 혼자서 이런 일을 벌이진 않았겠죠. 사이즈가 너무 크거든. 뒤에 누가 있는 겁니까?"

이대로 안 되겠는지 김성범은 인상을 쓰며 위협적인 목소리로 말했다.

"난 모르는 일이라고. 그렇게 조사하고 싶으면 영장 처받아서 오시든가."

으름장을 놓고 김성범은 빠르게 주차장을 빠져나갔다. 뭔가 있다. 해영은 김성범의 당황한 얼굴과 행동으로 이재한 형사의 실종에 안치수가 연관되어 있다는 걸 알 수 있었다.

거리는 연말 분위기가 한창이었다. 마른 가지를 전구로 치장한 나

무들이 반짝이고 사람들의 표정도 어쩐지 들떠 있었다. 한 해를 마감하는 때 재한은 뒤가 구린 김범주의 꼬리를 어떻게든 잡고 싶었다. 그날도 정보원에게 김범주의 끄나풀로 추정되는 김성범에 대해 묻는 중이었다.

20억이나 되는 피라미드 사기를 친 김성범이 증거 불충분이라는 이유로 풀려났을 때 공교롭게도 담당형사가 김범주였다. 그리고 2년이 지난 지금도 김성범은 버젓이 지저분한 돈들을 긁어모으고 있었다. 몰래 지켜본 그의 차 트렁크 안에는 사과 상자들이 쌓여 있었는데, 그 안에 뭐가 있는지 어디로 갈 것들인지 알 수 없었지만 구린내가 난다는 것을 재한은 직감적으로 알 수 있었다.

정보원과 헤어져 경찰서로 돌아오니 수현이 로비에서 크리스마스 트리를 꾸미고 있었다. 애초에 그런 자잘한 것들에 관심이 없는 재한은 못 본 척 수현을 지나쳤다.

"어디 다녀오십니까?"

"알아서 뭐 할 건데?"

별 모양 장신구를 들고 종종걸음으로 뒤따라온 수현에게 재한은 퉁명스럽게 대꾸했다. 그래도 괜찮다는 듯 수현은 별처럼 반짝이는 얼굴로 다시 물었다.

"선배님, 크리스마스 때 뭐 하십니까? 공짜 영화표가 생겨서 말입니다."

얼른 주머니에서 영화표 두 장을 꺼낸 수현이 친구와 함께 가라며 재한에게 건넸다. 왠지 모르게 굳은 표정의 재한에게 수현은 조심스럽게 말을 이었다.

"그게… 그동안 많이 가르쳐주셔서 감사의 의미로 드리는 건데."

"나 영화 안 봐."

수현의 말을 자르며 재한이 차갑게 대꾸했다.

"예?"

"안 본다고."

10여 년 전 첫사랑이었던 원경이 살인마의 손에 죽고, 그녀와 함께 갈 수 있었던 극장에 혼자 앉아 울면서 영화를 본 이후 재한은 다시는 극장에 가지도, 영화를 보지도 않았다. 죄 없는 사람 괴롭히는 나쁜 놈들을 잡는 것, 다시는 원경 같은 피해자가 나오지 않게 하는 것이 자신이 속죄하는 길이라고 생각하며 지내온 날들이었다. 이유 모르는 수현에게 매몰차게 대한 것이 마음에 걸렸지만 재한은 후배의 그런 어리광을 받아줄 여유가 지금까지도 생기지 않았다.

그렇게까지 정색할 일이 아닌데 좀 의아했지만, 수현은 늘 일에 쫓기는 재한이 피곤해서 그러려니 생각하기로 했다. 어서 빨리 제 몫을 다하는 형사가 돼서 선배님 일을 덜어드리면 좋겠다는 생각을 하며 크리스마스트리 장식을 마무리했다.

"차수현. 팀장님 지시사항 있대. 얼른 들어와라."

사무실에 들어가니 김범주 팀장이 지시를 내리고 있었다.

"다들 하달받은 대로 오늘부터 시간 외 영업 집중 단속기간이다. 형기대도 관할서와 함께 단속에 투입될 예정이니까, 상시 대기하도록. 질문 있나?"

16

모두 조용한데 이번에도 역시 재한이 손을 들었다.

"안 그래도 어수선한 연말연시에 상부 지침에 따라 건수 올리는 것도 중요하실 텐데요. 그래도 대한민국 형기대면 민생치안에 충실해야 되는 거 아닙니까? 효도르한테 코바느질 시키는 것도 아니고 힘 넘쳐 나는 놈들한테 시간 외 영업 단속이 뭡니까?"

재한은 정제의 책상에 놓인 사진을 집어올리며 계속 비아냥댔다.

"이런 거 좋네요. 강남 여섯 건, 강서 다섯 건. 도합 열한 건 해처먹은 퍽치기범. 뭐 뒷돈 들어올 만한 큰 사건은 아니지만 IMF 때문에 시름에 빠진 서민들 등골 빼먹는 이런 놈 잡아 처넣어야 되지 않겠습니까?"

조용하던 사무실이 재한의 말에 더 조용해지자 김범주가 천천히 재한에게 다가와 나지막이 말했다.

"그렇게 잡고 싶어? 그 퍽치기범이?"

"그렇다면요?"

화가 머리끝까지 치민 김범주는 재한의 정강이를 걷어찼다. 갑작스런 공격에 어찌할 바를 모르던 재한이 김범주를 노려봤다.

"눈 깔아. 나 네 상관이야. 그렇게 잡고 싶으면 잡아, 낮에만. 밤에 현장에 안 나오면 지시불이행으로 건의 들어간다. 좀 피곤하겠지만 그래도 뭐 괜찮겠지?"

약을 올리듯 싱글거리며 묻는 김범주에게 재한이 이를 갈며 대답했다.

"당연하죠."

"바쁘시겠어. 밤낮으로 일도 하고, 남 뒷조사도 하고. 이만 해산."

김범주가 자리로 돌아가자 정제는 걱정된 얼굴로 재한에게 다가갔다.

"고분고분하게 좀 살자. 말만 잘 들으면 편하게 해주잖아. 집에도 잘 보내주고."

"넌 그렇게 살아. 난 그렇게 못 살아, 인마."

"아, 진짜. 그 퍽치기범 나중에 나랑 같이 해."

"됐어. 내가 잡고 만다. 내가 원래 지고는 못 살잖냐."

그 모습을 지켜보던 수현은 안타까웠다. 김범주가 던져버린 퍽치기범 사진을 주워 한참을 보더니 재한에게 건넸다.

"근데, 얼굴이 보이십니까? 전 안 보이는데, 이걸로 어떻게 잡으시려고요?"

"갖고 와. 강력반 형사가 얼굴로 잡냐? 근성으로 잡지. 야, 가서 일해."

재한은 수현에게 괜히 퉁명스럽게 대했다.

다음날 새벽까지 이어진 불법 영업 단속을 마치고 피곤했지만 재한은 오전부터 서둘러 퍽치기 사건이 일어났던 일대 카센터를 뒤졌다.

"기종이 대양 GS240 맞죠? 최근에 이 기종으로 수리 들어오거나 리폼 들어왔던 거 없었어요?"

같은 질문을 반복하며 며칠 동안 카센터를 이 잡듯이 뒤졌지만 별다른 성과가 없었다. 체력적으로 힘들었지만 재한은 포기하지 않았다. 수현은 잠깐씩 졸고 있는 재한을 볼 때마다 안타까워하며 사진을 뚫어져라 들여다봤다. 헬멧에 가려 얼굴이 보이지 않았지만 익숙해지도록 보고 또 봤다. 재한이 탐문수사를 나가면 수현도 쉬지 않고 사진을 봤다. 제발 꿈에라도 나와라. 그렇게 기도하며 잠들기도 했다. 일주일의 시간이 흐르고 시간 외 영업 단속을 나갔던 어느 새벽이었다. 재한과 정제가 불법 영업을 단속하자 호프집 주인이 1년 중 대목에 좀 봐달라며 사정을 했다.

옥신각신 승강이를 벌이는 선배들 뒤에 얌전히 서 있던 수현은 큰길 건널목에서 신호를 기다리는 오토바이를 봤다. 여전히 헬멧으로 얼굴을 가렸지만 분명했다. 사진 속 그 사람의 자세, 다리 길이, 분위기가 모두 같았다. 얼굴이 나오지 않았지만 하도 오랫동안 사진을 들여다보니 감으로 알 수 있었다.

"저건… 퍼, 퍼, 퍼, 퍽치기!"

수현은 무작정 오토바이를 향해 달려갔다. 그 모습을 본 재한은 기종이 다른 걸 확인하고 수현을 말리기 위해 뛰었다. 그러나 신호를 받아 출발하려는 오토바이에 수현이 이미 몸을 날린 뒤였다.

사무실로 돌아온 재한은 펄펄 뛰며 수현을 나무랐다.

"너 진짜 미쳤어?"

"그러니까 말이다. 그 사람이 진짜 범인이어서 얼마나 다행이야. 자, 우리 막내한테 박수 한 번 쳐주자."

정제의 말에 머리는 산발을 하고 여기저기 찰과상을 입고 코피까지 터진 수현은 그 몰골로 배시시 웃으며 박수를 받았다.

"그런데 어떻게 알아본 거냐? 하이바 때문에 얼굴도 몰랐을 텐데."

정제가 질문하자 수현은 반쯤 정신 나간 사람처럼 대답했다.

"꿈에서 봤습니다."

이게 무슨 말도 안 되는 소린지. 형사들 모두 기가 막혀 수현을 보는데 재한이 쐐기를 박았다.

"그 봐, 이거 완전 개또라이라니까."

그렇게 말했어도 수현은 그것이 재한의 진심이 아닌 것쯤은 알 수 있었다. 앞뒤 안 가리고 날아올라 펀치기범을 덮쳤을 때 제일 먼저 달려온 건 재한이었다. 용의자를 정제에게 넘기고, 코피를 닦아주고 휴지를 말아 코에 넣어준 것도 역시. 다치면 어쩌려고 무모하게 몸을 날리냐고 화를 내는 것도 걱정이 되어 그런다는 걸, 표현할 줄 모르는 재한만의 표현이라는 걸 수현은 알았다.

펀치기범을 잡았지만 재한의 발목을 잡을 기회를 노리는 김범주에게는 반가운 소식이 아니었다. 두고 보자, 김범주. 재한 또한 마음속으로 칼을 갈았다.

"차 형사님, 물어볼 게 있습니다. 이재한 형사가 직속 선배였다고 하셨죠. 어떤 분이셨습니까?"

"이재한 선배는 왜?"

"그분 덕분에 단서도 찾고 한세규도 잡았잖아요. 감사하니까 이것저것 알고 싶어서요. 진양서에 안치수 계장님이랑 같이 있었다던데, 두 분이 친한 사이였어요?"

한참 해영을 뚫어지게 쳐다보던 수현이 정곡을 찌르듯 말했다.

"그러고 보니까 이상하네. 김윤정 사건, 경기남부 사건, 한세규 사건. 네가 관심을 보이는 사건들은 어떻게 하나같이 이재한 선배님과 관련 있는 것들이지?"

"그랬…어요? 난 몰랐는데."

당황한 해영이 마치 처음 알았다는 양, 멍한 표정으로 활짝 웃어 보이자 수현은 짐짓 모르는 척 대답해줬다.

"선배님이랑 안치수 계장님 사이가 어땠는지는 잘 몰라. 이재한 선배님이 인주시에서 벌어진 사건 때문에 차출되면서 두 분이 처음 만났다고 들었어."

이번엔 해영의 얼굴이 감출 수 없을 정도로 차갑게 굳었다.

"인주시요?"

"왜? 아는 데야?"

"고향…입니다."

"그럼 그 사건도 들어봤겠네. 1999년 여고생 집단성폭행사건."

"그 사건도 그 형사님이 수사하셨다고요?"

이럴 수가. 해영의 얼굴은 놀라움으로 가득했다.

"맞아. 선배님도 수사팀 중 한 명이었어."

해영이 안절부절못하자 수현은 이상하면서도 걱정이 됐다.

"왜 그래?"

"아, 아닙니다. 대답해주셔서 감사합니다."

해영은 더 이상 말을 하지 않고 돌아갔다. 아무래도 이상한 낌새를 눈치챈 수현은 해영에 대해 알아보기 위해 정보과에 있는 친구에게 전화를 걸어 약속을 잡았다. 며칠 뒤 수현은 정보과 친구에게서 뜻밖의 이야기를 들었다.

"박해영 형 박선우는 전과자였어."

"무슨 범죄였는데?"

"인주 여고생 사건 들어봤어? 여고생 하나가 집단으로 성폭행당했던 사건 말이야. 박선우가 그때 처벌받은 주범 중에 하나였어. 소년원에서 몇 달 살다 나왔대. 경찰대 면접 볼 때도 문제가 될 수 있었는데 당시 심사위원들 성향이 어렵게 자란 학생에게 기회를 주자는 쪽이어서 합격이 됐나봐."

"그 형은? 지금도 인주에 살아?"

"아니. 소년원 출소하고 얼마 안 돼서 바로 자살했어."

그동안 개인적인 이야기를 거의 하지 않는 해영이었다. 식사를 하거나 회식자리에서 가끔이라도 건넬 법한데 해영은 한 번도 가족 이야기를 하지 않았다. 계철이 어쩌다 형제관계나 출신 학교에 대해 물어보면 어물쩍 다른 얘기로 넘어가곤 했다. 형 박선우도 그렇고 이재한 선배를 자꾸 찾는 것도 그렇고, 수현은 해영에게 어떤 비밀이 있을 거라고 확신했다. 과연 그 비밀은 무엇일까. 재한과 어떤 사이일까. 수현은 해영을 좀 더 살펴보기로 했다.

"저기 차수현 형사 좀 바꿔주세요. 전화를 안 받는데, 지금 급해요!"

수현이 정보과 동료를 만나고 있을 때 사무실로 수현을 찾는 급한 전화가 왔다. 수현의 엄마였다. 도둑이 들었다며 두려움이 가득한 목소리였다. 전화를 받은 해영이 수현의 집으로 달려가보니 커튼 봉이 떨어져 있고, 거실 서랍장이 열려 있었으며 수현 방의 책장이 엎어진 채였다. 집이 엉망이었다.

"괜찮으세요?"

"저기, 그게…."

수현의 엄마는 좀 전과는 다른 말투였다.

"112에는 연락했어요?"

"저기 그게, 죄송해서 어쩌나. 미안해요, 정말. 손주 녀석들이 장난이 심해서. 잠깐 나갔다 들어왔더니 이렇게 난장판을 만들어놓은 걸, 난 도둑이 든 줄 알고 수현이한테 전화하고 그랬네."

말문이 막혔지만 해영은 괜찮다고 웃어 보였다.

"그래도 다행이네요. 도둑이 아니라서."

"어쨌든 너무 미안해요. 그런데 참 다시 봐도 잘생겼네요."

뜬금없는 말에 얼굴이 벌개진 해영은 서둘러 인사를 했다.

"예? 아, 감사합니다. 그럼 전 이만 가보겠습니다."

"아이고, 이렇게 오셨는데, 뭐라도 좀 마시고 가셔야… 아!"

서둘러 일어서려다 허리를 삐끗한 모양인지 수현의 엄마는 갑자기 허리를 가누지 못했다. 놀란 해영이 부축을 해 일단 소파에 앉혔다.

"내가 지금 앉을 때가 아닌데… 빨리 좀 치워야 하는데요. 아, 아!"

"잠깐 계세요. 제가 좀 치워드릴게요."

해영은 집 안을 대충 정리하기 시작했다. 수현의 엄마는 소파에 누워 그런 해영을 지켜보며 계속 말을 걸었다.

"그런데 진짜 몇 살이에요?"

"예? 아… 올해 스물일곱입니다."

수현의 엄마는 흐뭇한 미소로 해영을 보며 이런저런 부탁을 계속했다. 쌀통에 쌀을 붓고, 화분을 옮기고, 불이 켜지지 않는 수현 방의 전구를 갈았다. 시원한 음료수 한 잔 내오겠다며 수현의 엄마가 헌 전구를 들고 방을 나가자 그제야 해영은 천천히 수현의 방을 둘러봤다. 여기저기 어지럽힌 방 한구석에 낡고 해진 작은 수첩이 눈에 들어왔다. '진양서 이재한'이라고 적힌 2000년도 수첩이었다.

해영은 눈이 휘둥그래져 수첩을 집어들었다. 천천히 한 장 한 장 넘기는데 휘갈겨 쓴 글씨로 다양한 사건에 대한 메모가 적혀 있었다. 그리고 맨 마지막 장에 낡은 메모지가 한 장 있었다. 해영은 그 메모지를 바지 주머니에 쑤셔넣었다. 그리고 수현의 엄마가 준 음료수를 급하게 들이켜고 서둘러 나왔다. 집으로 돌아오자마자 책상에 앉아 메모지를 꺼냈다.

1989년 경기남부 사건

1995년 대도 사건(진양 신도시 개발비리 사건)

1997년 홍원동 사건

1999년 인주 여고생 사건

경기남부 사건, 대도 사건 모두 무전을 통해 해결한 사건이었다. 그렇다면 앞으로 홍원동 사건과 인주 여고생 사건의 무전이 오는 건가.

인터넷 검색창에 '1997년 홍원동 사건'을 검색하던 그때 치지직, 다시 무전이 울렸다. 해영은 가방을 뒤져 무전기를 꺼냈다.

"이재한 형사님? 나 박해영입니다."

재한은 그때 다른 형사들과 시간 외 영업 단속 중이었다. 치지직, 누군가의 무전이 울리자 해영에게서 온 무전이라는 걸 직감한 재한은 화장실에 다녀오겠다며 무리에서 빠져나왔다. 번화가 옆 한적한 골목에 다다라 안주머니에서 무전기를 꺼냈다.

"예. 나예요, 이재한. 그동안 또 왜 연락이 안 됐어요? 난 진짜 무전기 내다버렸나 했네."

"그동안 무전이 울린 적 있나요? 나 말고 다른 사람이랑 무전한 적 있어요?"

"몇 번 울리긴 했지만 아무런 대답이 없었습니다. 왜요? 무슨 일 있어요?"

해영은 들고 있던 메모지를 바라보며 물었다.

"거기 몇 년도입니까? 아직 1995년이에요?"

"아뇨, 1997년이요. 2년 지났습니다."

1997년이면 인주 사건이 일어나기 2년 전이다. 아직 재한은 인주에서 무슨 일이 벌어졌는지도, 안치수라는 사람도 모르는 상태였다.

"그럼 거기는 몇 년도입니까?"

"아직 2015년입니다."

"뭐야, 아직도 그대로예요?"

"예, 그런데 1997년이면 홍원동 사건을 수사 중인 건가요?"

쓰레기 무단 투기 금지 안내. 쓰레기는 지정된 장소에 배출하여야 하며 무단 투기 행위 적발 시 소정의 과태료가 부과됩니다.(폐기물 관리법 제63조 1항) : 홍원1동 사무소장

쓰레기 무단 투기가 빈번하게 일어나는 그곳에는 고달픈 삶들이 줄줄이 늘어서 있었다. 차 한 대가 겨우 빠져나갈 수 있을 좁은 골목을 사이에 두고 낡은 다세대주택이 촘촘히 서 있었다. 한때는 번듯한 개인주택들이 모여 있던 골목길이었다. 그러나 개발 붐으로 개인주택들은 2층, 3층으로 건물을 올려 방을 나눴고, 한 세대가 살던 공간에 네다섯 세대가 들어갔다. 그리고 그곳에 터를 잡은 사람들 중엔 희망을 품은 사람들보다 절망을 지고 있는 사람들이 더 많았다. 이렇게 가로등도 희미해진 어두운 골목에 반짝이는 건 길 끝에 새로 생긴 편의점뿐이었다. 어떤 사람들은 가끔 새로 생긴 편의점에서 혼자만의 시간을 만끽하며 하루의 위로를 받곤 했다. 깨끗하고 정돈된, 누구도 아

는 척하지 않는 그곳에서 잘 포장된 음식을 먹으며 잠깐씩 삶의 긴장을 풀었다.

윤상미도 그중 하나였다. 스물한 살. 대학을 일찍 포기한 그녀는 고등학교를 졸업하고 홍원동 근처 공방에 취직했다. 은을 씌운 싸구려 반지나 목걸이 같은 작은 액세서리를 만드는 곳이었다. 숫기도 없고 말수가 적은 그녀에게 종일 하나만 보며 하는 단순 작업은 그럭저럭 할 만했다. 홍원동에 중학교 때부터 살았지만 그녀와 눈 마주치고 인사하는 사람은 없었다. 자영업을 하던 아버지 가게가 기울면서 가족이 다 같이 살 만한 적당한 금액의 셋집을 찾아 온 곳이 홍원동이었다. 굳이 새로운 친구를 만들고 싶지도 않았고 내성적인 성격의 그녀가 적응할 게 걱정된 부모님의 의견을 따라 전학하지 않았다. 매일 전에 살던 동네로 통학하던 그녀는 흥미로운 것도 관심 가는 것도 없이 성적은 떨어지고 친구들과도 멀어졌다. 낙이 있다면 등하굣길에 음악을 듣는 것이었다. 이어폰을 꽂고 사람들의 소음에서 멀어진 순간이 제일 좋았기에 사회에 나와서도 그 습관을 버리지 못했다. 그리고 요즘은 공방에 나가기 전 편의점에 들러 음악을 들으며 아침을 먹는 게 일과가 됐다.

윤상미는 그날도 음악을 들으며 삼각김밥을 먹었다. 그리고 여전히 그의 시선이 느껴졌다. 편의점 아르바이트생인 그 남자가 늘 자신을 쳐다본다는 걸 그녀는 알고 있었다. 큰 키와 하얀 피부, 긴 손가락. 누군가 아는 척하는 게 제일 싫었지만 언제나 깔끔하고 준수한 외모를 한 그의 시선은 싫지 않았다. 어쩌면 홍원동에 마음을 터놓을 수 있는 한 사람이 생길지도 모른다는 생각을 하기도 했다.

천천히 먹으라며 친절하게 생수를 따준 그를 생각하니 왠지 엷은 미소가 그려진 그날 퇴근길에 다시 그를 만났다. 골목 어귀에서 부딪힌 누군가가 바로 그였다. 갑작스런 만남에 심장이 너무 쿵쾅거려 꾸벅 인사를 하고 뒤돌아 빠르게 걸어갔다. 그런데 뒤에서 그의 목소리가 들렸다.

"나 좀, 도와줄래요?"

그는 다친 강아지를 잃어버렸다며 같이 찾아줄 수 있냐고 했다. 반가웠다. 그가 자신에게 부탁을 했다는 것이, 함께 무엇인가를 한다는 것이 기뻤다.

"어떤 색인데요? 많이 다쳤어요?"

"하얀색이에요."

"빨리 찾아야 될 텐데."

그때 공터에서 낑낑거리는 소리가 들렸다. 멀리서 보니 하얗고 작은 강아지였다.

"저 개 아니에요?"

윤상미는 얼른 구해줘야겠다는 마음으로 급하게 뛰어가 다친 곳은 괜찮은지 살폈다. 강아지의 목소리가 너무 애처로웠다. 놀랐을 강아지를 안심시키려 연신 쓰다듬으며 그녀가 말했다.

"그런데 어쩌다 이런 거예요?"

"내가 그랬어요."

도대체 이게 무슨 소린가 싶어 어리둥절한 표정으로 뒤를 돌아보려는 그때, 얼굴에 검은 봉지가 씌워졌다. 입 주변으로 테이프가 둘러지고 손이 뒤로 묶였다. 그리고 그 남자는 어딘지 모를 곳으로 윤상미를 끌고 갔다. 내동댕이쳐져서야 윤상미는 타일 바닥이라는 걸 알 수 있었다. 극도의 공포에 휩싸인 채 비닐봉지 때문에 숨이 가빠져 살려달라고 흐느끼는데 그가 말했다.

"사는 게 힘들지?"

윤상미는 울음이 터졌다.

"소리 내면 안 되지. 내가 도와줄게."

오열하는 그녀 곁으로 다가간 차가운 두 손은 그대로 호흡을 끊어놨다.

윤상미는 많은 사람들이 오가는 대로변 너머 홍원동 상가 뒤쪽 으슥한 골목길 쓰레기 사이에 버려졌다. 처음으로 가슴이 두근댔던 사람에게 살해돼 쌀 포대에 묶여 쓰레기처럼 버려졌다. 1997년 겨울의 일이었다.

1997년 겨울의 재한은 이 사실을 까맣게 모르고 있었다.

"홍원동이요? 홍원동에서 사건이 일어납니까? 무슨 사건입니까?"

"나도 아직 모르겠어요. 인터넷에 쳐봤지만 기사 한 줄 없어요. 프로파일링 공부를 할 때 여러 사건들을 조사해봤지만 그때도 들어본 적은 없어요."

"아이, 불안하게 왜 그래요? 경위님 무전 받을 때마다 아주 겁부터 나네. 그것도 미제사건 되는 거 아니에요?"

"정확한 건 모르겠지만, 그때 홍원동에서 무슨 사건이 벌어진다는 건 확실해요. 형사님 수첩에 그렇게 적혀 있었어요."

"내 수첩에요? 뭐라고 적혀 있습니까?"

"형사님 수첩, 뒤쪽에 메모지가 꽂혀 있었습니다. 거기에 1989년 경기남부 사건, 1995년 대도 사건, 1997년 홍원동 사건, 그리고… 1999년 인주 여고생 사건이 적혀 있었어요."

"그렇게 적혀 있다고요? 확실합니까?"

놀란 재한이 이것저것 물었지만 무전기는 어느새 꺼져 있었다. 재한은 서둘러 자신의 수첩 뒤에 꽂힌 메모지를 확인했다. '1989년 경기남부 사건' '1995년 대도 사건'까지만 적혀 있는 메모지를 보며 재한은 어쩐지 불안해졌다. 홍원동에 사건이 일어났다는 걸까. 왜 이렇게 조용한 거지? 재한은 일단 홍원경찰서에 가보기로 했다.

다음날 아침 홍원경찰서에 가니 오래전 함께 일했던 정 형사가 자판기 커피를 한 잔 뽑아주며 반가움과 걱정이 반반쯤 섞인 표정으로 말했다

"뭘 또 캐내려고 기웃거리는데?"

"내가 심마니야? 뭘 캐, 캐기는. 그냥 형 얼굴 보러 왔다니까."

"아이구, 그걸 믿으라고?"

종이컵에 든 커피를 홀짝이며 재한은 빠르게 경찰서 안 분위기를 살폈다.

"근데 뭐 이렇게 어수선해, 사건 났어?"

"이거 봐. 얼굴 보러 오기는, 퍽이나."

"아, 됐어. 안 궁금해. 하나도 안 궁금해. 그런데 형, 뭐 큰 건이야?"

"여자가 하나 죽었는데 좀 특이하긴 하지."

"뭐가 특이한데? 현장사진 좀 보자. 응?"

재한은 정 형사의 만류에도 기어이 그의 손에 들린 수사자료를 빼앗아 읽기 시작했다. 자료에는 야외 주차장에서 발견된 시신 발견 현장사진도 함께 있었다. 시신의 머리는 검은 비닐봉지가 씌어 있었고 돗자리에 온몸이 싸여 노끈으로 묶여 있었다.

"개잡놈의 새끼. 죽은 사람 머리에 봉지는 왜 씌워놔."

어쩔 수 없이 다 터놓게 된 정 형사가 화를 내며 말했다.

"피해자는?"

"여기 근처에 사는 여자야. 37세. 주부 주인희."

"용의자는 특정했어?"

"일단 보험 문제도 좀 있고, 가족들 족쳐보고 있지."

좀 더 캐고 싶었지만 최초 발견자였던 환경미화원이 찾아왔다는 소식에 정 형사가 급하게 일어났다. 재한은 경찰서 밖에서 한참을 기다려 조사를 받고 나온 환경미화원을 만났다.

"어떻게 발견하셨어요?"

재한은 별일 아니라는 듯 슬쩍 그에게 물었다.

"처음엔 누가 마네킹을 싸서 버렸나 했지. 그게 사람인 줄 알았겠어. 내가 지금도 그때만 생각하면 가슴이 벌렁거려요."

"아저씨 말고 다른 목격자는 없었습니까?"

"그것까진 모르겠네. 내가 그때 워낙 놀라서 정신이 하나도 없었거든. 근데 이거 그 사건 흉내 낸 거 맞죠? 왜 그 저번에 옆 동네서 여자 죽은 사건."

"그게 무슨 소립니까?"

"몇 달 전에 길 건너편 동네에서 머리에 봉다리 씌어가지고 죽은 여자가 있었거든. 거기서 일하던 동료가 직접 봤다 그러던데."

재한은 바로 은창경찰서로 달려갔다. 그곳에서 역시 비슷한 수법으로 살해 당한 피해자의 사진을 확인할 수 있었다. 윤상미였다. 주인희가 온몸이 돗자리에 싸여 노끈으로 묶여 버려졌다면 윤상미는 쌀포대에 싸인 게 달랐다. 보통 일이 아니라는 생각이 든 재한은 형사기동대로 가 홍원경찰서와 은창경찰서, 두 곳에서 입수한 현장사진을 보여주며 김범주에게 강하게 어필했다.

"이건 며칠 전 홍원서에서 발견한 살인사건입니다. 피해자는 37세, 주부 주인희. 그리고 이건 두 달 전 발생한 살인사건이에요. 피해자 21세 인근 공방 직원 윤상미. 피해자 사체를 유기하는 방식이 정확하게 일치합니다. 한 놈이 두 여자를 죽였어요. 이거 연쇄살인입니다."

사진을 보고 뭔가 심상치 않다는 걸 느꼈지만 귀찮은 일을 만들기 싫은 김범주는 틈을 주지 않았다.

"관할서에서는 아무 보고도 없었어."

"도로 하나를 사이에 두고 두 사건의 관할서가 달라요. 1차는 은창서, 2차는 홍원서. 그래서 관할서 차원에서는 두 피해자를 연결시키지 못했던 겁니다."

"증거 있어? 다 네 머릿속에서 나온 추측일 뿐이야."

김범주의 반응에 답답해진 재한이 언성을 높였다.

"사람이 죽었어요. 이거 진짜면 앞으로도 더 죽을 수 있습니다!"

"한 해에 죽어나가는 변사자 수만 해도 몇 백 명이야. 아무리 경찰이라 해도 어떻게 그걸 다 막나."

김범주의 차가운 말에 재한의 얼굴도 순간 얼어버렸다.

"만약에 이 사람들이 한세규라도 그렇게 말할 겁니까? 이 사람들이 국회의원이나 재벌 딸이었다면 두 손 두 발 다 걷고 나섰겠죠."

"그런 사람들이었다면 이런 범죄에 희생되지도 않아. 다른 세계에 살고 있으니까."

"뭐요?"

기가 막힌 재한의 눈빛이 파르르 떨렸다.

"대장님부터 청장님까지 연쇄살인 바라는 사람 아무도 없으니까, 다시는 엉뚱한 소리 꺼내지 마."

"이제야 알겠네요. 다른 세계에 살고 계셨구나."

"뭐?"

"당신 말대로, 난 당신이랑 다른 세계에 살고 있으니까 이 새끼 꼭 잡을 겁니다. 한 해에 몇 백 명이 이유 모르게 죽지만 내 눈앞에서 사람 죽인 놈 절대 용서 안 하는 세상, 난 거기에 살고 있으니까."

"네가 뭘 하건 상관 안 해. 대신 일 크게 만들지 마."

김범주가 떠나간 반장실 앞에서 재한은 잔뜩 화가 나 씩씩거리고 있었다. 그때 저 앞에서 수현이 걸어왔다.

"너 여기서 뭐 하나?"

"반장님께 전해드릴 게 있어서."

더 이상의 말 없이 수현 옆을 지나가는데 수현의 목소리가 재한을 붙잡았다.

"선배님. 정말 연쇄살인입니까?"

"신경 쓰지 마. 너랑 상관없는 일이야."

다시 수현을 등지고 복도로 걸어나가며 재한은 생각했다. 내 세상에서 내 세상의 규칙으로 죄 없는 사람을 죽인 그놈을 가만두지 않겠다고.

"동의산에서 백골사체가 발견됐다면서요?"

백골사체가 들어왔단 소식에 특수부검실에 부리나케 달려갔지만 오늘도 허탕이었다. 사체는 아담한 키의 여성이었다. 실망한 얼굴로 돌아나가려다 현장사진을 발견한 수현은 멈춰섰다.

"꽁꽁도 싸놨죠? 김장 비닐로 전신을 싸고 노끈으로까지 묶어놓았대요. 덕분에 시신의 보존 상태는 완벽해요. 사인도 확실하고요. 설골이 골절됐어요. 경부 압박 질식사를 당한 거죠."

듣고 있던 수현은 몸을 떨더니 보던 사진을 놓쳐 떨어뜨렸다. 안절부절못하는 걸 보고 오윤서가 아프냐고 물었지만 수현은 대답조

차 할 수 없었다. 심호흡을 하며 겨우 정신을 차리고 사무실로 돌아갔다.

대도 사건을 해결하고 전담팀원들 사이에서는 다음 미제사건에 대한 토론이 한창이었다. 계철은 여전히 그동안 전혀 밝혀지지 않았던 오대양 사건을 시작해야 한다고 밀어붙였다. 낯빛이 계속 좋지 않던 수현이 한참 듣고 있더니 이내 결심한 듯 준비해놓은 현장사진을 펼치며 입을 열었다.

"홍원동은 어때?"

다들 홍원동에 대해 전혀 모르는 눈치였다.

"1997년 서울 홍원동에서, 두 달 간격을 두고 1킬로미터도 떨어지지 않은 곳에서 여자 두 명이 살해된 채 발견됐어. 사인은 경부 압박 질식사. 특이점은 사체 유기방식이었어. 범인은 피해자들의 머리에 검은색 비닐봉지를 씌웠고 몸통을 쌀 포대나 돗자리로 꼼꼼하게 싼 뒤에 유기했거든."

"어쩌다가 미제가 된 거죠?"

해영의 질문에 수현은 이야기를 이어나갔다.

"초동 대처가 안 좋았어. 두 사건을 각기 다른 관할서에서 수사하는 바람에 두 사건 간의 유기적인 수사가 불가능했고, 당시 보험금 문제가 불거져서 유가족을 상대로 수사했지만 결국 모두 무혐의로 밝혀졌지."

수현의 설명 뒤로 말없이 현장사진을 보던 계철이 입을 열었다.

"차 형사 말이 사실이면 이거 아무래도, 연쇄…."

"연쇄살인일 가능성은 충분합니다."

이번엔 모두 해영을 주목했다.

"피해자의 유기 형태에서 보이는 시그니처가 명확해요. 발생시기나 사건장소도 밀접하고요. 하지만 아직 결론을 내리긴 이릅니다. FBI 보고서에 따르면 최소한 세 명의 피해자가 발견되고 살인사건 사이에 냉각기가 있어서 서로 분리된 상황에서 피해자가 살해된 정황이 확실할 때 연쇄살인이라고 정의를 내립니다."

"한 명이 더 있다면?"

모두들 놀라 수현을 보자 수현은 특수부검실에서 동의산에서 발견된 백골사체에 대해 이야기했다. 그 사체가 동일범의 소행이라면 연쇄살인일 가능성이 더 높아진다. 다음날 해영은 일단 홍원동 사건과 사체의 연관성을 확인하기 위해 특수부검실에 가보기로 했다. 직접 보고 부검 결과를 확인하면 어느 정도 윤곽이 나올 것 같았기 때문이다. 수현은 함께 갈 것을 자처했다. 해영은 재한의 메모 때문에, 수현은 또 다른 이유로 20년 만에 다시 시작하게 된 사건에 대해 생각하느라 대화 한마디 없이 특수부검실에 도착했다.

"신원은요? 확인됐나요?"

"실종자 데이터베이스에 DNA가 일치하는 사람이 있었어요. 피해자 이름은 서영진. 2001년에 실종됐고 실종 당시 나이는 35세였대요."

"실종됐을 때 살았던 곳은요?"

"홍원동이라고 들었어요."

"홍원동이요? 홍원동이 확실합니까?"

오윤서의 말에 해영과 수현 모두 얼굴이 굳었다.

"차 형사님, 오늘도 몸이 안 좋아요? 어제도 좀 안 좋아 보이더니. 차 형사님이 찾고 있던 백골사체도 아닌데 왜 그런 거예요?"

수현은 별거 아니라며 특수부검실을 나서는데 해영이 오윤서에게 그게 무슨 말이냐며 물었다.

"같은 팀이라면서 모르세요? 차 형사님, 키 185센티미터에 어깨에 철심 있는 백골사체 계속 찾아다니시잖아요."

수현은 멈칫하는 해영에게 백골사체 신원 확인됐으니 유가족을 만나러 가자며 억지로 떠밀었다. 특수부검실에서 나온 해영은 이재한 형사 실종사건 감사자료에서 본 신체특징을 떠올렸다. 키 185센티미터, 오른쪽 어깨에 철심을 박은 수술로 인한 흉터 자국. 해영은 저만치 앞서가는 수현의 곁으로 뛰어갔다.

"좋아하는 사람 있었어요?"

"상상하지 마라. 그런 거 아니니까."

해영은 더 이상 대꾸하지 않는 수현에게 묻기를 포기하고 유가족을 찾아갔다. 서영진의 남편은 어제 경찰들에게 다 얘기했다며 수현과 해영의 방문이 귀찮은 표정이었다. 그래도 해영은 끈질기게 물었다.

"부인께서 실종되기 전에 이상한 점은 없었나요? 누군가에게 위협을 당했다거나, 뭐 그런."

"거의 바깥 출입이 없었어요. 산후우울증을 앓고 있었거든요."

"산후…우울증이요?"

"그래서 처음엔 어디 자살이라도 한 게 아닌가 생각했어요. 그런데 이렇게 가까이에 있었을 줄은 몰랐네요."

유가족을 만나고 오면서 수현은 해영에게 말해줬다.

"똑같아. 범행수법, 시신 유기방법, 피해자의 특성. 1997년도에도 똑같았어."

김범주의 반대 때문에 재한은 개인적으로 홍원동 사건을 조사하느라 분주했다. 윤상미와 주인희의 주변 탐문을 시작했지만 별다른 소득은 없었다. 피해자와 같이 일했던 동료들은 하나같이 속을 알 수 없는 사람이라고 했다. 자신을 드러내지도 않고, 어울리지 않아 잘 모르겠다는 것이었다. 우울하고 재미없는 성격이라 다른 사람들도 굳이 가까워지려 하지 않았다고 했다.

재한은 두 피해자를 비교하며 생각했다. 체형, 키, 나이, 머리모양, 직업까지 모두 달랐다. 인접한 지역에 살았지만 그렇다고 도보로 쉽게 갈 수 있는 거리도 아니었다. 출퇴근 경로가 다르고 겹치는 동선도 없었다. 유일한 공통점은 이어폰이었다. 두 사람 모두 평소에 우울한 음악을 자주 들었다.

재한은 사무실로 들어가 수사자료를 정리하고 새벽녘이 되어서야 책상에 엎드려 잠이 들었다. 그런 재한이 안쓰러운 수현은 아침이면 자고 있는 재한 옆에 흩어진 자료를 정리했다. 책상 위 형사수첩에는

'이어폰' '우울한 성향'이라는 글씨에 굵게 동그라미가 쳐져 있었다.

힘겹게 혼자 수사하는 재한을 도와주고 싶은 마음에 수현은 직접 홍원동에 가보기로 했다. 슬픈 음악이 든 CD플레이어를 챙기고 이어폰을 귀에 꽂았다. 지도에 윤상미의 집과 직장을 붉은색으로 표시하고, 주인희의 집과 직장을 파란색으로 표시했다. 두 길을 걸으며 두 피해자의 동선에서 겹쳐지는 부분을 찾아내보기로 했다.

낮과 밤을 나눠 피해자들이 지났던 길을 걷고 또 걸었지만 공통점이라곤 삭막한 골목 풍경뿐이었다. 종일 걷다 지친 수현은 쉴 곳을 찾다 길 끝에서 편의점을 발견했다. 편의점 안에는 아르바이트생 김진우가 근무 중이었다.

수현은 따뜻한 캔커피를 꺼내 계산을 하고 편의점 창가 의자에 앉았다. 슬픈 음악을 듣고 고개를 숙인 채 걷는 회색빛 거리에 전염된 것처럼 마음이 한없이 우울해졌다. 천천히 주위를 둘러보다 한숨을 내쉬며 캔커피를 마시는 수현을 김진우는 한참 바라봤다.

커피를 다 마시고 나온 수현은 귀에 이어폰을 꽂고 다시 골목으로 들어갔다. 이번엔 어떤 단서를 잡아낼 수 있기를 바라는 마음으로 무겁게 걸음을 옮겼다. 그때 뒤에서 누군가 따라왔지만 이어폰 음악 소리 때문에 수현은 알아채지 못했다. 그림자는 계속해서 수현의 발을 좇았고 어느새 수현의 등 뒤에 바짝 붙었다. 마침내 그 그림자가 수현의 어깨를 잡았다. 놀란 수현이 뒤를 돌아봤다. 재한이었다.

"너 여기서 뭐 하냐?"

"어, 그게…"

"홍원동 사건자료 봤어? 그래서 피해자들 동선 보느라고 여기 돌아다니는 거야? 애먼 데 발 디밀지 말고 들어가서 네 할 일이나 해."

"그래도…."

"야, 들어가라고 했다."

"저, 죽은 피해자들 말입니다. 불쌍한 것 같아요."

무슨 말인가 싶어 재한은 수현을 물끄러미 바라봤다.

"피해자들이 걸어다니던 길들을 쭉 걸어봤는데요. 길 위에 굴러다니는 건 온통 쓰레기 아니면 안마방 전단지뿐이고 보이는 건 으스스한 콘크리트에 철근밖에 없었습니다."

재한은 그제야 주변을 둘러봤다. 어두운 골목길, 해진 전단지, 공사 중인 현장의 튀어나온 철근, 부서진 콘크리트. 수현의 말대로 온통 칙칙한 풍경이었다.

"길 위에 살아 있거나 예쁜 게 하나도 없었어요. 아무도 내 얘기 들어주는 사람도 없고 사는 것도 힘든데 매일 보는 풍경까지 이렇게 어둡고 삭막했으면 저라도 우울해질 거 같았습니다."

"그러니까 들어가라고. 마스코트면 마스코트다워야지. 반장 눈치 채기 전에 빨리 복귀해서 일해라. 어?"

재한이 매몰차게 돌아서자 수현은 야속하고 서운했다. 이제 그만 버스를 타러 돌아가려던 수현은 어쩐 일인지 다시 골목으로 향했다.

해영은 서류묶음을 들고 안치수를 찾아갔다.

"이게 뭐야?"

"1997년부터 2015년까지 홍원동 일대 실종자 명단입니다. 이전 피해자들처럼 우울증 성향을 가진 여자들이 세 명이나 더 실종됐습니다."

"무슨 소리야?"

"어제 백골사체로 발견된 서영진이 끝이 아닐 수도 있습니다. 백골 사체가 발견된 동의산 현장, 추가 수색 허가해주십시오."

말이 없는 안치수에게 해영은 절박하게 요청했다.

"희생자가 더 있을 수 있습니다."

그런 해영을 바라보던 치수는 추가 수색을 허락했다. 전담팀과 의경들이 수색을 위해 동의산으로 갔다.

"아, 알다가도 모르겠네. 안치수 계장, 박 경위 싫어하는 거 아니었어?"

계철의 말에 헌기도 이해가 안 간다는 투였다.

"그러게요. 당연히 수색 허락 안 할 줄 알았는데."

"그렇지? 그런데 박 경위, 여기 시신이 더 있긴 있는 거야?"

툴툴대며 묻는 계철 뒤에 해영과 수현은 나란히 서 수색현장을 지켜보고 있었다. 해영이 말했다.

"이곳 등산로는 작년부터 개방됐어요. CCTV도 최근에 설치됐고 관리인도 없었고요. 그전엔 사람들의 왕래가 거의 없었대요. 게다가 이곳과 가장 가까운 등산로 입구는 1997년 사건이 발생한 홍원동 북부면과 맞닿아 있어요. 이동거리까지 고려해보면 시신을 암매장하기에 최적의 공간이에요. 범인이 고르고 골라서 선택한 곳입니다. 만약 묻었다면 이곳일 거예요. 차수현 형사님, 이 사건에 대해 뭔가 더 알고 있는 게 있는 거죠?"

해영은 수현의 흔들리는 눈빛을 놓치지 않고 집요하게 물었다.

"1997년 발생한 두 사건은 사체를 마치 전시하듯이 사람들이 오가는 장소에 유기했어요. 그런데 2001년에는 매장을 했습니다. 범행의 패턴이 변한 거예요. 이유가 뭡니까? 알고 있는 게 있는 거죠?"

"97년 벌어진 홍원동 사건 때 두 명의 살인 피해자 말고도 한 명의 피해자가 더 있었어."

"무슨 말이에요?"

수현은 어쩔 수 없다는 표정으로 그때의 이야기를 꺼냈다.

재한의 지시대로 돌아가지 않고 다시 홍원동 골목 앞에 선 수현은 마지막으로 한 번 더 동선을 체크해보기로 했다. 그리고 천천히 낮에 걸었던 길들을 다시 훑어 내려갔다. 그 사실을 모르고 한참 뒤 사무실로 들어온 재한은 수현의 자리를 확인했으나 비어 있었다. 마음이 쓰여 여자 숙직실을 찾아가보고, 수현이 있을 만한 곳을 뒤졌지만 여전히 없었다. 집으로 갔나 싶어 재한은 수현의 집에 처음으로 전화를 했다.

"안녕하십니까. 차수현 순경 선밴데요. 차수현 순경한테 급하게 전할 얘기가 있어서 그러는데… 네? 아직 안 들어왔습니까?"

어딘지 모르게 불길한 느낌이 든 재한은 다시 홍원동으로 향했다.

그때 수현은 단서가 될 만한 게 없는지 계속해서 거리를 걷고 또 걷고 있었다. 그러다 CD플레이어를 확인하고 새로 재생 버튼을 누르려는데 낑낑대는 소리가 들렸다. 소리를 좇아가보니 하얀 강아지 한 마리가 줄에 묶여 신음하고 있었다.

"너 왜 그래? 어디 다쳤어?"

수현이 다가가자 강아지는 두려운 시선으로 더욱 낑낑댔다. 갸우뚱 강아지를 바라보던 그때, 검은 그림자가 덮쳤다. 수현이 반항할 틈도 없이 얼굴에 검은 비닐봉지를 뒤집어씌우고 입을 틀어막았다. 정신을 차려보니 수현은 여전히 얼굴에 검은 비닐봉지가 씌워진 채 윤상미가 끌려갔던 그곳에 던져져 있었다. 차가운 타일 바닥, 똑똑 물이 떨어지는 어두운 곳. 홍원동에 도착한 재한이 수현의 이름을 부르며 골목을 헤맸지만 이미 한발 늦은 뒤였다.

"사는 게 많이 힘들지?"

김진우는 윤상미 때와 똑같은 질문을 수현에게 했다. 입에 재갈이 물린 탓에 비명을 지르려고 해봤지만 나오는 소리는 작은 신음뿐이었다.

"쉬잇. 소리 내면 안 돼. 그러면 혼나."

사력을 다해 소리를 질러봤지만 역부족인 수현은 점점 숨이 막혀왔다.

"조금만 기다려. 그럼 편하게 해줄게."

김진우는 조용히 말하고 자리를 떴다. 덜컥 문이 열리고 휭, 불어오는 한 줄기 바람. 저벅저벅 발소리가 멀어지고 다시 휭, 그러고는 쿵, 문이 닫혔다. 발소리가 잦아들고 고요해지자 수현은 정신 차리려고 안간힘을 썼다. 비틀비틀 자리에서 일어났다. 앞이 보이지 않는 암흑 속에서 뒤로 묶인 손으로 겨우 벽을 더듬으며 한 발짝씩 걸어나갔다. 바람이 들어왔던 곳, 그쪽 어딘가에 문이 있을 것이다, 분명 있을 것이다. 두려움에 흐느끼며 조심조심 나아갔다. 수현은 다른 질감의 벽을 찾았다. 매끈한 타일을 지나고 또 지나 차가운 쇳덩어리가 만져졌다. 문, 문이었다. 바람에 흔들리는 얇은 유리 소리가 나는 문. 드디어 출구를 찾은 수현은 두 손이 묶인 채 있는 힘껏 문을 밀었지만 제 몸만 튕겨나올 뿐이었다. 이렇게 암흑 속에서 끝날 순 없었다. 죽음의 공포가 극에 달한 수현은 온 힘을 다해 문 쪽으로 돌진했다. 쿵, 드디어 문이 열리고 수현은 골목 바닥으로 나뒹굴었다. 차가운 바람이 섞인 바깥 공기가 온몸에 전해졌다. 그리고 시큼한 시궁창 냄새가 코를 찔렀다. 습기로 가득해진 비닐봉지 안에서 숨을 몰아쉬면서 수현은 비틀거리며 일어나 무조건 달렸다. 헉헉대며 수현은 생각했다. 범인에게 잡히면 다시 그 죽음의 공간으로 들어가게 될 거야. 공포의 끝. 앞도 뒤도 알 수 없었지만 검정 비닐봉지 사이로 희미하게 비치는 불빛을 따라 뛰었다. 뒤로 묶인 팔과 보이지 않는 시야와 다급한 마음 때문에 넘어지고 일어서길 반복하면서 뛰었다. 숨이 멎을 듯 가빠왔다.

재한도 벌써 몇 시간째 골목을 뛰고 있었다. 수현의 이름을 부르며 뛰던 재한은 골목 안쪽에 인기척을 느껴 다가갔다. 사람의 발이 보이는 것 같았다. 다급하게 다가가니 사람이 손목이 묶인 채 쓰러져 있었다. 놀란 재한은 떨리는 손으로 검정 비닐봉지를 벗겼다.

"차수현! 야 인마, 쩜오!"

수현을 안고 묶인 팔을 풀어주는 재한의 목소리가 떨려왔다.

"정신 차려, 차수현! 나 봐봐. 응?"

재한이 수현을 흔들어대자 순간 움직이지 않던 수현이 눈을 떴다. 수현은 충격으로 제정신이 아니었다. 재한을 알아보지 못하고 소리를 지르며 도망치려고 발버둥쳤다.

"아아아아악! 악! 어어… 아아악!"

재한은 눈물을 참으며 벌게진 눈으로 수현을 꼭 끌어안았다. 버둥거리는 수현을 품에 안고 다독이며 진정시켰다.

"됐어, 이제 괜찮아. 진정해. 진정해라, 차수현."

충격이 가시지 않았지만 그제야 재한이라는 걸 알아차린 수현이 발버둥을 멈췄다. 그리고 이내 울음을 터뜨렸다. 아이처럼 엉엉 우는 수현을 재한은 꼭 끌어안았다.

"괜찮아. 다 끝났어."

"난 정말, 그게 끝인 줄 알았어. 그 이후엔 더 이상 피해자가 나오지 않았으니까."

그런 수현을 가만히 바라보던 해영이 더 물어보려고 하는 찰나 저 멀리 의경의 외침이 들렸다.

"찾았습니다!"

놀란 얼굴로 달려가는데 이번엔 다른 쪽에서 또 들려왔다.

"여기도 이상한 게 있습니다!"

여기저기서 사체가 발견됐다. 의경들과 전담팀은 현장 한편에 백골사체들을 나란히 눕혔다. 텐트, 돗자리, 박스, 자동차 덮개, 쌀 포대, 에어캡 등 저마다 다른 소재로 싸여 있으나 손이 묶여 있고 모두 얼굴에 검정 비닐봉지를 쓰고 있었다. 수현은 뒤늦게 현장에 도착한 안치수에게 보고했다.

"어제 발견된 백골사체까지 포함, 총 아홉 구입니다."

"동일범에 의해 매장됐을 가능성이 큽니다. 유력한 용의자는 1997년 홍원동 사건의 범인이에요. 범인은 살인을 멈추지 않았던 거예요."

전담팀이 의경들과 함께 동의산 남서면에서 발견된 백골사체 아홉 구는 모두 여자였다. 헌기가 신속하게 신원을 확인한 결과 모두 실종 신고가 들어온 행방불명자들이었다.

이혜영, 2000년 9월 실종. 당시 나이 27세.

서영진, 2001년 5월 실종. 당시 나이 35세.

박아영, 2004년 3월 실종, 당시 나이 25세.

노현미, 2005년 10월 실종, 당시 나이 43세.

박세정, 2006년 4월 실종 추정, 당시 나이 28세.

김윤민, 2008년 1월 실종, 당시 나이 39세.

남궁선, 2010년 4월 실종, 당시 나이 31세.

이미정, 2011년 6월 실종, 당시 나이 23세.

"그리고 아직 신원이 밝혀지지 않은 마지막 피해자 포함 총 아홉 구의 백골사체가 동의산 남서면에서 발견되었습니다. 각각 돗자리, 박스지, 김장용 비닐 등으로 온몸이 싸여 있었고 머리에는 검정색 비닐봉지가 씌워진 채 매장된 상태였습니다. 그런데 이게 다가 아닙니다. 보시는 사진은 1997년 홍원동 일대에서 발생했던 미제사건의 피해자들과 사건현장 사진입니다. 사체의 유기방법, 범행수법 등이 이번에 발견된 사체들과 거의 일치합니다."

수현의 브리핑을 들은 경찰청장은 불같이 화를 냈다.

"아니, 이게 무슨 소리야. 그때 경찰이 범인을 못 잡아서 아홉 명이 더 죽었단 얘기야? 도대체 뭣들 하고 있었던 거야! 이 사실이 알려지면 언론이고 여론이고 난리가 날 텐데. 이 사태 어떻게 막을 거야!"

그때 말없이 듣고만 있던 수사국장 김범주가 나섰다.

"막을 순 없죠. 막아서도 안 됩니다."

경찰청장은 기가 막힌 표정이었다.

"뭐요?"

"무려 아홉 명이나 희생당한 연쇄살인사건입니다. 언론 통제는 불가능합니다."

"그래서 지금 경찰이 무능했다 자진납세라도 하자는 건가?"

"장기미제전담팀에 이 사건을 맡기죠."

김범주는 수현을 바라보며 말을 이었다.

"경기남부 사건부터 굵직굵직한 사건들을 해결한 팀이고 대외적으로 신뢰를 받고 있습니다. 과거에 경찰이 잘못해서 미제로 남은 사건을 현재의 전담팀이 맡아서 해결한다. 이 정도면 여론을 잠재울 수 있을 겁니다."

그제야 누그러진 경찰청장은 다른 중진들의 의견을 물었다. 모두들 김범주의 의견이 최선인 것 같다며 수긍했다. 경찰청장은 고개를 끄덕이곤 안치수에게 광역수사대도 장기미제전담팀 수사에 전력을 다해 지원할 것을 당부했다.

"사건 수사 진행상황, 수사국장 통해서 바로바로 나한테 보고하도록."

"알겠습니다."

회의가 끝나고 나오는 길, 안치수는 김범주에게 물었다.

"일부러 그러신 겁니까? 전담팀이 실패하길 바라시는 거죠? 그러면 모든 책임을 물어서 전담팀을 해체라도 시키시려는 거 아닙니까?"

"왜. 그래도 자기 새끼들이라고 걱정되나? 그래서 박해영이 김성범 뒤를 캐고 다니는 것도 보고 안 한 거야? 이번 사건, 실패하면 당하는 건 전담팀뿐만이 아닐 거야."

김범주는 안치수를 잡아먹을 듯 노려보곤 뒤돌아 걸어갔다.

"얘기해봐요. 차 형사님이 납치됐을 때 무슨 일이 있었던 겁니까?
왜 범인을 잡지 못한 거죠?"

정식 수사 명령이 떨어진 전담팀은 방향을 잡기 위해 회의를 시작
했다. 해영은 당시 피해자였던 수현에게 좀 더 구체적인 이야기를 부
탁했다.

"그때 이재한 선배가 다행히 나를 찾아서 구출된 후에 바로 응급처
치를 받았어. 뛰어가다 가로등에 부딪히면서 입은 찰과상이랑 묶였던
손목의 상처 같은 것들을 치료했지. 그리고 다시 형기대 사무실로 돌
아갔어. 선배들이 나를 둘러싸고 현장에 대해 묻기 시작했지."

수현은 1997년 사무실에서의 일을 하나하나 떠올렸다.

"차수현, 넌 그냥 피해자가 아니야. 형사야."

재한은 납치됐다 풀려나 아직 눈빛이 떨리는 수현을 다그쳤다.

"널 납치한 놈은 벌써 두 명이나 죽였다. 그 새끼 잡으려면 네 기억
이 필요해."

재한의 말에 정제는 김범주가 단순 납치사건으로 수사하라고 한
사건을 확증 없이 단정짓지 말라고 조언했다. 그러나 재한은 정제의

말에 아랑곳하지 않고 수현에게 다시 물었다.

"얘기해봐. 본 게 없으면 들은 거라도 있을 거 아냐."

"소리… 물, 물 떨어지는 소리가 났어요."

똑똑 타일 바닥으로 떨어지던 물소리. 그리고 들려오는 범인의 목소리. 사는 게 많이 힘들지?… 소리 내면 안 돼… 그러면 혼나….

"목소리는 젊은 남자 같았어요. 그리고 손. 가늘고 차가웠어요."

수현은 잠시 말을 멈췄다. 그 상황을 다시 기억하는 게 괴로웠다. 그러나 용기를 내 다시 설명을 시작했다.

"그러다가 조금만 기다리라면서 나갔어요. 문이 열리고 찬바람이 들어왔는데 지금 안 나가면 죽을 것 같았어요. 그래서 일어나서 문을 찾기 시작했어요. 그런데…."

밀려오는 공포에 눈을 질끈 감은 수현은 더 이상 할 수 없다고 고개를 흔들었다.

"계속해."

재한은 봐주지 않았다. 수현의 어깨를 잡고 눈을 바라보며 말했다.

"차수현, 나 봐. 이제 괜찮아. 그러니까 얘기해."

"문을 찾았는데… 문을 찾았어요. 벽면을 따라서 유리문 소리가 나는 곳을 향해 더듬으며 걸었어요. 그러다 아마 장롱일 거 같은데 열린 문에 손이 걸렸어요. 그리고 뭔가 만져졌는데… 손, 손이었어요. 차갑게 식은 손. 시체 같았어요. 저는 너무 놀라서, 놀라서…."

벌벌 떠는 수현에게 정제는 진짜 시체였냐고 물었다.

"잘 모르겠어요. 그런데 그 손, 너무 차가웠어요."

"그래서 어떻게 나왔냐?"

"그렇게 더듬거리다가 틈 사이로 찬바람이 느껴지는 벽에 닿았어요. 문이라고 생각해서 찾아보니 손잡이도 있었어요. 열려고 하는데 바깥에 빗장이 걸렸는지 열리지 않았어요. 그때 못 나오면 죽을 거라는 생각에 있는 힘을 다해서 몸에 무게를 실어 문에 부딪쳤어요. 여러 번 하다가 갑자기 쾅 하고 문이 열렸고요."

"그다음은?"

"계속 뛰었어요. 그러다가 뭔가 세게 부딪혀서 정신을 잃었던 거 같아요. 눈을 떠보니까 선배님이 있었어요."

"어디로 뛰었냐?"

"그냥 앞으로, 앞으로만 뛰었어요. 하지만 아무것도 보이지가 않아서…."

"얼마나 뛰었어? 그러니까 몇 분 정도 걸렸어?"

"모르겠어요."

"생각해봐."

"10분, 15분 정도였던 거 같아요."

"다른 건?"

"냄새, 그 집을 나왔을 때 시궁창 냄새가 났어요."

"더, 더 없어? 생각해봐."

동료들은 수현을 몰아붙이는 재한을 말렸다. 홍원동 개천 주변, 화장실이 딸려 있는 1층집, 가족 없이 혼자 사는 남자. 이 정도 단서면 충분하다고 수현을 안심시키고 집으로 보냈다. 그날 수현이 집으로 돌아간 뒤 재한은 무기고로 갔다. 범인을 죽여버리고 말겠다면서.

다음날 형사기동대 사무실에는 홍원동 일대의 커다란 지도가 붙었다. 지도에는 전날 밤 수현의 진술을 토대로 한 감금장소 예상지역이 표시되어 있었다. 형사들은 홍원동 일대로 흩어져 20대 초중반 독거남이 살고 있는, 화장실이나 개수대가 딸린 1층 집을 찾았다. 주민들에게 묻고 동사무소의 인적사항을 확인해 독거세대의 주소를 받아 일일이 방문했다. 그러나 조건에 맞는 인물도 장소도 도무지 나타나지 않았다.

"금방 찾을 수 있을 것 같았는데, 결국 아무것도 찾지 못했어. 시간은 계속 흘러갔고 당시 반장이었던 김범주 국장이 사건 종결을 지시했거든."

수현은 지난 기억을 정리하며 말했다.

"사건을 종결해요? 두 명이 죽고 경찰까지 당할 뻔했는데요? 그때 범인만 잡았어도 다른 아홉 명은 살 수 있었어요."

흥분한 해영의 말에 계철은 한숨을 쉬었다.

"옛날에도 그렇고 지금도 그렇고, 연쇄살인 좋아하는 간부는 없어."

"동기가 없잖아요. 그냥 죽이고 싶은 욕구로 불특정다수를 죽이니까 단서가 턱없이 부족한 겁니다. 지금까지 잡힌 연쇄살인범들도 시민의 제보나 우연히 얻어걸린 단서로 잡은 거예요."

계철이 끄덕였다.

"정헌기 말이 맞아. 뭣 빠지게 뛰어다녀도 단서는 없고 무능하다고 손가락질이나 당하고, 그럴 때마다 누군가는 재수 없게 걸려서 책임지고 옷을 벗게 되거든. 이번에도 마찬가지야. 만약 못 잡으면 우리가 옴팡 뒤집어쓸 수도 있어. 한마디로 똥 밟은 거지, 우리가."

광역수사대 대회의실에 형사들이 모두 모였다. 수첩도 없이 대충 와서 앉은 모양새가 다들 이번 사건을 달가워하지 않는 눈치였다. 장기미제전담팀은 지원해줄 광역수사대 형사들에게 홍원동 사건 브리핑을 시작했다. 2000년 실종된 이혜영부터 2011년 마지막 신원미상 사체까지 신원이 적혀 있는 화면을 등지고 수현이 설명을 시작했다.

"마지막 한 구를 제외하고 신원이 밝혀진 여덟 명의 피해자들의 유가족을 탐문한 결과, 주목할 만한 사실이 드러났습니다. 숨진 여덟 명 중 세 명은 홍원동에 거주하고 있었고 나머지 다섯 명은 실종 당시에 직장, 이사, 결혼 등의 이유로 홍원동 근처에 자주 와야만 했던 상황이었습니다. 1997년 두 명의 피해자들을 비롯해 모든 피해자들이 공통적으로 홍원동에 연고가 있었고 시신이 발견된 동의산 남서면 역시 홍원동 북부 지역과 맞닿아 있는 점으로 미루어보아 범인은 1997년부터 지금까지 홍원동에 직장이나 거주지를 두고 있을 가능성이 큽니다."

"그 외의 다른 단서는?"

안치수가 질문을 던졌다.

"연쇄살인, 특히 이번 경우처럼 과거에 저질러진 연쇄살인사건의 경우는 프로파일링이 매우 중요합니다. 지금까지 밝혀진 범인에 관한 프로파일링 결과를 말씀 드리겠습니다."

수현은 해영을 불렀다. 팀원들과 함께 단상 뒤쪽에 있던 해영이 발표를 위해 앞으로 나서자 형사들의 표정은 더욱 일그러졌다. "뭘 안다고" "재수 없게" 같은 말을 아무렇지도 않게 툭툭 뱉는 소리가 들려왔다. 심지어 자리를 박차고 나가려는 형사도 있었다. 그들에게 해영은 조용하면서도 힘 있는 어조로 말하기 시작했다.

"전 이론만 알고 수사에는 전혀 문외한입니다."

회의실이 술렁거렸다. 다시 자리에 돌아와 앉은 형사들은 그래서 뭘 어쩌라는 거냐며 삐딱하게 앉아 인상을 구겼다.

"그러니까 제가 지금부터 말씀 드리는 건 이론적인 이야기일 뿐입니다. 범인을 잡고 나면 모두 엉터리에 허무맹랑한 추측일 수도 있어요. 수사를 하실 때 참고만 해주시기 바랍니다."

그제야 형사들이 하나둘 해영에게 집중을 하기 시작했다.

"동의산 발굴현장에서 발견된 백골사체들의 포장 상태와 매장의 깊이 등을 살펴봤을 때 범인은 매우 꼼꼼하고 세심한 성격으로 추정됩니다. 옷차림이나 머리형 역시 강박적으로 깔끔할 가능성이 큽니다. 거주지건 직장이건, 주변 역시 깔끔하게 정리돼 있을 거예요. 사체를 포장하는 데 시간이 꽤 많이 소요됐을 겁니다. 어느 누구의 방해도 받지 않을 자기만의 작업장이 있었을 거고, 마당이 없는 독채에 거

주할 가능성이 큽니다. 자기 마당이 있었다면 거기에 파묻지 힘들게 시신을 동의산까지 옮기지 않았을 거예요. 또한 피해자들의 특성 중에 가장 주목해야 할 점이 있습니다. 피해자들은 나이도 외모도 키도 모두 제각각이었습니다. 단 한 가지 공통점은 우울증을 앓고 있었건 우울증 직전까지 갔건 우울한 성향을 보였다는 겁니다."

어느새 회의실 안은 모두 해영의 말에 귀를 기울이고 있었다.

"이런 경우 범인 역시 동일한 성향이나 병증을 가지고 있는 경우가 있을 수 있습니다. 범인 역시 우울증을 가지고 있을 가능성이 있다는 얘기죠. 또한 그런 피해자들의 성향을 관찰하려면 오랜 시간이 필요합니다. 계속 피해자들을 지켜볼 수 있었던 위치에 있었을 거예요. 피해자들이 다녔던 심리상담소라든지 자주 가던 단골집 등 공통적으로 방문하던 곳을 찾아내는 게 급선무입니다. 피해자들이 집과 직장을 오갈 때 사용하던 출퇴근 경로나 자주 가던 곳, 공통적으로 알고 지내던 지인 등을 집중적으로 수사해야 합니다."

해영의 말이 끝나자 안치수는 수현에게 물었다.

"차수현, 네 생각은?"

"저 역시 동의합니다."

"좋아. 그럼 강력1팀은 피해자들이 다니던 직장 동료 등 자주 만나던 지인들 리스트 작성하고 강력2팀은 피해자들 이동경로 파악해. 전담팀은 아직 확인되지 않은 마지막 피해자 신원 확인에 주력하도록. 이상."

"한 가지 더 있습니다. 당시 유일하게 범인과 마주쳤던 증인이 있습니다."

"누군데?"

"접니다."

모두들 놀라는 눈치였다. 수현은 과거 자신이 겪은 일을 형사들에게 보고하며 법최면을 받겠다고 했다.

"효과가 있을 것 같아?"

범행을 목격한 사람이 당시의 상황을 명확하게 기억하지 못하는 경우 최면을 통해 잠재의식 상태의 기억을 이끌어내 단서를 찾아내는 방법이 수현에게도 가능할까 의심하는 건 당연했다. 벌써 20여 년 전의 일이었다.

회의가 끝난 뒤 들어올 때와는 사뭇 다른 표정으로 뿔뿔이 흩어지는 형사들 사이에 저만치 걸어가고 있는 수현을 해영이 잡아세웠다.

"정말 법최면 받으실 거예요?"

"같은 말 두 번 듣는 게 취미야?"

"아무리 형사라도 그런 일을 당했다면 당연히 정신적인 외상이 남아 있을 거예요. 괜찮겠어요?"

"훨씬 더 전에 했어야 하는 일이었어. 나 때문이야. 저 피해자들. 내가 못 잡아서 죽은 거라고."

"범인 얼굴도 못 봤다면서요."

"얼굴은 모르지만 집은 알아낼 수 있을지도 몰라. 내 기억 어딘가에 분명히 단서가 있을 거야."

조도가 낮은 어두운 방, 편하게 몸을 뉠 수 있는 카우치가 있다. 긴장한 수현이 법최면실에 들어갔다. 기다리고 있던 최면가의 지시대로 의자에 가만히 앉아 몸을 기댔다. 최면실 유리 밖으로 장기미제전담팀원들과 안치수가 수현을 지켜보고 있다.

"이제 눈을 감고 숨을 크게 쉬어봅니다."

수현은 지그시 눈을 감고 심호흡을 했다.

"숨이 당신의 온몸 구석구석을 이완시켜줍니다. 그리고 호흡에 집중하세요. 지금은 1997년 12월 20일 밤입니다. 당신은 누군가에게 납치됐습니다."

최면에 빠져든 수현은 당시로 돌아간 듯 공포로 얼굴이 일그러졌고 최면가는 서서히 수현의 기억을 이끌어내기 시작했다.

"다른 건 떠올리지 않아도 좋습니다. 그 집에서 나오는 당시 상황으로 돌아가봅니다. 찬바람이 느껴지나요?"

수현이 눈을 감은 채로 웅얼거리듯 말했다.

"네, 문을 찾았어요."

"그 뒤에 어떻게 됐나요?"

"넘어졌어요. 냄새…."

"무슨 냄새가 나죠?"

"썩은 냄새, 시궁창 냄새요."

"그리고 어떻게 됐죠?"

최면 속의 수현은 전력 질주 중이었다. 희미하게 흔들리는 가로등 불빛이 얼굴을 가린 검정 비닐봉지 사이로 들어왔다.

"달렸어요. 그런데 안 보여요. 앞이 잘 보이지 않아요."

그래도 수현은 달리고 또 달렸다. 벽에 부딪혀 넘어지고, 일어서려는데 동그란 대문 손잡이에 부딪혔다. 겨우 다시 일어나 달리다가 뭔가와 쾅 부딪혔다.

"계속 뛰고 있나요?"

"네, 계속 ⋯ 계속 앞으로 뛰었어요. 그런데, 뭔가에 부딪혔어요."

"어디에 부딪혔는지 보세요."

순간 수현의 호흡이 거칠어지고 고개가 뒤로 넘어갔다.

"답답해요."

"괜찮아요. 당신은 편안하고 안전합니다. 천천히 호흡하세요."

최면가는 거듭 천천히 호흡하라며 수현을 진정시켰지만 수현의 상태는 점점 나빠졌다. 격렬하게 반응하는 수현의 상태가 걱정된 최면가는 최면을 중단했다. 잠시 후 깨어난 수현은 지쳐 있었다. 이대로 한 걸음도 나아가지 못한 것에 대한 아쉬움과 죄책감에 수현은 한숨을 쉬었다. 최면실 문이 열리고 헌기와 계철, 해영 그리고 안치수가 들어왔다. 수현은 면목이 없는지 고개를 숙였다.

"괜찮아요?"

해영은 그런 수현이 걱정스러웠다.

"결국 최면을 했어도 범인의 집에 대한 단서는 예전하고 똑같네."

헌기가 눈치 없이 말하는 계철을 툭 치며 입모양으로 하지 말라고

뻥긋댔다.

수현은 고개를 들며 안치수에게 부탁했다.

"한 번 더 해보겠습니다. 뭔가 놓쳤을 수 있어요."

지푸라기라도 잡는 심정으로 최면에 기대를 걸었던 수현은 한 번 더 기회를 갖고 싶었다. 그러나 최면 당시의 모습을 지켜본 동료들은 선뜻 대답하지 못했다. 수현의 간절한 눈빛이 확신에 찬 시선으로 바뀌며 다시 말했다.

"아니, 뭔가 놓친 것 같습니다."

그때 해영이 말했다.

"차 형사님 기억을 토대로 범인의 집을 좇는 건 과거의 실패한 수사방법이에요. 그 이후로 아홉 명의 피해자가 나왔습니다. 이젠 그 피해자들에게 집중하는 게 맞아요."

해영은 수현을 설득하며, 미세하게 떨리는 그의 손을 바라봤다. 드러내진 않았지만 공포에서 벗어나지 못했는지 미세하게 떨고 있었다. 심정적으로 그 사건을 되새기는 건 수현에게 그만큼 힘든 일이었다.

"박해영 말이 맞아. 실패한 수사방법을 되풀이할 필요는 없어."

안치수는 마지막 피해자 신원 확인에 주력하라는 말을 남기고 최면실을 나갔다.

1997년의 재한은 수현의 진술을 토대로 형사기동대 형사들과 함께 홍원동 개천 주변을 돌고 있었다. 밤늦게까지 수사를 벌이는 중이었다. 갑자기 치지직, 무전이 왔다. 해영이란 걸 안 재한은 골목 한쪽으로 걸어가며 무전을 받았다.

"박해영 경위님? 나예요."

"예, 듣고 있습니다."

"1997년 홍원동 사건, 검은 비닐봉지 맞죠?"

"예, 맞아요. 그 사건입니다."

"설마 이 미친 놈도 못 잡는 겁니까?"

"예, 범인은 아직도 잡히지 않았어요. 지금 우리도 수사 중입니다. 피해자들이 모두 홍원동과 연고가 있고 우울한 성향이었다는 것 말고는 결정적인 단서는 발견되지 않았어요. 혹시 그때 피해자들 사이에 공통점이 더 발견되지 않았나요?"

"피해자들 모두 집 앞 슈퍼도 안 나갈 정도로 낯을 가리는 성격이었어요. 주로 다니는 길도 전혀 달랐고요. 사람을 둘이나 죽이고 우리 형기대 막내까지 죽을 뻔했습니다. 이 개자식 꼭 잡아야 해요."

조용히 피해자 특징을 설명하던 재한의 목소리가 격앙됐다. 해영은 좀 전 최면실에서의 수현을 생각하며 표정이 어두워졌다.

"형기대 막내… 차수현 형사님이죠?"

"차수현을 아세요? 경위님이 어떻게 압니까?"

"차수현 형사님, 우리 팀 팀장입니다. 서울청 장기미제전담팀이요."

차분한 말투의 해영과 다르게 재한은 수현의 이야기를 듣자 조금 흥분했다.

"팀장? 팀장이요? 쩜오가? 와, 나 올해 들었던 말 중에 가장 충격적인 말이네."

말은 그렇게 해도 재한의 얼굴에는 미소가 번졌다. 차수현이 팀장이 됐다니. 여자 숙직실에 핑크색 이불을 깔던 차수현이 번듯한 형사가 됐구나. 신기하기도 궁금하기도, 그리고 기특하기도 해서 재한은 재차 물었다.

"그래 그 팀은 잘 굴러갑니까?"

재한의 반응이 재미있는 해영은 피식 웃으며 되물었다.

"왜요? 차 형사님이 그렇게 엉망이었어요?"

"엉망뿐이겠어요? 기동차량 하나도 운전 못 하는데. 차수현이 팀장을요? 어이쿠야."

"그런데 그때 많이 힘들어했던 것 같은데, 괜찮나요? 아무리 형사라도 범인에게 납치된 거잖아요. 충격이 클 겁니다."

해영의 표정이 다시 어두워졌다. 그런 해영과 달리 재한은 굳게 믿고 있었다.

"이겨낼 겁니다. 운전은 엉망이어도 강단이 있는 놈이에요."

"그렇게 직접 얘기해주세요."

"예? 그게 무슨 말씀이십니까?"

"속으로만 그렇게 생각하면 상대방은 알 수 없어요. 직접 얘기해주면 훨씬 힘이 될 겁니다. 이재한 형사님이 얘기를 해주면, 더 그럴 것 같고요."

"내가요? 왜요?"

"그냥, 그럴 거 같아서요. 그런데 형사님, 그건 궁금하지 않으세요? 지금 2015년에 형사님은 어떻게 돼 있는지."

재한은 가만히 무전기를 바라봤다. 20년 후의 본인이 어떻게 되어 있을까, 쩜오가 팀장이 되었다는 미래에 나는 어떤 모습일까. 잠깐 궁금했지만 이내 생각을 접었다.

"나요, 우리 아버지가 점집 다니는 것도 질색인 사람입니다. 앞으로 잘 살든 못 살든 그거 알아서 뭐 합니까. 어차피 내가 내 인생 살 건데. 혹시 그때 나 만나서 정신 못 차리고 있으면 한 대 주먹질해요. 정신 차리라고."

무전으로 재한의 이야기를 듣던 해영은 그의 미래가 마음에 걸렸다.

"형사님, 사실 형사님은…"

그러나 무전은 재한의 미래를 다 얘기하기도 전에 꺼져버렸다. 마치 어느 누구도 절대로 알아서는 안 될 이야기라는 듯.

해영과의 무전을 끊고 재한은 지난밤을 떠올렸다. 얼굴에 비닐봉지를 뒤집어쓰고 손이 꽁꽁 묶인 채 쓰러져 발버둥치던 수현을. 형사니까 해야 한다고 여기저기 긁히고 다친 수현에게 다그쳤다. 형사이기 전에 큰일을 당한 사람이라는 걸 헤아릴 여유가 없었다. 해영의 말을 듣고 있자니 어깨 한번 두드려주지 못한 게 후회됐다.

광역수사대 사무실은 홍원동 연쇄살인사건으로 분주했다. 모두 자신이 맡은 위치로 나가서 자료를 만들어 가지고 들어와 정리하고 서로 정보를 교환하며 밤낮없이 움직였다. 안치수는 현장에 다녀온 계철을 비롯한 광역수사대 형사들과 회의를 시작했다.

"신원이 확인된 피해자들의 주변을 조사해봤는데 워낙 대인관계가 좁았습니다. 가족을 제외하곤 친구도 거의 없었고 동료들과도 인사만 하는 정도여서 피해자들 모두를 관찰할 수 있을 정도의 지인들은 없었습니다."

"피해자들이 주로 이용하는 출퇴근 경로나 자주 가던 곳들도 마찬가집니다. 거의 집밖에 모르고 살았어요. 가까운 홍원동 인근에 살았지만 공통적으로 이용하던 건 지하철이나 버스 정도의 대중교통입니다. 하지만 이용 시간대도 이용하는 버스노선도 달랐습니다."

"한마디로 아직 단서가 없다는 건가? 아직 신원이 확인 안 된 마지막 피해자는?"

안치수는 답답해하며 물었다. 옆에 있던 계철이 피해자가 발견 당시 입고 있던 옷이 찍힌 사진을 내밀었다.

"발견 당시 피해자가 입고 있던 옷입니다. 겨울 파카를 입고 있던 걸로 봐서는 실종시기는 겨울. 이 옷들을 제조한 제조사에 확인한 결과 2014년 처음으로 생산된 의류랍니다. 2014년 이후에 실종됐을 확률이 높습니다."

해영 역시 신원미상의 피해자에 대한 조사를 위해 수현과 함께 국과수 특수부검실에 가 있었다. 부검대 위에 올라와 있는 백골사체를 바라보며 오윤서의 소견을 들었다.

"전국 실종자 데이터베이스 DNA와 한 번 더 비교해봤지만 일치하는 사람은 없었어요. 치과 치료를 받은 흔적도 없고, 수술도 받은 적이 없고요. 그리고 백골사체를 조사해봤는데 뼈에서 수은이 다량으로 검출됐어요. 치사량까진 아니지만 꽤 오래 수은에 노출됐던 것 같아요."

"그게 다인가요?"

"하나 더 이상한 점이 있어요. 다른 사체들은 모두 비닐을 묶은 매듭이 목 앞쪽에 있었어요. 그러니까 범인이 피해자들의 얼굴을 마주보면서 비닐을 씌웠다는 거죠. 그런데 이 사체만 다르더라고요. 비닐봉지의 매듭이 목 뒤에 있었어요. 뒤에서 비닐을 씌웠다는 거죠. 그리고 설골의 골절 모양도 달랐어요."

"그게 무슨 소리죠?"

"다른 피해자들은 앞에서 두 손으로 목을 졸라 살해당했어요. 그런데 이 피해자는 골절 모양으로 봤을 때 뒤쪽에서 목을 조른 것 같아요."

"그러니까 범인은 이 피해자를 대할 때 항상 뒤쪽에서 움직였단 얘기군요."

"맞아요."

"이 사체, 담요로 싸여 있었어요. 담요는 부드럽고 따뜻한 재질이에요. 거기다 얼굴을 보지 않았다. 사체 처리방식이 달라졌어요. 범인에게 심리적인 변화가 생긴 겁니다."

해영의 말이 끝나자 수현이 날카롭게 질문했다.

"그게 무슨 얘기야?"

"형태가 다르면 분명히 그 이유가 있을 겁니다. 이 피해자가 범인의 감정을 움직인 거예요. 이 피해자의 신원을 밝혀내면 범인에 대한 단서가 나올 겁니다."

신원이 밝혀지지 않은 마지막 피해자는 유승연이었다. 스물일곱 살이 다 되도록 그녀는 혼자였다. 어려서부터 조용하고 소심한 성격 탓에 친구들은 그녀의 존재조차 모르기 일쑤였다. 자그맣고 귀여운 외모였지만 흔한 연애도 못 해봤다. 누군가 먼저 다가오지 않으면 친구를 만들 수 없던 그녀는 늘 외로웠다. 부모님이 일찍 돌아가시고 혼자 생활하기 시작하면서 외로움은 더해졌다. 누군가와 말을 나누는 대신 그녀는 매일 일기를 썼다. 살아 있음을, 살아가고 있음을 증명하려는 듯 아무도 관심 없는 자신의 하루를 기록했다.

편의점은 일기 쓰기 좋은 장소였다. 회사처럼 참견하는 사람도 없었고, 혼자 지내는 집처럼 썰렁하지도 않았다. 그곳은 늘 깔끔하게 정리되어 있으며 무엇보다 그가 있었다.

처음이었다. 누군가가 자신을 바라보는 것은. 그곳에 앉아 컵라면을 먹고 캔커피를 마시며 일기를 썼다. 가만히 하루를 정리하고 있으면 공연히 심장이 뛰었다. 누군가의 시선을 받는 일이 이런 거라는 걸 그제야 알았다. 회사에서 일을 할 때도 회식할 때도 누구 하나 말을 걸지 않았지만 괜찮았다. 자신을 바라봐주는 사람이 있으니까.

어느 날 회식이 끝나고 집으로 돌아가기 위해 길을 걷던 그녀는 귤을 한 봉지 샀다. 커플들 틈에서 자신도 바로 집에 가지 않고 뭔가를 하고 싶었다. 잠깐, 아주 잠깐 그와 거리를 걷는 상상도 했다. 괜히 기분이 좋아졌다. 내일은 편의점에 가서 아침을 먹어야지. 그런 생각을 하며 고개를 숙이고 걷다 어느 커플에 부딪혀 봉지를 놓쳤다. 바닥에 나뒹구는 귤을 하나둘 주워 봉지에 다시 담았다. 마지막 한 개는 저 골목 모퉁이까지 굴러갔다. 그녀는 귤을 따라 걷다 모퉁이에 도착해 그를 보고 깜짝 놀랐지만 이내 자신을 따라온 건 아닐까 싶은 생각에 수줍어졌다. 그는 예상치 못한 상황에 어찌할 바를 모르고 두리번댔다. 유승연은 배시시 웃으며 말없이 조심스럽게 마지막 귤을 그의 손에 쥐여줬다. 그러고는 달아오른 얼굴을 감추려고 뒤돌아 뛰다시피 걸었다.

다음날 출근길, 퇴근길 그를 보기 위해 편의점을 찾았던 그녀는 슬퍼졌다. 그는 더 이상 눈을 마주치지 않았다. 어느 날은 아무리 기다려도 나오지 않았고, 또 어느 날은 지친 퇴근길 창 너머로 눈이 마주치자 얼른 그가 피했다. 점심 먹으러 편의점에 갔을 때 못 본 척 고개를 돌리는 그를 보고 힘없이 지나다 빙판길에 넘어지는 바람에 가방 안 물건들이 다 쏟아졌다. 누구도 도와주지 않았다. 혼자 물건을 주워 담고 있었는데 누군가 일기장을 주워 건넸다. 그 사람이었다. 그가 다시 자신을 도와줬다는 사실에 신이 난 유승연은 그날 밤 편의점 앞에서 그가 끝나기를 기다렸다. 비가 오고 있었다. 일과를 마치고 티셔츠에 달린 모자를 뒤집어쓰고 걷는 그의 뒤에서 우산을 씌워줬다. 깜짝 놀란 그가 뒤돌아 바라보자 그녀는 용기 내 말했다.

"저기, 우산 가져가세요. 난 하나 더 있어요."

그는 대꾸 없이 뒤돌아 서서 빠르게 길을 걸었다.

"집이 이쪽이라서요. 추운데 비 맞으면 감기 걸릴 텐데, 이거 쓰세요."

도망치듯 걷는 그의 뒤를 졸졸 따라 우산을 씌워주며 기어이 그의 집 앞까지 갔다.

"여기 사세요?"

그는 아무 말이 없었다. 무안해진 기분에 인사를 하고 뒤를 돌아갔다.

"유승연 씨."

"제 이름을 어떻게."

놀라서 돌아보자 그는 미묘한 표정으로 그녀를 바라봤다.

김진우는 캐럴이 거리를 가득 메운 어느 겨울 홍원동 번화가 고깃집에서 유승연이 회사 사람들과 회식을 하고 있는 걸 바라봤다. 저마다 웃고 떠드느라 정신이 없는 즐거운 회식 시간. 불판 위로 짠 하고 몰리는 소주잔들 사이에 그녀의 것도 있지만 아무도 신경을 쓰지 않았다. 정말 다들 그녀가 보이지 않는 것처럼 행동했다. 하지만 그녀는 아무렇지 않다는 듯 천천히 음식을 먹었다. 그리고 회식을 마치고 집으로 돌아가는 그녀를 따라갔다.

쓸쓸한 표정으로 집으로 돌아가던 유승연은 과일가게에 들러 귤 한 봉지를 샀다. 터덜터덜 힘없이 걷던 그녀가 환하게 웃는 어느 커플과 부딪혀 봉지를 놓쳤을 때, 김진우는 얼결에 몸을 숙였다. 도와주려는 의도는 아니었다. 반사적으로 굴러오는 귤을 줍게 된 것이다. 당황하며 귤을 줍던 유승연과 눈이 마주쳤을 때야 김진우는 아차 싶었다. 서둘러 다시 허리를 펴고 모르는 척 뒤돌아 걸었다. 그때 갑자기 누군가 자신을 잡았다. 유승연이었다. 맑은 눈으로 바라보며 그의 손에 귤을 쥐여줬다. 따뜻했다. 오랜만에 느껴보는 따스함. 그녀가 사라지고 자기 손에 들린 귤을 바라보다 김진우는 비명을 질렀다. 엄마가 생각났다.

엄마는 늘 우울했다. 한 번도 웃는 걸 본 적이 없었다. 아빠가 떠나고 엄마와 단둘이 홍원동으로 왔을 때 김진우는 일곱 살이었다. 아빠가 떠난 충격 때문인지 엄마는 몇 날 며칠을 먹지도 씻지도 않았다. 어린 김진우도 덩달아 먹지도 씻지도 못했다. 그러다가 어느 날 갑자기 빵을 잔뜩 사와 억지로 먹이곤 했다. 먹기 싫다고 도리질을 쳐도 소용없었다. 가끔은 이상한 약을 먹이거나 먹을 수 없는 것들을 입으로 쑤셔넣기도 했다. 며칠을 굶다 갑자기 폭식을 반복했던 그는 엄마

몰래 구토를 하곤 했다. 겨울이 되어도 엄마는 새 옷을 사주지 않았다. 엄마는 춥지 않은 것 같았다. 집 안이 냉골이어도 엄마는 홑바지에 얇은 셔츠만 입고 있었다. 늘 바들바들 떨고 있는 김진우에게 어느 날 엄마는 커다란 가방 하나를 가져왔다.

"우리 아들 춥지? 엄마가 따뜻하게 해줄게."

엄마는 어린 그를 가방 안에 넣고 지퍼를 닫았다. 어두운 가방 속에서 아이는 엄마에게 무섭다고 꺼내달라고 애원했다. 엄마는 그런 아이의 울음소리를 듣지 못한 듯 혼잣말을 했다.

"편하게 해줄게, 같이 좋은 데 가는 거야."

어린 시절 내내 정신이 나간 엄마에게 학대받던 김진우는 그날을 또렷이 기억한다. 하얀 강아지를 데리고 온 날. 길에서 꼬리를 흔들고 있는 강아지를 만난 김진우는 집으로 강아지를 안고 왔다. 이렇게 예쁘고 귀여운 강아지와 함께라면 이젠 무섭지 않다고 생각했다. 강아지와 놀고 있던 그를 물끄러미 바라보던 엄마는 강아지도 편하게 해주자고 말했다. 그게 무슨 소리인지 몰랐지만 강아지도 엄마에게 혼날 것 같아 다시 골목에 내려주고 왔다. 몇 시간쯤 지났을까, 그가 다시 강아지를 보러 골목에 갔다 우뚝 멈춰섰다. 집 앞 쓰레기 버리는 곳에 검정 비닐봉지를 뒤집어쓴 강아지의 하얀 발을 봤다. 엄마는 늘 말했었다.

"사는 게 힘들지? 내가 도와줄게."

그런 김진우에게 누군가가 따뜻한 온기를 전한 건 처음이었다. 엄마는 한 번도 해준 적이 없는 친절이었다. 그녀의 뒤를 좇다가 그녀에게 귤을 건네받은 날, 그는 처음 겪는 상황에 놀라 어찌해야 할지 몰랐다. 다음날 편의점에 그녀가 찾아왔을 때 김진우는 그녀와 더 이상 눈을 마주칠 수 없었다.

　　　　　　▬▬▬

　홍원동에 모인 장기미제전담팀은 해영의 설명을 듣고 있었다.

　"나이는 20대 후반에서 많아야 30대 후반, 키는 162센티미터 정도이고요. 실종시기는 2014년 이후. 분명히 홍원동 쪽에 연고가 있었을 거예요. 실종신고가 들어오지 않은 걸로 봐서는 가족이 없었을 겁니다. 인근 부동산 쪽을 중심으로 자취를 하던 여자가 갑자기 사라진 적은 없는지 조사해보면 뭐든 나올 거예요."

　"홍원동에만 부동산이 몇 백 개라고."

　계철이 투덜거렸다.

　"찾아내야 해요. 이 여자를 찾으면 범인을 찾을 수 있는 단서가 있을 겁니다. 만약 범인이 살아 있다면 또다시 다른 여자를 죽일 수도 있어요. 그전에 범인을 찾아내야 합니다."

　단호한 해영의 말에 어쩔 수 없다는 듯 계철과 헌기가 흩어졌다. 둘씩 한 조가 돼 부동산을 뒤져보기로 했다. 여기저기 탐문해도 성과가 없자 수현은 해영에게 각자 알아보자고 제안했다.

　"홍원1동 쪽 내가 맡을 테니까 넌 3동 쪽 맡아."

　"같이 하죠."

"내가 애로 보여? 나 진짜 괜찮으니까 따로 찢어져서 찾아."

"아까 다 봤습니다. 부검실에서 수돗물 떨어지는 소리에도 놀라고, 현장사진 속 봉지를 보고도 덜덜 떨었잖아요. 최면을 하고 나면 예전 기억들이 더 선명해질 수 있어요. 게다가 이 근방 거리는 차 형사님이 예전에 납치당한 장소와 가까워요. 같이 다니는 게 좋습니다."

"네가 얘기했잖아. 빨리 찾아야 한다고. 따로 찢어져서 찾다가 무슨 일 생기면 바로 연락해."

수현은 말릴 틈도 주지 않고 길을 향해 뛰었다. 자꾸 그날 골목을 뛰어가던 그 느낌이 생생하게 떠올랐지만 정신을 다잡았다.

"누군가는 잡아야지. 그래야 해."

마음을 추스르며 다시 피해자를 찾기 위해 걸음을 재촉했다. 골목을 걸으며 재한을 생각했다. 사건이 있고 나서 경찰을 그만둘 생각에 3일 동안 무단결근을 했을 때 재한이 집에 찾아왔었다. 썩 내키지 않았지만 잠깐이면 된다고 나오라는 말에 못 이긴 척 집 앞에서 재한을 만났다.

"…괜찮냐? 안 괜찮지?"

할 말이 없었던 수현은 그저 땅만 바라봤다.

"반장한테는 내가 잘 둘러댔다. 아프다고. 그러니까 뭐 걱정할 거 없어."

"안 그러셔도 돼요."

"뭐?"

"선배님 말씀이 맞아요. 전 경찰 안 어울려요."

"야, 인마, 그거는."

"이제 못 하겠어요."

수현은 왈칵 눈물을 쏟았다.

"저요. 봉지 바스락거리는 소리만 들려도 무서워서 심장이 터질 거 같아요. 자꾸 생각나요, 그날 일들이."

재한은 말없이 눈물 흘리는 수현을 바라보며 이야기를 들어줬다.

"골목길도 무섭고, 시체도 무섭고, 그리고 범인이 너무 무서워요. 그러면 경찰 자격 없는 거잖아요. 더는 경찰 못 할 거 같아요."

한참 훌쩍이는 수현을 어쩌지 못하고 바라만 보던 재한은 갑자기 차에 가서 '상주일등곶감'이라고 쓰인 작은 상자를 꺼내왔다.

"이거 네 선물이다. 네가 잡은 오토바이 펵치기. 그 사건 피해자가 고맙다고 보냈더라."

다시 보니 박스 한쪽에 검정색 글씨로 또박또박 '차수현 형사님 감사합니다'라고 쓰여 있었다. 수현에게 상자를 건네주며 재한이 말했다.

"나도 범인 무서워. 범인 안 무서운 사람이 어디 있냐. 나도 수사하면서 별별 놈들 다 봤다. 회칼 들고 덤비는 놈, 연장 들고 덤비는 양아치놈, 도끼 들고 덤비는 놈도 있었어. 나 그놈 때문에 어깨에 철심까지 박았잖아."

"도끼 든 놈하고 싸우시다가요?"

"아니, 무서워서 도망가는데 오토바이에 부딪혀가지고… 아팠어. 되게 아팠지. 그런데 어떡하냐. 누군가는 잡아야 되잖아, 누군가는.

그만둬도 돼. 아무도 너 욕할 사람 없어. 잘 생각해서 잘 선택해. 근데 경찰 할 만해. 혹시 아냐? 나중에 번듯한 팀장이 될지."

그때 선배 말대로 지금 팀장이 되어 있었다. 번듯한지 아닌지는 모르겠지만 그 이후 계속해서 경찰의 길을 걷고 있다. 그날 곶감 상자 안에 덜렁 하나 있던 곶감. 이재한 선배가 우악스런 형사기동대 형사들 사이에 자신의 몸으로 사수했다는 곶감 한 개가 떠올랐다. 직접 말렸다는 곶감은 엄청나게 달콤했다. 언제 울었냐는 듯 달디단 곶감을 먹는 수현에게 재한은 그 맛에 수사하는 거라며 환하게 웃었다. 과정은 쓰지만 범인을 잡는 누군가가 있어 많은 사람들의 달콤한 인생을 망치지 않을 수 있다.

해영과 헤어져 혼자 홍원동 골목을 걷던 수현은 다짐하듯 말했다.

"누군가는 꼭 잡아야지."

수현과 헤어져 부동산을 돌던 해영은 지도에서 공장 부지를 발견했다.

"거긴 집이 없어요. 다 공장들이지."

그는 오윤서가 피해자의 뼈에서 수은이 다량 검출됐다고 했던 말을 기억했다. 바로 조사에 들어가니 홍원동 근처 공장 중 수은과 관련 있는 공장은 딱 하나였다. 세강전구라는 전구 회사였다. 지난해 수은 폐기물을 불법 매립한 것 때문에 언론에 오르내리던 곳이었다. 해영은 세강전구로 찾아갔다.

"작년에 실종된 여직원이요?"

"겨울쯤이었을 겁니다."

"글쎄요. 워낙 말도 없이 그만두는 직원들이 많아서."

"회사에 해가 되는 일은 없을 겁니다. 중요한 일이라서 그래요. 아니면 여자 직원들이라도 만나게 해주세요. 제가 직접 물어보죠."

불법 매립사건으로 시달린 탓인지 경계하는 직원과 승강이를 해야 했다. 다행히 지나가던 여직원이 작년 겨울쯤 말도 없이 사라진 직원에 대한 정보를 전해줬다. 그녀는 창고에 그 직원이 남기고 간 물건이 있다며 해영을 안내했다.

"평소에 말도 없고 가까운 직원도 별로 없었어요. 기숙사를 쓰고 있었는데, 작년 소송 들어갈 때쯤 겨울에 갑자기 연락도 없이 돌아오지 않더라고요. 회사분들도 경황이 없어서 신경 못 쓰고. 제가 대신 물건들을 정리해놨어요."

창고 안에서 꺼낸 자그마한 종이상자에는 필기도구, 작은 손거울, 손수건과 핸드크림, 그리고 일기장이 담겨 있었다. 해영은 상자를 건네받고 인사를 한 뒤 세강전구를 나왔다. 그리고 실종되었던 여직원 유승연에 대한 가족관계 확인 결과, 유승연에게는 형제도 부모도 없었다. 외할머니 한 분 살아 계시지만 연락이 끊긴 지 오래였다. 해영은 헌기에게 유승연의 DNA와 백골사체의 DNA 비교 검사를 요청했다. 전화를 끊고 자동차 조수석에 놓인 상자를 바라봤다. 어떤 사람이었을까. 해영은 일기장을 꺼내 읽기 시작했다.

오늘은 왠지 눈물이 났다. 하늘도 푸르고, 날씨도 맑았다. 쉬는 날이라 기숙사에도 아무도 없었다. 바람이라도 쐬러 공원에 갔는데 다들 누군가와 함께였다. 내년 생일엔 혼자 보내지 않기. 승연아, 생일 축하해.

그곳에 가면 두근거린다. 그래서 자꾸 그곳에 가게 된다. 이런 게 행복하다는 감정일까? 내일이 빨리 오길. 다시 그곳에서 만날 수 있기를.

내 뒤를 쫓아온다. 날 바라보고 있었다. 처음엔 우연인 줄 알았는데… 정말 날 좋아하는 걸까? 그 사람은 항상 내 뒤에 있다. 차라리 말을 걸어주면 좋을 텐데.

우울하고 외롭던 여자가 막 사랑을 시작한 이야기가 솔직하게 쓰여 있었다. 한 장 한 장 단서를 잡기 위해 일기장을 넘기던 해영은 가계부를 적어놓은 면을 발견했다.

샴푸 7,000원
양말 3,000원
삼각김밥 700원
사발면 800원
생수 700원
도시락 2,500원

목록을 따라 읽던 해영은 재빨리 수현에게 전화를 걸었다.

"편의점이요."

"편의점?"

"피해자들은 집 앞 슈퍼도 가기 꺼려할 정도로 낯을 가리는 성격이었어요. 그럼 일용품들을 어디서 구입했겠어요. 편의점은 슈퍼랑 달라요. 뭘 구입하건 언제 가건 아무도 간섭하지 않는, 커뮤니케이션이 단절된 공간이에요. 친구들 없이 혼자서 밥을 먹어도 이상하지 않고, 24시간 불이 켜져 있어서 언제든 방문할 수 있죠. 마지막 피해자로 추정되는 여자 역시 그랬어요. 가계부를 살펴봤는데 거의 편의점을 이용했어요."

"그 여자가 피해자인 게 확실해?"

"지금 DNA 분석 중입니다. 분석 결과가 나오면 확실해지겠죠. 그전에 마지막 피해자가 기숙하던 공장 인근 편의점부터 살펴볼게요."

"알았어. 나도 그쪽으로 갈게."

수현에게 보고를 마친 해영은 공장 근처 편의점을 시작해 홍원동 일대 편의점을 뒤졌다. 1997년부터 살인을 저질렀다면 나이는 아무리 적게 잡아도 30대 중반일 것이다. 영업 중인 편의점들의 직원 인적사항을 먼저 살폈다. 주로 고등학생이나 대학생이었다. 그러다 들어간 어느 편의점에서 해영은 직감했다. 그곳이 범인이 일하는 곳이라는 걸. 지난번 프로파일링 했던 대로였다. 범인은 거주지건 직장이건 주변이 깔끔하게 정리되어 있을 가능성이 컸다. 그 편의점의 냉장고 속 음료수뿐 아니라 모든 매대의 물건들 모두 한 치의 오차도 없이 정리되어 있었다. 천천히 편의점을 둘러보고 있는데 헌기에게 전화가 왔다.

"DNA 감식 결과 나왔어요. 마지막 피해자가 맞아요. 유승연이 마지막 피해자입니다."

해영은 계산대로 가 고등학생으로 보이는 편의점 아르바이트생에게 다른 직원의 인적사항을 물어봤다. 이름은 김진우. 주소는 홍원동으로 되어 있었다. 주소와 연락처 등을 적으며 아르바이트생에게 물었다.

"평소 수상한 점은 없었어?"

"말수도 워낙 적으시고 대하기가 좀 껄끄러웠어요. 그런데 오늘은 좀 이상하긴 했어요. 박스지를 챙기고 한 손에는 노끈을 들고 집으로 가더라고요."

"박스지랑 노끈?"

시신을 유기할 때 사용했던 물건들이었다. 김진우는 또 누군가를 죽이려는 게 분명했다.

해영과 전화를 끊고 차가 있는 곳으로 달려가던 수현은 흔들리는 가로등을 보고 과거의 기억이 떠올랐다. 숨이 가빠왔다. 잠깐 멈춰서서 심호흡을 한 뒤 더 이상 생각하지 않으려고 고개를 가로저었다. 그리고 다시 골목을 향해 뛰는데 뭔가 이상했다. 기억 저편에서 전혀 새로운 장면이 그려졌다. 수현은 걸음을 멈추고 다시 골목 주변을 돌아봤다. 퀴퀴한 냄새, 지저분한 생활의 흔적들. 수현은 차근차근 기억을 더듬으며 골목을 걸었다. 그리고 그 집 앞, 가로등이 비추던 전봇대 앞에 섰다. 천천히 눈앞의 것들을 만져보았다.

'여기서 내가 넘어졌어.'

얼굴에 검정 비닐봉지를 쓰고 문밖으로 나뒹굴었을 때, 집 앞 전봇대에 몸이 튕겨나갔었다.

'그때 방향감각을 잃었던 거야… 그래서… 다시….'

겨우 몸을 일으켰고 무작정 앞으로 뛰었지만 방향감각을 잃고 이내 다시 돌아왔던 곳으로 뛰었다. 이제야 수수께끼가 풀리는 것 같았다.

'그래서 가로등 불빛이 반대였던 거야. 그리고 내가 잊고 있었던 기억, 절대… 기억하고 싶지 않았던 기억!'

1997년 당시 형사기동대 형사들은 수현의 진술을 토대로 개천에서 시작해 직진으로 연결된 길들을 수색했다. 그러나 새로운 기억 속의 출발점은 그곳이 아니었다. 그러다 드디어 본인이 넘어졌던 거리의 가로등이 비추던 전봇대를 찾아냈다.

그때 방향감각을 잃은 수현은 다시 뛰어왔던 곳으로 돌아갔다. 그러니까 가로등 불빛은 넘어지고 난 뒤 다시 반대가 됐다. 왔던 길을 다시 돌아가던 수현은 사람과 부딪혔다. 김진우였다.

"내가 도와준다고 했잖아."

다시 일어나보려 했지만 김진우는 그걸 그냥 두고 보지 않았다. 다시 밀어 넘어뜨리고 발버둥치는 수현의 목을 서서히 졸라왔다. 수현의 반항은 거세졌고, 김진우의 손에도 힘이 들어갔다. 그 순간.

"차수현! 차수현!"

재한이었다. 뜻밖의 사람 소리에 멈칫하던 김진우는 소리가 가까워지자 어쩔 수 없이 수현을 내팽개치고 사라졌다.

다시 극한의 공포로 내몰렸던 순간을 수현은 절대 다시 기억하고 싶지 않았다. 깊숙하게 숨어 있던 기억을 끄집어낸 수현은 범행장소를 찾기 위해 모든 감각을 동원해 골목과 마주했다. 그리고 코를 찌르는 시궁창 냄새가 나는 곳 앞에서 확신했다.

'범행장소… 바로… 이 근처였어.'

생각하고 싶지 않은 끔찍한 기억 속의 집. 그리고 그때 집 앞 맨홀 냄새. 수현은 한동안 그 문을 바라보고 서 있었다. 두려움과 싸우는 수현의 눈엔 눈물이 맺혔다. 하지만 기필코 이번엔 자신이 그 범인을 가만두지 않겠다고 다짐하며 다가갔다. 천천히 손잡이에 손을 대고, 바람이 들어오던 오래된 유리문을 가만히 당겼다. 끽, 오래된 쇠의 마찰음 외에 어떠한 저항도 없이 쉽게 문이 열렸다. 수현은 조심스럽게 집으로 들어갔다. 실내는 바깥보다 어두웠다. 그 안을 채우고 있는 거라곤 차가운 공기와 낮게 들리는 음악뿐이었다. 긴장한 수현은 품에서 권총을 꺼냈다. 20년 전 그랬던 것처럼 칠흑 같은 어둠에 싸인 집 안을 더듬으며 들어섰다. 다시 그 시간을 마주한 것 같았다. 비닐봉지에 쓰인 채 끌려들어왔던 그 공간. 수현의 호흡이 다시 가빠졌다. 당장이라도 김진우가 들어와 자신의 목을 조를 것 같은 느낌 때문에 이곳을 벗어나고 싶었지만 수현은 숨을 몰아쉬면서도 떠날 수 없었다.

조금씩 조금씩 걸음을 옮기며 그때 놓쳤던 단서를 찾기 위해 앞으로 나아갔다. 그리고 손끝에 장롱이 만져졌다. 무언가 차가운 손이 툭하고 떨어졌던 그 장롱이었다. 선뜻 장롱을 열지 못하고 머뭇거리는 그 순간, 조용히 현관문이 열렸다. 인기척을 느낀 수현은 바들바들 떨며 멈춰섰다. 비닐봉지를 사이에 두고 느껴지던 김진우의 손길, 마지막까지 목을 조르던 김진우. 다시 그와 마주해야 하는가. 인기척의 주인이 수현의 어깨에 손을 댔을 때 수현은 제정신이 아닌 사람처럼 거세게 그를 제압했다.

"차 형사님?"

수현이 제압한 사람은 해영이었다. 그러나 수현은 해영의 만류에도 총을 거두지 않고 마치 김진우를 만난 것처럼 울부짖으며 저항했다.

"놔! 놓으라고!"

"차 형사님, 정신 차리세요."

해영은 수현을 끌어안고 진정시켰다.

"천천히 숨 쉬세요. 괜찮습니다. 네⋯."

그제야 수현은 겨우 정신을 차렸다.

"박⋯해영⋯."

"이게 뭡니까. 아무리 날고 기는 강력계 형사라도 이런 데 혼자 들어오면 어떻게 해요."

"괜찮아. 여긴⋯ 어떻게 온 거야?"

"범인이 일하는 편의점을 찾았습니다. 이제 그놈을 잡아야 합니다. 편의점에서 박스지랑 노끈을 가지고 갔대요."

"또… 누군가를 죽이려는 거야."

수현은 반사적으로 몸을 움직였다. 그대로 둘 순 없어. 또 누군가를 희생시킬 순 없어. 그런 수현을 해영이 재빨리 막았다.

"안 됩니다. 형사님은 차에서 좀 쉬세요. 지원병력 요청했으니까 이제 곧 사람들이 올 거예요."

"아니, 그놈 잡아야지. 그놈 잡아야 이 악몽 끝낼 수 있어."

얼마 지나지 않아 경찰 차량들이 도착하고 헌기를 포함한 감식반원들과 형사들이 몰려들었다.

"이름 김진우, 나이 37세. 편의점에서 일하는 계약직 직원이었습니다."

불을 켜고 열어본 장롱에는 상자가 있었고 그 안에는 주민등록증, 낡은 일기장, 명찰, 소설책, 우산 등이 들어 있었다. 그리고 그 평범한 물품에는 같은 글씨체로 서영진, 윤상미, 주인희, 박세정, 노현미 등 피해자들의 이름이 쓰여 있었다.

편의점으로 간 형사들은 우울증 약병을 발견한 뒤 주변의 CCTV를 찾기 시작했다. 김진우의 이동경로를 알아내기 위해서였다.

"강력1팀과 차수현은 김진우가 일하는 편의점 인근 CCTV 뒤지고, 강력2팀이랑 김계철은 김진우 휴대폰, 카드 사용내역, 인적사항 뽑아 친인척이나 같은 학교 졸업한 지인들 파악해서 김진우랑 최근에 연락한 적 없는지 조사해. 감식팀은 용의자 집 안에서 증거 찾고 박해영은 용의자 프로파일링 시작한다."

안치수의 명령에 모두 흩어지고 해영은 집 안에서 발견한 상자를 확인했다.

"1차 윤상미의 일기장, 2차 주인희의 명찰, 3차 이혜영의 손수건 4, 5, 6, 7, 8, 9, 10차. 하나가 비어. 마지막 피해자 유승연의 물건이 보이지 않아."

그때 계철에게 전화가 왔다.

"용의자 김진우 가족관계 조사해봤는데 김진우가 어렸을 때 부모가 이혼을 해서 이후로는 쭉 어머니와 동거하고 있는 걸로 나왔어. 어머니 이름은 이순영. 그 집 명의도 이순영 앞으로 돼 있었어요."

"용의자가 어머니와 같이 지냈다고요? 아뇨. 여긴 여자가 살던 흔적이 전혀 없어요. 화장품 하나 보이지 않고."

해영은 신발장으로 뛰어가 확인을 했다. 남자 운동화 한 켤레뿐이었다. 그런데 저 아래쪽에 오래도록 사용하지 않은, 낡고 먼지가 잔뜩 낀 신발이 있었다. 혹시, 진짜 어머니와 함께 살고 있던 걸까.

그런데 그때 헌기가 무언가를 들고 왔다.

"이거 사람 뼈 같은데요?"

그 시각, 강력1팀과 수현은 집 주변 CCTV가 없어 인근 주민들의 블랙박스의 영상을 협조받아 확인 중이었다. 밤늦게 커다란 이민가방에 뭔가를 담고 어디론가 향하는 모습이 찍혀 있었다. 추정하니 시신을 암매장했던 동의산 방향이었다. 해영이 수현에게 전화를 했다.

"왜? 뭐 새로운 사실이라도 있어?"

"예전에 납치됐을 때 장롱 안에서 시체 만졌다고 했죠? 그 기억이 맞는 것 같아요. 장롱 안에서 사람의 뼈가 나왔습니다. 누군가의 사체를 여기에 보관한 거예요. 단순한 피해자가 아닐 겁니다. 사체를 집 안에 보관했다는 건 망자와 범인 사이에 감정적인 연관성이 있었다는 거예요. 외부에 유기했을 때 신분 노출의 위험성도 있었겠죠. 그 사체가 만약 친엄마의 사체였다면, 18년 동안 계속 보관했던 엄마의 사체를 왜 지금 매장하려고 하는지 모르겠지만 분명히 김진우의 감정에 변화가 생긴 거예요."

해영의 분석을 들은 수현은 강력1팀 형사들과 함께 서둘러 동의산으로 향했다. 전부 흩어져 산길을 오르며 김진우를 찾기 시작했다. 그때 탕! 탕! 탕! 총성이 들렸다.

모두들 놀라서 멈춰서고. 총성이 들린 곳으로 빠르게 달려갔다. 총을 쏜 건 수현이었다. 산 중턱 커다란 나무의 굵은 나뭇가지가 떨어져 있고 그 옆에 머리에 검은 비닐봉지를 쓴 한 남자가 바닥에 쓰러져 컥컥대며 숨을 뱉고 있었다. 자살하기 위해 나뭇가지에 끈을 달아 목을 맨 김진우였다. 그를 발견한 수현이 총으로 나뭇가지를 잘라냈다. 수현은 그렇게 김진우의 자살을 막았다.

그리고 저벅저벅 김진우에게 다가가 쓰러진 그를 거칠게 일으켜 세우고 머리에 쓴 비닐봉지를 벗겼다. 김진우는 거칠게 호흡을 되찾으며 놀란 눈으로 수현을 바라봤다. 그런 김진우를 차갑게 바라보던 수현이 조용히 말했다.

"이번엔 내가 널 도와줄게."

놀란 김진우의 눈빛이 공포로 변하고 수현은 그런 김진우의 머리를 쥐고 목에 총구를 겨눴다.

"넌… 이렇게 쉽게 끝내선 안 돼… 절대로."

이를 악문 수현의 얼굴이 바들바들 떨렸다.

안치수와 김범주는 관찰실에 나란히 앉아 조사실에 잡혀온 김진우를 바라봤다.

"홍원동 연쇄살인사건의 범인 김진우와 함께 발견된 백골사체는 김진우의 모친 이순영으로 확인됐습니다. 치아 상태로 봤을 때 사망 당시 나이는 40대 중반. 1차 범행이 시작됐던 1997년 전후에 사망한 것으로 추정됩니다. 사인은 정확하지 않지만 설골이나 경추 등에 골절은 발견되지 않았습니다. 타살보단 자연사 쪽에 무게를 두고 있습니다."

"엄마는 안 죽였다 치고 다른 여자들은 왜 죽인 거야?"

사무적인 김범주의 질문에 뒤쪽에 서 있던 수현이 대답했다.

"김진우가 일곱 살 때 부모가 이혼을 한 뒤 우울증을 심하게 앓던 엄마와 단둘이 지내면서 어린 시절에 방치와 학대를 받은 게 결국 살인의 동기로 작용된 게 아닌가 추정됩니다."

"어린 시절에 학대를 받았다고 사람을 죽여? 미친 쓰레기군. 수고들 했어. 검찰에 송치할 때까지 뒷마무리 잘하고, 기자회견 할 테니까 언론보도자료 준비해."

수사국장 김범주가 관찰실을 빠져나가자 계철이 억울하다는 듯 토로했다.

"뭐, 뭐야? 이게 다야? 1계급 특진이나 뭐 그런 거 있어야 하는 거 아냐?"

"경찰이 놓친 범인이 아홉 명이나 더 죽였는데 시끌벅적하게 일 벌이겠어요?"

"에이씨, 소주나 한잔하자."

계철과 헌기가 관찰실을 나가고 해영은 조사실로 들어가 김진우와 마주했다. 그의 눈빛은 삶의 의욕이 다 사라져 멍했다. 마치 죽은 사람처럼 미동이 없었다. 그런 김진우를 바라보던 해영은 탁자 위에 CD 플레이어를 올려놓고 재생 버튼을 눌렀다. 김진우의 집에서 흘러나오던 그 음악이었다.

"마지막 피해자, 유승연의 물건. 이거였죠? 유승연이 자주 듣던 음악. 계속 리플레이가 되고 있었다고 들었습니다. 1년 동안 계속 이 음악을 들었던 건가요?"

김진우는 그저 말없이 해영을 바라볼 뿐이었다.

"유승연은 달랐던 거죠?"

아무 대답도 하지 않은 채 가만히 음악을 들으면 김진우는 유승연과의 마지막을 생각했다.

그녀의 이어폰이 바닥으로 떨어졌을 때 흘러나온 노래. 겁에 질린 그녀는 흐느끼면서 살려달라고 애원했다. 괜찮을 줄 알았다. 다른 사람처럼 똑같이 편안하게 해주고 싶었는데 선뜻 그럴 수 없었다. 앞에서 그녀의 목을 조르려던 김진우는 용기가 나지 않아 뒤로 물러났다. 그는 떨리는 목소리로 말했다.

"내가 도와줄게요."

그리고 뒤에서 그녀를 감싸안고 팔에 목을 둘렀다. 잠깐의 몸부림이 있었지만 그녀 또한 이내 죽은 듯 움직이지 않았다. 그때 한 줄기 눈물이 떨어진 이유를 김진우는 알 수가 없었다. 경찰에 잡혀온 지금까지도 그 눈물의 의미가 무엇인지 1년 동안 왜 그 노래가 듣고 싶었는지 그 노래만 들으면 왜 마음이 편안해졌는지도 그는 알지 못했다.

조사실을 나와 수갑을 찬 김진우가 연행되는 걸 지켜보던 수현에게 해영은 말했다.

"아마 김진우는 자기가 그 여자를 좋아하고 있었다는 사실조차 몰랐을 겁니다. 아무도 그런 감정을 가르쳐준 적이 없었을 테니까요. 그 이후부터 사람을 죽이지 못했을 겁니다. 그래서 자살하려고 했을 거예요. 사람을 죽이지 못한다면 살아 있을 이유도 없으니까. 차 형사님도 그렇게 생각하시나요? 저 사람, 그냥 미친 쓰레기일 뿐이라고?"

"아무리 유년 시절이 불우했다고 해도 김진우는 사람을 열한 명이나 죽인 살인범이야. 동정의 여지는 없어."

"태어날 때부터 괴물도 있겠지만 사람이 만든 괴물도 있습니다. 누군가, 누군가 한 명이라도 손을 내밀어줬다면 김진우도 죽은 피해자들도 모두 구할 수 있었을지도 몰라요."

해영은 형의 모습을 떠올렸다. 자신의 의지와 상관없이 괴물로 불리게 된 형. 결국은 스스로 손목을 긋고 세상을 등진 형. 해영은 형을 떠올리며 연민과 증오가 뒤범벅된 눈으로 김진우를 바라봤다.

사건이 해결되고 그날 밤 해영은 차 안에서 무전을 기다렸다. 디지털시계가 11시 23분으로 넘어가자 무전이 왔다.

그때 재한은 절박한 심정이었다. 충격으로 무단결근을 한 수현을 다독이고 오는 길 다시 한 번 홍원동 일대를 탐문했지만 아무런 소득이 없었다. 골목 안 허름한 집을 탐문하고 나오는데 무전이 울렸다.

"경위님? 어떻게 됐습니까? 범인 잡았습니까?"

"형사님."

재한은 답답한지 큰소리를 내며 해영을 다그쳤다.

"예! 듣고 있습니다! 범인 잡았습니까?"

"범인, 잡았습니다."

골목 어귀에 서서 무전을 하고 있던 재한은 무전기를 쥔 손을 담벼락에 기댄 채 눈을 질끈 감았다. 잡혔구나, 드디어. 조금 화가 나기도 했다. 수현의 고통스런 시간, 끔찍하게 당한 피해자들을 생각하면 지금 당장 범인을 잡아넣어야 했다. 그런데 2015년이라니. 허탈함을 겨우 참으며 다시 무전을 보냈다.

"도대체 어떤 새깁니까?"

"형사님도 알겠지만 우리가 누군가의 인생을 결정할 수는 없습니다. 잘못하면 엉뚱한 사람 인생이 망가질 수도 있어요."

해영은 무전을 주고받으면서 바뀌어버린 삶들을 떠올렸다. 경기 남부 연쇄살인사건 용의자로 체포됐다가 간질 발작으로 죽은 최영신, 한영대교 붕괴로 목숨을 잃은 오경태의 딸 은지, 그리고 오경태에게 살해당한 신동훈, 행복에서 벗어나버린 오경태. 해영의 말뜻을 알면서도 재한은 화가 났다. 떠난 사람들이 아파서, 또 잘못한 것도 없이 범죄의 표적이 될 사람들이 걱정돼서 소리쳤다.

"그렇다고 사람 죽는 걸 손 놓고 구경만 하자는 얘깁니까?"

침착하게 해영이 재한에게 말했다.

"두번째 무전을 했을 때 형사님이 그랬어요. 절대 포기하지 말라고. 미제사건은 누군가가 포기하기 때문에 만들어지는 겁니다. 그러니까 형사님이 포기하지 말아주세요."

그 순간 무전기가 꺼졌다. 포기하지 말아라. 그래 포기하지 않겠다. 재한은 다짐했다. 어떻게든 2015년이 아니라 지금의 내가 잡는다. 재한은 사무실로 돌아갔다. 정제는 재한을 보자마자 사건이 끝났으니 포기하라고 전했다.

"그게 무슨 말이야?"

"반장이 사건 종결시켰다고. 단순 납치 하나로 언제까지 질질 끌거냐고 한바탕 난리 치고 갔어."

그 말을 듣자마자 당장이라도 김범주에게 달려갈 것 같은 재한을 정제가 돌려세웠다.

"야, 찾을 수 있는 단서면 진작에 찾았어. 천년만년 이것만 붙잡고 있을래? 괜히 반장 들이받아봤자 너만 깨진다고."

주먹을 꽉 쥐고 화를 참은 재한은 다음날 병가를 마치고 출근하는 들어오는 수현을 데리고 병원 영안실로 향했다.

"만져봐. 마네킹을 착각한 거였는지 아니면 정말 사람 손이었는지 네가 직접 확인해봐. 해봐. 할 수 있다."

겁이 났지만 재한의 진지한 눈빛을 읽은 수현은 용기 내 눈을 감고 시체의 손을 만졌다.

"맞아요. 이 느낌이었어요."

"알았다. 수고했다, 쩜오. 고맙다. 이제 사무실 들어가 있어."

수현을 사무실로 들여보내고 차 안에 앉아 홍원동 지도를 펴놓고 고민하던 재한은 뭔가 떠오른 듯 차를 몰았다. 장롱 안의 시신을 유기하지 않은 이유. 시신이 발견되면 신원이 노출될 가능성이 있어서라면, 만약 독거남이 아니었다면, 두 사람이 사는 집이었다면. 재한은 동사무소로 달려가 장부를 열어 2인 가구들의 주소를 옮겨 적었다. 그리고 일일이 모든 집들을 찾아다녔다.

그러다 어느 골목을 돌아나오는데 발밑 맨홀에서 시궁창 냄새가 훅 올라왔다. 재한의 눈빛이 번득였다. 마침 삐걱하는 소리와 함께 골목 한쪽 문이 열리면서 한 젊은 남자가 걸어나왔다. 재한은 그 남자의 길을 막고 한참을 바라보았다. 김진우였다.

"홍원동 사건이 사라졌어!"

재한과 무전을 마치고 다음날 출근했을 때 해영은 재한의 사건 메모지에서 홍원동 사건이 사라졌다는 걸 발견했다. 메모지에는 1989년 경기남부 사건, 1995년 대도 사건, 1999년 인주 여고생 사건뿐이었다. 깜짝 놀란 해영은 조사실로 뛰어갔다. 김진우가 앉아 있어야 할 조사실 안은 텅 비어 있었다. 다시 해영은 홍원경찰서로 달려가 수사지원팀에 사건자료를 부탁했다.

"말씀하신 자료입니다."

1997년 10월~12월 홍원동 살인사건, 피의자 김진우와 사건개요가 적힌 서류였다. 이 서류는 '1998년 1월 20일 피의자 자택에서 피의자 검거'라는 말로 끝을 맺었다.

해영은 홍원경찰서에서 나와 피해자들이 살았던 홍원동 일대를 걸었다. 50대의 서영진이 장바구니를 들고 나왔다. 훌쩍 자란 그녀의 딸이 팔짱을 끼며 따라나섰다. 서영진 외에도 2000년 이후 발생한 피해자들이 모두 살아났고 지금도 여전히 살아가고 있었다.

1998년에 검거된 김진우는 치료감호소에 수감 중이었다. 살인죄로 무기징역을 선고받았는데 복역 중에 증세가 심해져서 이송됐다고 했다. 김진우는 조사실에서 봤던 그 눈빛으로 멍하니 앉아 있었다. 역시 아무런 삶의 의욕이 없다는 듯 무기력해 보였다. 독방 창살로 햇빛이 밀려들었다. 복도에는 새로 왔다는 봉사자들이 인사하는 소리가 들렸다. 그중에는 유승연의 목소리도 섞여 있었다. 그러나 김진우도 유승연도 서로 어떤 인연이 있었는지 알 수 없었다. 그리고 그녀가 생명을 되찾게 된 대가로 또 다른 누군가에게 어떤 불행이 시작됐는지 모를 일이었다. 그러나 죽지 않고 살아 있다면, 어떻게든 살아만 있다면 적어도 희망을 잡을 기회라도 있을 것이다.

누군가는 범인을 잡을 것이고 포기하지 않을 것이기에.

6

인주 여고생 성폭행사건

"모든 건 버드나무집에서 시작됐다.
처음엔 한 명이었고, 그다음엔 일곱 명의 인간.
마지막엔 열 명의 악마들."

1999년 2월 12일, 밸런타인데이 이틀 전. 수현은 하필이면 혼인
빙자사기 관련 조서를 꾸미게 됐다. 컴퓨터 모니터를 사이에 두고 반
반한 얼굴의 남자 한 명과 각기 다른 연령의 여자 셋과 마주했다. 이
제는 제법 형사 티가 나는 수현이 여자들에게 말했다.

"자, 여기 세 분 중에 이 남자한테 사랑한다는 얘기 들으신 분?"

여가 셋 모두 지체 없이 손을 들었다.

"이 사람, 혼인빙자 맞네."

"아니 여자 사귈 때 다 사랑한다 그러고 자지. 그럼 뭐라고 하고 자
요? 저리 꺼지라고 하고 자?"

억울하다는 듯 인상을 쓰며 말하는 남자에게 수현은 호통을 쳤다.

"이 사람이, 얻다 반말이야? 사람 마음을 가지고 장난을 쳐? 당신 같은 사람이 세상에서 제일 나쁜 사람이야!"

수현의 말에 덤덤하게 앉아 있던 여자 한 명이 울음을 터뜨렸다. 남자는 '그게 뭐 어때서?'라는 듯 오히려 더 뻔뻔한 얼굴이었다. 수현은 당황해 여자를 다독였다.

"더 좋은 남자 만나면 되지. 울긴 왜 울어요."

수현은 울고 있는 여자에게 휴지를 주려고 책상을 뒤졌다. 바로 손에 잡히지 않았다. 어쩔 수 없이 자신의 가방에서 휴대용 휴지를 꺼내려는데 툭, 휴지와 함께 작고 예쁜 상자가 미끄러지듯 떨어졌다. 수현은 누가 볼까 주변을 살피며 당황한 손짓으로 상자를 가방에 넣었다. 초콜릿 상자였다. 수사하는 내내 수현은 혹시 누가 그걸 본 건 아닌지 신경이 쓰였지만 주변 형사들 모두 관심이 없어 보였다. 그러나 수사를 마친 수현이 사무실을 나가자 모른 척하던 형사들이 다들 한마디씩 했다.

"이야, 차수현 저거. 제가 짝사랑한다고 너무 감정적으로 수사하는 거 아냐?"

"아까 봤지? 그 상자, 초콜릿이지? 차수현이 이번엔 진짜로 주려나본데?"

"드디어 2년 만에 고백이야?"

"이재한이 놈도 징하지. 저렇게 티가 나는데, 어쩜 그렇게 혼자 새까맣게 몰라."

"눈치로 엿 바꿔 먹은 놈이 뭘 알겠냐."

"아니 근데 차수현은 그 자식 뭐에 반한 거야?"

형사 몇이 수현과 재한에 대한 이야기로 낄낄대던 중에 재한이 사무실로 들어왔다. 며칠 밤샘 잠복을 했는지 머리에는 까치집을 이고 늘어지게 하품하면서. 모두의 시선이 자신에게로 향한 걸 알자 재한은 어리둥절해 물었다.

"뭐? 왜?"

동료들이 혀를 차며 "거 봐." "모르지." 쑥덕거릴 때 수현이 사무실로 돌아왔다. 정제가 얼른 재한에게 물었다.

"저기, 낼모레가 밸런타인데이라며? 초콜릿 주는 날. 재한이 넌 뭐 누가 뭐 주고 그런 거 없냐?"

당황해 아무 말도 없이 쳐다보는 수현은 아랑곳 않고 재한이 대답했다.

"야, 나는 그딴 거 주는 여자 딱 질색이야. 한심하게 바람만 잔뜩 들어가지고."

순간 형사기동대 사무실에 정적이 흘렀다. 애써 아무렇지 않은 척했지만 수현은 결국 올해도 초콜릿은 못 주게 되었다. 허탈하게 집에 돌아가니 아직 고등학생인 동생 수민이 언니가 고백을 했는지 궁금해 졸졸 좇아다녔다. 어려도 수현에 비해 세상물정도 알고 야무진 동생이었다. 수현이 통 대답을 안 해주자 수민은 언니 가방을 뒤졌다. 작은 초콜릿 상자가 그 안에 그대로 있었다.

"이봐, 내 그럴 줄 알았다. 바보야, 초콜릿도 못 준 거야? 아, 답답해, 진짜. 대체 뭐 얼마나 잘났길래 고백 한마디를 못 하냐? 뭐 장동

건이야? 도대체 어디가 그렇게 좋은 건데?"

침대에 누워 동생의 구박을 들으며 수현은 몇년 전 재한이 마음속에 들어왔던 그날을 떠올렸다.

그날은 오전부터 국회의원이 시찰을 나온다고 사무실이 분주했다. 오랜만에 형사기동대 사무실이 반짝반짝했다. 의자까지 책상 위로 모두 올리고 대청소 중이었다. 수사를 하고 뒤늦게 돌아온 재한이 피곤한 얼굴로 왜 안 하던 짓을 하냐며 화를 냈다.

"재한아, 너도 좀 도와라. 오늘 의원님 시찰 나오신단다."

"우리가 무슨 고등학교 미화부원들이야? 그냥 하던 대로 하지?"

재한의 성격을 아는 형사들은 그러면 그렇지 하는 표정으로 하던 일을 계속했다. 그때 수현은 탕비실을 정리 중이었다. 찻잔을 깨끗이 닦고, 쟁반이며 찻숟가락도 닦았다. 몸살이 나려는지 컨디션이 좋지 않았다. 정복을 입고 와야 한다고 해서 챙겨 입은 옷도 불편해 청소를 하면서도 계속 신경이 쓰였다. 정리를 하고 사무실로 가니 재한이 수현을 향해 한마디했다.

"넌 또 다방 레지 당첨이냐? 수사는 안 하고 맨날 커피만 날라? 어?"

말할 기운도 없는 수현은 쟁반을 자리에 올려놓고 나가버렸다. 수현도 달갑지 않은 일이었다. 그러나 형사기동대 최초 여순경이라는 타이틀 때문에 마스코트니 뭐니 하며 일만 있으면 형사가 아닌 여자로 취급했다. 가뜩이나 기분이 좋지 않은데 재한이 그렇게 말하니 대꾸하고 싶지 않아 자리를 피한 것이다. 문을 닫는데 재한의 목소리가 들렸다.

"아니, 쟤들은 손이 없어 발이 없어. 왜 맨날 커피는 여자가 타줘야 되는데?"

고마우면서도 어쩔 수 없는 현실에 몸이 더 힘들어진 수현은 숙직실로 올라가 잠시 눈을 붙였다. 정말 잠깐만 앉아 있다 내려갈 생각이었다. 그런데 정제가 숙직실로 찾아와 화를 냈다.

"야, 너 여기 있으면 어떻게 해! 의원님 오셨어. 빨리 나와."

너무 놀라 일어나 옷매무새를 정리하며 급하게 뛰어갔다. 아까 잘 닦아 준비해놓은 쟁반을 가지러 탕비실로 들어갔는데 감쪽같이 사라져 있었다. 정제도 당황하고 수현도 마음이 급해 여기저기 있을 만한 곳을 찾았지만 아무리 찾아도 없었다. 분명히 차를 내오라 할 텐데, 김범주 반장이 '형기대 마스코트' 여형사가 차를 내올 거라고 말했을 텐데, 식순처럼 의원이 오면 사무실을 둘러보고 대장실에서 차를 마시는데, 큰일이었다. 가슴을 졸이며 대장실로 뛰어간 수현과 정제는 눈앞의 모습에 어찌할 바를 몰랐다. 재한이 쟁반을 들고 조신하게 대장실을 나오고 있었던 것이다.

"야, 너 미쳤냐?"

"어? 선배님…."

눈이 휘둥그래진 정제와 수현이 한마디씩 했다.

"이거 봐, 이거. 강력계가 빠져가지고. 눈을 인마, 그렇게 깜빡깜빡거리고 생글생글거리니까 인마, 커피 심부름 시키는 거 아냐. 너 언제까지 형사기동대 꽃 할 건데?"

"그게… 싹싹하게 하라고 하셔가지고."

수현은 재한의 눈치를 보며 눈을 끔뻑였다.

"거봐, 또 또… 눈 또 크게 예쁘게 뜨네, 또. 강력반이 인마, 눈에 힘을 빡 줘야 할 거 아냐. 네가 그렇게 여리여리하게 다니니까 감기 걸리고 그러는 거 아냐. 우리 봐봐, 1년 365일 아픈 거 봤어? 하여튼 너 한 번만 더 골골거리면서 아프기만 해봐. 내가 너 골로 보내버려."

표현할 줄 모르는 재한이 화가 난 척 에둘러 수현을 챙기는 걸 본 정제는 나오는 웃음을 참지 못하고 장난쳤다.

"아우 미스 리, 나도 커피 한 잔 줘봐."

"에이, 죽을래?"

괜히 무안해진 재한은 쟁반을 들고 재빨리 강력계 사무실로 들어 갔다. 나중에 들으니 뻔뻔하게 쟁반을 들고 들어와 프림은 몇 숟갈 타드리냐고 묻는 재한의 행동에 대장과 김범주가 국회의원 앞에서 사색이 됐다고 한다. 형사기동대의 꽃이 차를 내올 거라고 했을 테니 그럴 만도 했다.

그날 일을 생각하자 수현은 공연히 얼굴이 뜨거워졌다. 수민이 대체 재한의 어디가 좋냐고 계속 묻자 수현은 발그레한 볼을 붙잡고 말했다.

"아, 몰라."

그러던 재한이 15년째 소식이 없다. 다 끝나고 얘기하자고 하고 나간 뒤 영영 아무런 소식이 없다. 엄마의 성화에 못 이겨 핑크색 원피스에 화장을 하고 맞선 채비를 하다가 수현은 국과수 특수부검실의 연락을 받고 그대로 달려나갔다. 어쩔 수 없이 봐야 했던 맞선보다 훨씬 중요한 일이었다. 마침 해영도 사무실에서 사건보고를 확인하다 백골사체가 들어왔다는 말에 국과수로 달려오던 참이었다. 모처럼 쉬는 날 둘은 특수부검실에서 다시 만났다.

"오늘은 같이 오셨네요."

수현이 도착하고 조금 이따 들어온 해영을 보고 오윤서가 말했다. 수현은 관심 없다는 듯 오윤서를 재촉했다.

"그래서요? 구체적으로 얘기해주세요."

"성별은 남자고요. 그런데 오른쪽 어깨에 철심을 박은 흔적이 있어요. DNA 검사가 끝나봐야 알겠지만 어쩌면 차 형사님이 찾던 그 사람일지도 모르겠네요."

"기다릴게요. DNA 결과 나오면 바로 알려주세요."

수현과 해영은 복도로 나와 결과를 기다리는 동안 서로 아무 말도 안 했다. 시간이 흐르고, 오윤서가 나와 결과를 말했다.

"일치하지 않았어요. 다른 사람입니다."

수현과 해영은 각기 다른 이유로 안도했다. 터덜터덜 국과수를 나오며 해영은 그제야 수현에게 말을 걸었다.

"쉬는 날에 헛걸음 하셨네요. 근데 취향이 원래 이래요? 분홍색 원피스. 어디 선보러 가는 것도 아닐 테고. 아니, 진짜 선봤어요?"

"신경 꺼."

"진짜 하시게요? 결혼?"

수현이 걸음을 멈췄다. 그냥 지나치려고 했지만 아무래도 물어야 할 것 같았다.

"내가 결혼하건 안 하건 그게 너랑 무슨 상관인데? 너야말로 비번인데 여기까지 왜 온 거야? 도대체 뭣 때문에 이재한 선배한테 그렇게 집착하는 거냐고."

"말씀 드렸잖아요. 고마운 분이니까 그러는 거라고."

해영은 언제나처럼 능구렁이같이 둘러댔다. 수현은 해영의 말을 막고 가슴팍을 쳤다. 더는 그런 말장난하지 못하도록.

"말 같지도 않은 변명 집어치우고 진짜 이유를 대봐. 뭐야, 도대체?"

수현이 다그치자 해영은 한참을 생각하더니 수현에게 물었다.

"진짜 이유를 대면, 믿으실 겁니까? 나도 믿기 힘든 얘기를 차 형사님이 믿어줄 수 있겠어요?"

"뭐?"

그래, 못 믿을 거다. 말해도 소용 없을 거다. 그렇게 생각한 해영은 얼른 화제를 돌렸다.

"선보는 남자한테는 좀 나긋나긋하게 대하세요. 그렇게 취조하듯이 하면 남자들 다 도망갑니다."

국과수를 나와 집으로 돌아온 해영은 무전기를 찾아 책상 위에 두었다. 그리고 이재한의 수첩에서 가져온 메모지를 꺼냈다. 마지막으로 적혀 있는 1999년 인주 여고생 사건. 그때 무슨 일이 있었던 걸까. 무전이 오길 기다리며 생각에 잠긴 사이 드디어 치지직, 무전이 울렸다.

그때 재한은 오랜만에 집에 들어와 샤워를 마치고 쉬려던 참이었다. 머리를 털며 방으로 들어왔는데 외투 주머니 안 무전기에서 신호음이 들렸다.

"경위님? 박해영 경위님?"

"예, 형사님. 저 박해영입니다. 김진우 체포한 거, 형사님이시죠?"

그 말을 듣자 재한은 불현듯 불안이 밀려왔다. 자신이 무언가를 또 엉망으로 만든 건 아니었을까 걱정됐다.

"어떻게 됐어요? 그 뒤로 또 뭐가 이상하게 변한 건 없습니까?"

"아니요. 형사님 덕분에 모두 무사합니다."

재한은 긴장이 풀리며 큰 숨을 내쉬었다.

"정말입니까? 다행이네요. 다행이야."

"이제, 한 사건만 남았습니다."

"한 사건이요? 그게 무슨 얘깁니까?"

해영은 심각한 얼굴로 조심스럽게 재한에게 물었다.

"거기… 1999년입니까?"

"예, 그건 또 어떻게 알았어요?"

"1999년 인주 여고생 사건. 형사님 메모지에 적혀 있는 마지막 사건입니다. 형사님은…."

해영은 떨리는 목소리로 이어 말했다.

"형사님은 그 사건을 수사하게 될 거예요."

"인주 여고생 사건이요? 그게 무슨 사건이죠? 거기서 또 무슨 일이 벌어지는데요?"

이번엔 해영이 심호흡을 하며 마음을 가다듬었다.

"형사님께 부탁이 있습니다. 그때, 1999년에 인주에서 무슨 일이 벌어졌는지 제게 그 사건의 진실을 말씀해주세요. 제게 정말 중요한 일입니다."

해영의 목소리에서 심각성을 느낀 재한은 담담하게 말했다.

"그게, 인주시는 우리 관할이 아닙니다. 거기서 무슨 사건이 벌어지는지 모르겠지만…."

재한의 말을 끝으로 무전이 끝났지만 해영은 한동안 메모지에서 눈을 뗄 수 없었다.

모든 건 버드나무집에서 시작됐다.

처음엔 한 명이었고, 그다음엔 일곱 명의 인간. 마지막엔 열 명의 악마들.

악마는 멀리 있는 것이 아니라 우리 주변에 있다.

친구였던 여학생을 짐승처럼 짓밟고도 여전히 우리와 함께…

아무 일도 없었다는 듯 웃고… 떠들고…

죄를 지은 사람은 많은데 죗값을 받은 사람은 하나도 없다.

어디서부터 잘못된 걸까… 난 어떻게 해야 할까.

게시판에 올라온 글은 인주시를 발칵 뒤집어놨다. 1999년이었다. PC방에 모여 게임을 하다가 게시판 글을 처음 발견한 남학생 몇은 사색이 됐다.

그때 박선우는 동생 해영의 숙제를 봐주고 있었다. 그러다가 전화를 한 통 받고 놀라 뛰어나갔다. 초등학생 해영은 형을 따라가겠다고 졸랐으나 박선우는 안 된다고 했다. 넌 못 가는 데라고, 형 금방 다녀오겠다는 말을 남기고 집을 나섰다.

이미 학교에는 소문이 파다해져 모두들 수군댔다. 자율학습 시간에 삼삼오오 모여 게시판 글에 대해 이야기를 했다. "버드나무집 그 얘기, 3반 그 아이지?" 아이들이 목소리를 깔고 수군댈 때 한 여학생이 옥상으로 올라갔다. 인주고등학교 여학생 하나가 학교 옥상 난간에 서서 다 끝내겠다고 마음먹었다.

일주일 뒤, 재한은 수현으로부터 인주 성폭행사건에 대해 들었다.

"오셨어요?"

"무슨 일인데 분위기가 이래?"

"인주에서 성폭행 사건이 터졌는데 그게 좀…"

"뭐?"

"피해자가 여고생인데, 연루된 가해자 숫자만 열 명이 넘는대요."

"뭐? 열 명?"

사건의 심각함에 깜짝 놀란 재한은 어젯밤 해영과의 무전 내용이 되살아났다.

'1999년에 인주에서 무슨 일이 벌어졌는지 제게 그 사건의 진실을 말씀해주세요.'

간절했던 해영의 목소리. 이 사건에 어떤 비밀이 숨겨 있는 걸까. 불길한 예감이 스쳤다. 그때 김범주가 사무실에 나타났다. 짜증스런 얼굴로 난로를 두어 번 탁탁 치던 김범주는 모두를 불러세웠다.

"주목! 다들 들었겠지만 인주에서 사건이 하나 터졌다. 관할서 차원에서 감당하기 힘든 사건이라, 형기대를 중심으로 특수수사팀을 구성하기로 했다. 형기대1팀이 주축이 되고 내가 직접 내려가서 지휘할 예정이다. 형기대1팀, 김정제, 최석원, 김예철, 채상훈이! 칫솔 챙겨! 한 시간 안에 인주 내려간다."

김범주가 명령을 내리고 사무실을 나가자 한숨을 쉬며 다들 흩어지고, 지명을 받지 못한 재한은 잠시 머리를 굴렸다.

"석원아, 잠깐 나 좀 보자."

재한은 최석원 형사를 데리고 나갔다. 어떻게 된 건지, 인주시로 가는 기동차량에 최석원 대신 재한이 올라탔다. 김범주의 지시가 없었지만 최 형사 핑계를 대며 막무가내로 기동차량을 타는 재한을 말릴 틈도 없었던 정제는 한숨을 쉬었다. 저러다 또 김범주와 한판 붙을 것 같았다. 아니나 다를까. 기동차량 조수석에 올라 탄 김범주는 뒷좌석 재한을 보고 짜증스럽게 말했다.

"너 뭐야?"

"최 형사가 몸이 좀 안 좋다고 해서요. 제가 대신 가기로 했습니다."

"너, 아… 씨."

잔뜩 인상을 찌푸린 김범주에게 재한은 왜 그러느냐는 듯 물었다.

"제가 가면 안 되는 이유가 있습니까?"

재한의 물음에 다른 형사들의 눈치를 한 번 살피던 김범주는 체념한 듯 차를 출발시켰다. 인주시로 내려가는 내내 서로 아무 말이 없었다. 모두 무거운 마음이었다. 그렇게 얼마 되지 않아 인주경찰서에 도착한 차를 제일 먼저 맞이한 건 기자들이었다.

"형사기동대에서 오신 건가요?" "앞으로 수사방향은 어떻게 됩니까?" "상부에서 수사를 일부러 축소시키려고 한다는 소문이 돌던데요." 형사들을 막아선 기자 두셋이 질문을 쏟아냈다. 그때 인주경찰서 소속 형사 한 명이 나와 기자들을 밀치며 형사기동대 형사들을 인솔해 경찰서 안으로 들어갔다. 강력계 사무실은 그들보다 먼저 와 있던 사람들로 시끄러웠다. 피의자로 지목된 학생들의 부모들이었다.

"조사를 해, 지금? 아니, 누구 허락받고 조사를 해? 내 아들이 무슨 죄를 지었는데?"

"그러니까 조사를 하려고 하는 거 아닙니까."

"뭘 조사를 해, 조사를! 여자애가 작정하고 꼬리치는데 안 넘어갈 남자가 있어? 다 넘어가지! 내 아들, 아무 잘못 없어요!"

형사기동대 형사들이 난장을 피우는 보호자의 모습을 보고 있는데 방금 전 그들을 인솔했던 형사가 웃으며 다가와 커피를 건넸다.

"멀리까지 오시느라 수고 많았습니다. 커피 좀 드세요."

"쟤네들이에요?"

"피해자가 최초 진술에서 진술한 불량서클 애들입니다. 시내에서도 아주 소문난 애들이에요. 자식들이 못된 짓만 골라서 하더니, 에휴."

"아까 그 얘긴 뭡니까?"

그의 말을 막으며 재한이 날이 서서 질문했다.

"앞에 들어올 때 기자들 얘기."

"아, 그거 다 지어낸 헛소리입니다. 누가 수사를 축소합니까."

형사는 애써 미소 띤 얼굴로 아무렇지 않게 대답했다.

한편 인주경찰서 강력계 반장실로 간 김범주는 반장에게 넘겨받은 수사자료를 검토하고 있었다. 한 장 두 장 넘기며 얼굴이 굳더니 기어이 한마디를 했다.

"처음부터 끝까지, 엉망진창이네요. 이런 식으로 일을 하시니까 기자들이 저렇게 시끄럽게 구는 거 아닙니까? 지금이 쌍팔년도도 아니고 말야. 투명하게 수사해야죠. 투명하게!"

"예? 저기 아직 잘 모르시는 거 같은데…."

김범주는 반장의 이야기를 듣는 둥 마는 둥 게시판 글이 나온 수사자료를 뽑아들고 자기 얘기를 이어갔다.

"이게 시작이었죠?"

"게시판 글은 올라오자마자 바로 삭제시켰습니다."

"그러니까 그것부터 잘못한 거 아니야? 그거 삭제시킨다고 학생들 사이에 쫙 퍼진 소문이 사라집니까? 기자들한테 원본 글 공개하세요."

뜻밖의 말에 놀란 반장이 어리바리하게 그건 안 된다고 하자 김범주의 표정이 차갑게 굳었다.

"세상엔 살 가치도 없는 벌레 같은 놈들이 많이 있습니다. 그런 벌레 같은 놈들은 한번 잡을 때 아예 씨를 말려버려야 돼요."

이 사람은 사건을 최소한으로 축소해 정리하려고 일부러 윗선에서 내려보낸 사람인데 무슨 소리를 하는 건지 반장은 그의 속을 알지 못하는 눈치였다.

"처음엔 하나, 그다음엔 일곱, 마지막으로 열. 합해서 열여덟 마리 벌레만 잡아들이면 끝나는 겁니다. 어차피 지역 이미지만 갉아먹는 쓰레기들인데, 이참에 깨끗이 소독해버리죠, 투명하게."

"어쨌든 전 김범주 반장만 믿겠습니다."

"우리 반장님도 따로 처리해주셔야 할 일이 있습니다. 이 글, 이거 올린 장본인이 누군지 알아내주세요."

"안 그래도 계속 찾고는 있는데⋯."

"찾고는 있는데가 아니라! 반드시 찾아내야죠."

"예, 알겠습니다."

반장의 대답을 듣자 음모로 가득 찬 김범주의 눈빛이 빛났다.

김범주가 반장실에서 나오자 인주경찰서와 형사기동대 형사들이 한자리에 모였다. 인주경찰서 강력계 형사들은 미리 복사해 둔 게시판 글을 형사기동대 형사들에게 나눠줬다. 글을 읽은 재한은 기가 막혔다.

"이게 사실입니까? 누가 작성한 거죠?"

"보면 모르나? 익명이잖아. 인주고 학생으로 짐작될 뿐이고 누군지 밝혀지진 않았어."

재한의 물음에 김범주는 날카롭게 대답했고, 이게 사실이라면 가해 학생 수가 훨씬 늘어난다는 정제의 말에 김범주는 고개를 끄덕이며 스스로 다짐하듯 말했다.

"찾아내야지, 끝까지. 김정제는 정확한 범행장소가 어딘지 수색하고, 이재한은 피해자 만나서 이 글이 사실인지 진위 여부 파악하고. 다른 인원들은 학교 관계자들 수사해서 이 글 올린 사람 찾아내. 형기대 한 명에 파트너로 관할서 형사가 붙어서 수사 시작한다. 이상."

김범주가 나가고 각자 파트너로 정해진 형사들끼리 서로 인사를 나눴다. 좀 전에 커피를 내오며 형사기동대 형사들을 맞이했던 형사가 재한의 파트너였다.

"앞으로 잘 부탁합니다. 아까 정신이 없어서 제대로 인사를 못 했네요. 인주서 안치수 경삽니다."

뭐든 열심히 하고 잘 웃을 줄 알았던 안치수는 그때부터였을까, 전혀 다른 사람이 되어 있었다. 그간의 세월이, 그 세월 속에 일어난, 숨기고 살아야 했던 많은 일들이 그에게서 웃음을 앗아갔다. 그리고 오랫동안 병을 앓던 딸아이가 더 이상 희망이 없다는, 아무래도 오래 못 버틸 것 같다는 의사의 이야기에 그는 무너졌다. 멍하니 중환자실 앞에 서 있는데 그때, 김범주에게 호출이 왔다.

"딸아이가 위독하다고?"

안치수가 서울청 수사국장실에 들어오니 김범주는 무심히 창밖을 바라보며 말했다.

"그래서 그런 거야? 어차피 딸내미 죽어나갈 테니까 병원비 따위 필요 없다… 그래서 그따위로 구는 거냐고."

안치수는 아무 말 없이 김범주를 쏘아봤다.

"박해영이가 그때 죽은 박선우 동생이란 거, 다 알고 있었지? 알면서 보고 안 한 이유가 뭐야!"

격앙된 김범주가 무서운 기세로 안치수에게 달려들어 멱살을 잡으며 협박했다.

"개를 키워놨더니 주인을 물어? 계장 모가지 따위 당장에라도 쳐낼 수 있어!"

당장이라도 네 까짓것, 너 따위쯤은 이대로 사라지게 할 수 있다는 살기등등한 김범주의 말에 안치수는 의외로 담담하게 대답했다.

"압니다."

"뭐?"

안치수는 놀란 김범주를 가만히 보다가 강하게 손을 밀치고 외투 안주머니에서 봉투를 꺼냈다.

"이제 다 끝났습니다."

사직서를 책상에 내려놓자 김범주의 얼굴이 일그러졌고 안치수는 그런 김범주를 뒤로하고 수사국장실을 나왔다. 딸이 죽기 전에 꼭 그래야만 한다고, 그래야 병원에 누워 있는 딸에게 부끄러움을 덜 수 있다고 생각했다. 그리고 안치수는 다시 딸이 있는 병원으로 급하게 향했다. 제발 조금이라도 버텨달라는 한 가닥 희망을 품고. 그러나 그가 병원에 도착한 지 얼마 되지 않아 상태가 급격히 나빠진 딸은 끝내 세상과의 끈을 놓아버렸다. 그동안 악마 같은 김범주의 충실한 개가 되어 지냈던 건 모두 딸 때문이었다. 그러나 이제 모든 것이 끝났다.

딸의 장례를 치르고, 안치수는 해영에게 전화를 걸었다.

"박해영, 네가 인주 사건에 왜 그렇게 매달리는지 알아. 네 형 박선우가 그렇게 죽은 거, 나도 안타깝게 생각한다."

마침 해영은 인주 사건의 자료들을 보던 중이었다. 뜻밖의 사람에게서 걸려온 뜻밖의 전화, 그리고 뜻밖의 내용에 해영은 당황했지만 이내 평정을 되찾았다.

"그게, 무슨 얘깁니까? 내 뒷조사를 한 거예요? 어디까지 알고 있는 겁니까?"

"그 사건, 생각보다 훨씬 더 위험해. 네가 진실을 알게 된다면 너도 네 형처럼 위험해질 거야."

해영은 피가 끓어올랐다. 화를 주체할 수 없었지만 꾹 참고 대답했다.

"아뇨, 난 알아야겠습니다. 우리 형이 왜 그렇게 죽을 수밖에 없었는지, 내가 죽는 한이 있어도 알아낼 거예요."

"진실을 알고도 감당할 수 있다면 내려와, 인주로."

"그때 무슨 일이 있었는지 알고 계신 겁니까?"

"그래, 알아. 그때 무슨 일이 벌어졌는지. 내가 내 손으로 그 사건을 조작했으니까."

소스라치게 놀란 해영은 자리에서 벌떡 일어났다.

"그게, 사실이에요?"

"두 시간 뒤 인주병원 앞이다."

수화기 너머 해영의 목소리가 들렸지만 매몰차게 전화를 끊은 안치수는 이미 인주병원에 도착해 있었다. 속죄나 사죄의 거창한 다짐이 아니었다. 이제는 진실을 말하고 모든 걸 내려놓고 싶었다. 다시 웃을 수 있을지 모르지만 하루라도 홀가분하게 편안히 잠들고 싶었다.

아직은 활기찼던 1999년의 안치수는 재한과 함께 인주병원에 들어섰다.

"피해자는 강혜승이라는 학생입니다. 이번에 2학년으로 올라가는 학생이죠. 가해자로 지목된 불량 학생들과도 자주 어울렸나봐요. 사건 직후 자살을 시도했어요. 정신적으로 불안해서 아마 직접 만나긴 힘들 겁니다."

이런저런 정보를 재한에게 전하는 안치수에게 저쪽에 기다리고 있던 강혜승의 아버지가 꾸벅 목례를 했다. 재한은 깡마른 체구에 술에 전 그에게 인사를 하고 게시판 글을 보여주며 물었다. 그는 세상에 재미있는 일이라고는 없는 불만이 가득한 인상이었고 술에 찌든 얼굴은 피폐한 삶을 그대로 보여주고 있었다.

"맞수다."

다 귀찮다는 말투, 화가 나 있으니 웬만하면 건드리지 말라는 듯한 껄렁한 말투였다.

"뭐가 맞다는 거죠?"

"거기 있는 얘기 다 맞다고요."

"처음 피해자가 진술한 가해자는 열 명이라고 들었는데요. 왜 거짓말을 했을까요?"

재한이 그의 눈치를 살피며 조심스럽게 물었다.

"아니 그럼 여자애가 그런 짓을 당했는데 더 많은 놈들한테 당했다고 떠벌릴 일 있어요? 쪽팔려서 그랬다고 그럽디다."

발끈하던 그는 말끝에 한숨을 쉬었다.

"누구누군지 기억한대요?"

안치수가 묻자 그는 주머니에서 메모지를 꺼내 재한에게 건넸다. 메모지에는 열여덟 명의 이름과 소속 학교가 적혀 있었다.

"밤마다 어울려 다니던 놈들이래요. 기집애가 함부로 몸을 놀리니 그런 일이나 당하지, 에이씨."

"이거 확실한 거죠?"

다시 한 번 안치수가 확인을 했다.

"쟤 사인까지 거기 있잖아요."

"최초 진술도 그렇고, 지금도 그렇고, 아버님이 대신 진술을 하셨는데요. 직접 만나서 애기를 듣고 싶습니다."

갑작스런 재한의 질문에 당황한 강혜승의 아버지와 안치수가 눈을 마주치며 서로 눈치를 살폈다. 둘 사이에 묘한 기운이 흘렀다. 안치수는 얼른 재한을 말렸다.

"아, 저 피해자가 정신적으로 불안해서 외부인은 절대 면회 사절이랍니다."

"잠깐이면 됩니다."

부탁하는 재한에게 강혜승의 아버지가 눈을 부라렸다.

"잠깐이고 나발이고 안 된다니까 그러네. 할 말 끝났으니까 이제 가세요."

재한이 돌아서 가는 그에게 말했다.

"술 드셨어요?"

"이 양반이 진짜 보자 보자 하니까… 할 말 끝났으니까 가라고! 내가 내 입으로 술도 못 마셔? 재수 없게. 형사면 다야?"

강혜승의 아버지가 화를 내며 병실로 들어가는 틈에 재한은 병실 안의 강혜승과 눈이 마주쳤다. 그 찰나 재한은 재빨리 병실 문을 젖히고 강혜승에게 다가갔다. 강혜승의 아버지는 성을 내고 안치수도 따라 들어와 재한을 끌어내려는 바람에 조용하던 병실은 금방 소란스러워졌다.

"혜승이니? 나 서울에서 온 형사야."

끌려나가면서도 재한은 재빠르게 자신의 명함을 강혜승의 침대 위에 놓았다.

"아니 이 사람이! 어딜 함부로 들어와?"

"이 형사! 이 형사!"

어른들의 다툼에 강혜승은 겁을 먹고 비명을 지르며 이불을 머리 끝까지 뒤집어썼다. 재한이 필사적으로 말했다.

"뭐든 직접 얘기하고 싶은 거 있으면 연락해. 알았지?"

결국 재한을 내쫓은 강혜승의 아버지는 병실 문을 쾅 닫아걸었다.

"이러다 피해자에게 무슨 일이라도 생기면 어쩌려고 그래요!"

병실 문이 닫힌 걸 확인하자 안치수는 씩씩대며 재한에게 따졌고 재한도 마찬가지로 씩씩대며 물었다.

"저 사람 알코올중독이죠?"

"알코올중독이라고 해도 피해자 친부입니다. 피해자가 준 명단 조사해보면 진위 여부 가려지겠죠. 이제부터 우리가 수사하면 됩니다. 자, 가시죠."

몇 번이나 다시 병실로 들어가려는 재한을 막아서며 안치수는 재한을 끌고 병원 밖으로 나갔다. 그리고 잠시 후 병실 문이 벌컥 열리고 강혜승의 아버지가 재한의 명함을 구겨 복도 밖으로 던져버렸다.

"재수가 없으려니까 어디다가 이런 걸."

그때 박선우가 나타났다. 강혜승을 만나기 위해 온 박선우는 아까부터 한쪽 벽에 기대 어른들의 이야기를 다 듣고 있던 참이었다. 박선우를 본 강혜승의 아버지는 무섭게 윽박질렀다.

"얼씬도 말랬지, 어?"

"혜승이 괜찮나요?"

"너라면 괜찮겠냐? 얼른 꺼져. 한 번 더 오기만 해봐."

으름장을 놓고 다시 병실로 들어가자 박선우는 버려진 재한의 명함을 주워들었다.

한편 병원에서 나온 재한과 안치수는 국도변 건물로 달려갔다. 범행장소였다. 미리 와 있던 정제에게 재한은 설명을 부탁했다.

"재작년까지 고깃집으로 영업하다가 폐업한 건물인데 시내 불량서클 애들이 아지트처럼 사용했대. 고깃집 상호가 버드나무집이었다더라."

"CCTV는?"

정제의 말을 들으며 건물을 살피던 재한이 물었다.

"흉가 같은 건물에 누가 설치했겠냐. 대신 건너편 밭 주인 내외랑, 동네 주민들이 애들을 자주 목격했었대. 목격자 증언만 받아내면 그래도 일이 풀릴 것 같아."

그날 밤 인주경찰서에는 밭 주인 내외와 주민, 강혜승과 같은 학교 학생들의 조사가 진행됐다.

"꽤 됐어요, 걔네들이 그 건물에 왔다 갔다 한 게. 맨날 거기서 술 퍼마시고 담배 피우고. 경찰들한테 신고해도 뭐 그때뿐이고."

농부가 느린 말투로 경찰도 잘못이 있다는 듯 질책 섞인 말을 쏟아냈다. 정제는 한숨을 쉬며 책상 위에 학생들의 사진을 죽 펼쳤다.

"이 중에서 그 학생들 얼굴 알아보실 수 있겠어요?"

농부 내외는 사진을 보며 신중하게 한 장 한 장 골라냈다.

"그 학생들하고 같이 드나들던 여자애가 하나 있었을 텐데요."

"예, 한 명 있었어요."

농부는 강혜승의 사진을 보며 확신했다.

"몇 번 봤는데 확실히 이 아이였어요."

정제가 농부를 조사하고 있을 때 재한은 강혜승과 같은 반 여학생들과 이야기 중이었다.

"혜승이랑 친했니?"

"걔 학교에 친구 별로 없어요. 학교에 잘 오지도 않고, 시내에선 자주 봤어요. 노는 애들하고 자주 어울려 다녔어요."

재한 역시 사진을 보여줬다.

"이 중에 혜승이랑 같이 다녔던 애들 알아볼 수 있겠어?"

여학생들도 신중하게 사진을 골라냈다. 멀리서 김범주가 그들의 모습을 지켜보고 있었다. 그리고 잠시 후 조사를 마친 정제와 재한은 회의실 화이트보드에 가해자 사진을 붙였다.

"모두 해서 합이 열여덟. 피해자가 지목한 가해자 명단하고도 일치해. 가해자 진술만 받아내면 얼추 끝이 보인다."

재한은 말이 없었다.

"왜 또?"

"확증이 없잖아."

"야, 서울도 아니고 CCTV 하나 제대로 설치되지 않은 동네에서 확증이 어디 있어? 목격자 진술이 확보된 것만 해도 기적이지. 이 사건 이제 거의 끝난 거니까 교대로 가서 잠깐 눈 좀 붙이자."

여전히 석연치 않은지 재한은 생각에 잠겨 아무 말이 없었다.

"아, 그만하고 다녀와. 네가 자야 나도 좀 자지."

정제의 성화에 못 이겨 며칠째 머물고 있는 여관으로 돌아가던 중 재한은 어느 남학생과 쿵 부딪혔다. 어두운 새벽 골목길 모자를 쓰고 뛰어가는 그를 힐끗 보고는 곧바로 여관으로 들어갔다. 지쳐 들어오는 재한에게 여관 주인이 서류 봉투 하나를 내밀었다.

"형사님, 서울에서 오셨죠?"

"예, 그런데요?"

"방금 어떤 학생이 서울에서 온 이재한 형사님한테 이걸 좀 건네달라고 하고 가던데."

봉투에는 제법 큰 사이즈의 컬러사진이 들어 있었다. 숲을 배경으로 고등학교 남자아이들이 찍은 단체사진이었다. 사진 아래쪽에는 '1998년 인주 고등학교 학생회 간부 수련회'라고 새겨져 있었다. 영문을 알 수 없어 다시 봉투에 사진을 넣던 재한은 깜짝 놀라 다시 사진을 꺼냈다. 사진 속 아이들은 일곱 명이었다. 재한은 게시판 글을 천천히 생각했다. 처음엔 한 명이었고 그다음엔 일곱 명의 인간… 일곱 명의 '인간'. 일곱 명의 인주고 학생회 간부. 불길함이 뇌리를 스쳤다. 학생회 간부들이라면 이 사건이 그 아이들에게 피해가 가지 않도록 조작될 수도 있다. 잠깐 눈을 붙이고 일어난 재한은 곧장 학교로 찾아갔다.

해영은 안치수의 전화를 받고 황급히 인주시로 내려갔다. 약속했
던 인주병원 정문 앞에 차를 대고 그를 찾아봤지만 보이지 않았다. 차
에서 내려 전화를 걸며 근방을 찾아봤지만 그는 보이지도 전화를 받
지도 않았다. 답답한 마음에 계속해서 전화를 걸고 두리번거리는데
옆 골목에서 희미하게 휴대전화 벨소리가 들려왔다. 소리를 좇아 해
영이 마주한 건 가로등 아래 피를 흘리고 서 있는 안치수였다.

"계장님! 이게 무슨….'

마치 조명을 받고 선 배우처럼 간신히 가로등에 기대 있던 안치수
는 해영의 목소리를 듣자마자 풀썩 그 자리에 쓰러졌다. 놀란 해영은
다시 전화기를 꺼냈다.

"잠깐만 기다리세요. 119 부를게요!"

안치수는 고통으로 일그러진 얼굴로 전화기를 누르는 해영의 손을
잡았다.

"박해영, 무전기… 나 이재한….'

안치수는 고통을 참으며 더듬더듬 이야기를 시작했다.

"이재한 목소리를 들었어. 네가 버린… 무전기는… 이재한 거였
어… 차수현이 붙여준 노란 스티커가 그대로였지… 그걸 서랍에 넣었
는데… 어느 날 밤 이재한이 말을 하더군… 박해영 경위를 찾았어…
그럴 리가 없는데… 이재한이 살아 있을 리가 없는데… 무전을 듣
고… 다시 확인했어… 분명 거기였어, 돌계단 아래….'

"지금 무슨 말씀을 하시는 거예요?"

"내가… 이재한을 죽였어… 내 손으로… 이재한 형사를 죽였어… 그게 제일 후회돼…."

"말도 안 돼요. 계장님…."

해영은 믿기지 않았다. 실종된 이재한 형사를 죽인 게 안치수 계장이라니.

"만약 살아 있다면… 이재한 형사가 살아 있다면… 어쩔 수 없었다고 말해줘. 그럴 수밖에 없었다고…."

"도대체, 도대체 왜 계장님이…."

안치수의 목소리는 더욱 잦아들었다.

"모든 시작은 인주였어…."

의식을 잃어가던 안치수는 마지막 말을 남기고 더 이상 움직이지 않았다. 해영은 그제야 정신을 차리고 119를 불렀다. 그리고 피를 흘리고 있는 안치수의 가슴을 필사적으로 지혈했다.

"계장님, 계장님, 정신 차리세요! 안 돼요. 죽으면 안 됩니다! 계장님!"

안간힘을 썼지만 119 구급차가 도착할 때쯤 안치수는 눈을 감았다. 119 구조대원들이 관할경찰서에 신고를 해 안치수의 시신은 병원으로 이송되었다. 전담팀원들이 인주병원으로 갔을 때 영안실 앞에는 피투성이의 해영이 인주경찰서 형사들과 함께 있었다.

"도대체 어떻게 된 거야?"

"계장님이 당했다는 게 무슨 소리야?"

수현과 계철이 다그치자 어디서부터 어떻게 얘기해야 할지 갈피를 못 잡던 해영은 넋이 나간 채 아무 말도 없었다. 그때 광역수사대 형사들이 들이닥쳤다.

"어떻게 된 거야?"

강 형사는 인주경찰서 담당형사에게 물었다.

"저희도 아직 사건을 파악 중입니다. 119 신고를 받고 출동했는데 현장에 피해자와 저분이 함께 있었습니다. 유일한 목격자예요."

강 형사는 그제야 피범벅이 된 해영을 바라봤다. 그리고 끓어오르는 분노를 참지 못하고 해영의 멱살을 잡았다.

"너 뭐야! 너 계장님한테 무슨 짓을 한 거야!"

계철이 다가와 같은 식구끼리 이러지 말라고 강 형사를 제지하자 강 형사는 더욱 큰소리로 말했다.

"누가 같은 식구래?"

"그만하세요. 아직 뭐가 어떻게 된 건지 밝혀진 것도 없는데."

보다 못한 헌기가 거들자 강 형사는 더 길길이 뛰었다.

"저 새끼 손에 묻은 게 누구 핀데? 계장님 피라고!"

영안실 앞에서 형사들이 모여 난동을 벌이고 있을 때 김범주가 나타났다.

"뭐 하는 거야? 안치수 계장은?"

다들 쉽게 입을 열지 못하고 고개를 숙이자 화가 난 김범주가 다시 물었다.

"내 말 안 들려? 안치수 계장은 어떻게 됐어?"

해영이 입을 열었다.

"현장에서 사망하셨습니다."

그런 해영을 바라보는 광역수사대 형사들의 눈빛에는 적개심이 가득했다. 김범주는 안치수의 시신을 확인한 뒤 모두 회의실로 집합하라고 명령했다.

───

사건의 여파로 회의실 안은 숨소리 하나하나가 들릴 정도로 고요했다. 수사국장 김범주가 해영에게 사건 경위에 대해 묻고 있었다. 회의 탁자에는 김범주와 해영이 마주하고 있고, 수현을 비롯한 다른 형사들은 양 옆에 서서 두 사람을 지켜봤다.

"안치수 계장과 인주에서 왜 만나기로 한 거야?"

"계장님께서 전화를 하셨습니다. 1999년 인주 여고생 집단성폭행 사건에 대해서 하실 말씀이 있다고 하셨어요."

"무슨 얘기?"

"그 사건이 조작됐다고 하셨습니다."

흔들리지 않는 얼굴로 김범주가 다시 물었다.

"사건이 조작됐다? 어떻게?"

"그 얘기까진 듣지 못했습니다. 제가 도착했을 땐 이미 누군가에게 습격을 당하신 뒤였어요."

"현장에서 다른 수상한 사람은 보지 못했나?"

"계장님 혼자 계셨습니다."

"흉기는?"

"보이지 않았습니다."

"증인은? 주변 정황은?"

"주변이 너무 어두워서…."

김범주는 탁자를 내리치며 무섭게 화를 냈다.

"대한민국 경찰이! 그것도 네 직속상관이 칼을 맞고 죽었는데 아무것도 듣지도 보지도 못했다? 광수대는 어때? 너네 대장이, 날고 기는 에이스들이 모였다는 광역수사대 책임자가 차가운 길바닥에서 살해당했다! 범인 잡기 전까지 두 발 뻗고 편하게 잘 놈은 없겠지. 광수대 전 인원 이 사건에 붙어. 안치수 계장이 죽기 전 행적, 통화 내역, 카드 내역, 범행현장 주변 CCTV 모든 수사자료 다 뒤집어 까서 범인내 눈앞에 달고 와. 단…."

속사포로 수사 명령을 쏟아내던 김범주가 갑자기 말을 멈추더니 해영, 그리고 수현, 계철, 헌기를 노려보며 계속 말했다.

"장기미제전담팀은 이 사건에서 빠진다."

수현은 반발했다.

"안치수 계장님은 저희 상관이기도 했습니다."

"팀원 중에 유력한 용의자가 있는데 수사에 참여시킬 순 없어."

김범주의 말에 이번엔 해영이 발끈했다.

"전 아닙니다. 제가 왜!"

"그걸 판단하는 건 우리야. 광수대는 조사 시작해."

못마땅한 얼굴로 김범주가 회의실을 나가자마자 강 형사가 해영에게 다가왔다.

"조사에 응해주셔야겠습니다. 박해영 경위님."

해영은 어쩔 수 없다는 듯 강 형사와 함께 광역수사대 조사실로 갔다. 경찰에서 순식간에 피의자가 되어 있었다.

"마지막 통화를 했을 때 인주병원 앞에서 11시 정각에 만나기로 한 거 맞죠?"

"예."

"그 사실을 다른 사람한테 얘기한 적 있어요?"

"아뇨."

"계장님도 마찬가지예요. 계장님 통화 목록을 살펴봤는데, 그쪽하고 통화한 게 마지막이었거든. 그러니까 두 사람이 그곳에서 만나기로 한 걸 아는 사람은 계장님과 당신, 단둘밖에 없었다는 거지."

"난 아닙니다!"

해영이 아무리 아니라고 말해도 강 형사는 믿지 않았다. 지난번 이재한 형사 실종사건과 관련해 안치수와 언쟁을 벌이던 것을 기억한다고 했다. 강 형사는 그날의 일을 꺼내며 왜 싸웠는지 무슨 이야기를 했는지 당장 말하라며 으름장을 놓았다. 해영은 아무 말도 할 수 없었다. 그런 해영의 행동에 강 형사의 의심은 더 깊어졌다.

강 형사는 해영을, 문 형사는 통화 목록에서 찾아낸 김성범을, 그리고 나머지 형사들은 안치수 주변을 조사하기 시작했다. 안치수의 책상을 뒤지며 동료 형사들은 그제야 안치수의 가족사항에 대해 알게 됐다.

"자식이 있었네?"

"딸이 있었어?"

서랍 안 깊숙한 곳에서 나온 건 액자 두어 개였다. 딸과 함께 활짝 웃으며 찍은 액자. 그리고 곧 병원 영수증이 쏟아져나왔다. 아무도 몰랐던 사실들이다.

영수증에 적힌 병원으로 찾아간 형사들은 그제야 안치수의 딸이 골수암으로 투병하다 사흘 전 사망했다는 걸 알게 됐다. 광역수사대 형사들은 비통했다. 워낙 말을 아끼던 상사였다. 서로 함께 일하면서도 상사의 그런 아픈 개인사를 전혀 모르고 있었다. 워낙 잔정도 없고 말도 많지 않아 별일 없을 거라고만 생각했다. 그저 각자 자기 위치에서 할 일만 하면 그만이었다. 사실 원래 성격이 저런 사람이려니 하며 큰 관심을 두지 않은 것도 있었다. 그래서 큰일을 겪을 때 그냥 혼자 두었다는 것이 더욱 죄스러웠다.

하지만 어떤 곳에도 단서가 될 만한 게 없었다. 다만 문 형사가 만난 김성범에게서 뜻밖의 이야기를 들을 수 있었다.

"안치수 계장님하고 무슨 사이였어? 똑바로 말해."

"예전에 우리 애들 사건 담당하셨는데 그때부터 쓸 만한 정보 물어다드리고 그랬습니다."

"계장님 돌아가신 날 오후 3시경에 계장님이랑 통화했지? 무슨 얘기했어?"

"그냥 사는 얘기 했어요."

"제대로 대답 안 해?"

"얘기하면, 믿어줄 것도 아니잖아요."

"이게 진짜!"

"같은 경찰들끼리 밥그릇 싸움하는데 끼어들어봤자 손해 보는 건 나 같은 놈 아닙니까?"

"그게 무슨 소리야?"

"몇 주 전에 경찰이 한 명 찾아왔었습니다."

"누구?"

"박해영이라는 경찰이었어요. 찾아와서 안치수 계장에 대해서 꼬치꼬치 묻습디다."

박해영이라는 말에 문 형사의 눈빛이 서늘해졌다.

"뭘 어떻게 물었는데?"

"안 계장님이 돈을 먹지 않았냐. 사건을 조작하지 않았냐. 자꾸 그런 얘기를 하는 거예요. 난 모른다고 했는데도 자꾸만 거머리처럼 들러붙어서 사람 귀찮게 했습니다. 그것 때문에 계장님한테 전화 드렸어요. 부하직원 조심하라고."

문 형사는 당장 김범주와 강 형사에게 사실을 알렸다. 김범주는 해영이 안치수의 뒷조사를 한 이유를 물었지만 해영은 묵비권 행사 중이었다. 강 형사가 왜 뒤를 캐고 다녔냐고 묻고 또 물었지만 해영은 아직 아무것도 말할 수 없었다. 김범주는 해영의 과거부터 현재까지 모든 행적을 조사해서 왜 안치수 계장 뒷조사를 한 건지 확실이 알아내라고 지시했다.

돌아가는 이야기를 전해들은 수현은 문 형사에게 다가가 슬쩍 사건에 대해 물었다.

"안치수 계장님이 돌아가시기 전에 사무실에서 박해영하고 다퉜다고 하던데, 사실이야?"

"그런 건 어디서 들었어?"

"그때 무전기를 들고 있었다고 하던데… 맞아?"

"국장님 얘기 못 들었어? 전담팀은 수사팀에서 제외됐어. 더 이상 알려고 하지 마."

문 형사는 수현의 말을 무시하듯 지나쳤으나 수현은 다시 앞을 가로막으며 물었다.

"계장님 유품에서 혹시 무전기 안 나왔어? 노란색 스마일 스티커가 붙은 무전기야."

"다시 한 번 말하는데, 이번 사건에서 관심 끊어."

모든 수사에서 장기미제전담팀이 배제됐다. 같은 동료가 아니라 마치 피의자라도 되는 듯 쉬쉬했다. 조사를 마치고 나오는 강 형사는 해영을 용의자로 취급했다.

"휴대폰 꺼놓지 마시고, 어디 멀리 가지도 마시고. 평소처럼 하세요. 알지?"

강 형사의 압박하는 듯 무서운 기세에 해영은 그저 말없이 조사실을 나와 복도 모퉁이를 돌았다. 그곳에 수현이 기다리고 있었다.

"상황이 안 좋아."

경찰서 옥상으로 해영을 데리고 간 수현이 말을 꺼내기 시작했다.

"계장님 이혼하시고 지금까지 혼자 딸을 키우셨대. 한 번도 집안 얘기를 한 적이 없어서 아무도 몰랐는데 그 딸이 며칠 전에 죽었대, 골수암으로. 광수대 형사들 모두 폭발 직전이야. 그런데 계장님이 죽었을 때 같이 있던 넌 제대로 진술도 안 하고 있어. 잘못하면 네가 다 뒤집어쓰게 생긴 거야."

"난 아닙니다."

"알아, 난 너 믿어. 난 네가 계장님을 죽이지 않았다고 생각해. 그러니까 묻는 거야. 계장님 뒷조사는 왜 한 거야?"

자신을 믿는다는 말에 해영은 고민했다.

"뭘 알아야 도와줄 거 아냐."

수현이 다시 안타까운 얼굴로 설득하자 물끄러미 수현을 바라보던 해영이 결심한 듯 입을 열었다.

"이재한 형사님 비리사건, 모두 조작된 겁니다."

"네가 그걸 어떻게 알아? 너 이재한 선배 뒷조사까지 한 거야?"

"안치수 계장님과 김성범이라는 조폭이 공모한 거예요."

"네가 그걸 어떻게 알았어? 왜 그걸 네가…."

"그게 중요한 게 아니잖아요. 중요한 건 안치수 계장이 이재한 형사 비리와 관련이 있다는 거고, 그 뒤에 더 큰 경찰세력이 있다는 거예요. 아까 그랬죠, 날 믿는다고. 나도 그렇습니다. 형사님밖에 없어요. 경찰 조직에서 유일하게 믿을 수 있는 사람, 차 형사님뿐이라고요."

"증거 있어? 안치수 계장님이 이재한 선배 비리를 조작했다는 증거."

"계장님이 돌아가시기 전까진 심증뿐이었어요. 하지만 이젠 확실해졌습니다."

"그게 무슨 얘기야?"

"계장님은 이재한 형사의 비리 조작에 가담할 수밖에 없었을 거예요."

"뭐?"

믿을 수 없다는 듯 놀라 당황하는 수현에게 해영은 담담히 말했다.

"계장님이 돌아가시기 전에 나한테 그러셨어요. 이재한 형사를 계장님이 죽였다고."

수현은 얼어버렸다.

"거짓말하지 마. 계장님이… 계장님이 왜… 도대체 왜 계장님이…"

"제게 그러셨습니다. 계장님 손으로 직접, 이재한 형사를 죽였다고."

수현은 안치수가 재한을 죽였다는 사실보다 재한의 죽음이 명백하다는 것에 무너졌다. 백골사체가 들어올 때마다 찾아 뛰어다녔지만 어쩌면 살아 있을지도 모른다는 희망을 가지고 있었다. 그런데 안치수가 재한을 죽였다니. 수현은 눈물을 참으며 떨리는 목소리로 안치수가 도대체 왜 재한을 죽인 건지 물었다.

"인줍니다. 모두 인주에서 시작됐다고 했어요. 인주 사건, 이재한 형사님도 계장님도 모두 그 사건 때문에 죽임을 당한 거예요."

인주고등학교 학생회 간부 사진을 받은 재한은 다음날 학교로 찾아갔다. 수업이 시작되어 한적한 교무실에는 선생님 몇뿐이었고 사건에 대해 다들 알고 있는 터라 분위기가 매우 가라앉은 눈치였다. 경찰서에서 나왔다고 하자 학생주임이 따로 자리를 마련했다.

"수사를 맡은 이재한이라고 합니다. 피해자 혜승 양의 교우관계에 대해 알고 싶은데요. 평소에 친했던 친구가 있었나요?"

"혜승이랑 친한 애들이요?"

"예, 학교에선 친한 애들이 없었었습니까?"

"학교에 잘 나오지 않았어요. 나와서도 혼자만 겉돌고. 애가 워낙 말수도 적어서 선생님들도 대하기 힘들었어요."

"들어보니까, '인간' 애들 중의 한 명이랑 사귀었다던데…"

재한은 일부러 '인간'이라는 단어를 써서 학생주임을 슬쩍 떠봤다.

"예? 무슨 말도 안 되는 소리를. '인간' 애들이 뭐가 부족해서 혜승이랑…"

아차 싶은지 학생주임은 말을 삼켰다.

"'인간'이란 게, 인주고등학교 학생회 간부 애들 맞죠?"

"저 그게, 걔들은 이번 사건과 전혀…"

"걔들 학적부 좀 볼 수 있을까요?"

학생주임은 당황했다. 다른 형사들과 이야기가 달랐다. 그러나 보여주지 않으면 더 이상하게 생각할 것 같아 학적부를 가지고 왔다. 학적부에는 일곱 명 학생들의 사진, 이름, 가족관계, 성적 등이 적혀 있었다.

이정혁, 서경일, 주현탁, 백민호, 김수광, 심진욱, 이동진. 다른 내용은 별다를 것이 없었지만 한 가지 재한의 시선에 들어오는 것이 있었다. 일곱 아이들 모두 아버지 직업란에 인주시멘트 과장, 부장, 상무, 이사 등 모두 인주시멘트 관련 소속과 직위가 적혀 있었다. 뭔가 있다고 생각한 재한은 다시 꼼꼼하게 학적부를 살펴나갔다.

'친구들과 절대 해선 안 되는 일을 저질렀다. 하지만 죄책감에 못 이겨 자신들이 저지른 죄를 게시판을 통해 알렸다. 내성적이며 예민한 성격이지만 적어도 옳고 그른 판단을 내릴 수 있는 정의감을 가진 아이⋯.'

재한은 일곱 명의 학적부에서 그런 기질을 가지고 있는 아이가 분명 있을 것이라고 확신했다.

적극적이고 활달한 성품으로 자의식이 강함. 창의성이 돋보이는 일에 두각을 나타내며, 학급반장으로서 임무를 성실히 수행함.

매사에 능동적이고 협동심이 강하고 성적도 대체로 양호함. 자기주장이 확실하며 쉽게 포기하지 않음. 끈기가 두드러짐. 학급반장으로서 행실이 타의 모범이 됨.

적극적이고 활달한 성품으로 자의심이 강함. 친구들을 이끌고 능동적으로 행동함. 도전정신이 강하고 목표에 도달하고자 하는 승부욕이 강한 편임.

화통하고 쾌활한 성품으로 주변을 이끌어가며 학급 일에 모범적임. 밝고 긍정적인 성격으로 학급 교우들과의 관계가 원만하여 학급 분위기를 주도함. 과학탐구능력에 탁월한 재능을 보임

자기주관이 확실하고 웃음이 많아 항상 유쾌한 분위기를 보임. 창의성이 뛰어나며 매사에 적극적이고 성실하게 임함. 친구들과의 교우관계 좋음.

조용하고 침착한 언행으로 주위사람들을 이해하고 사랑하며 교우관계가 매우 좋음. 모든 일에 관찰력이 뛰어나고 신중함. 경솔한 언행을 하지 않으며 매사에 진지하고 성숙한 사고를 보임. 영어실력이 특히 우수함.

착하고 정이 많은 편이며 친구를 깊이 이해하고 급우 간에 신뢰감이 두터움. 학업능력이 좋으며 매사에 긍정적임. 성적이 대체로 우수하고 협동심과 배려심이 깊은 모범적인 학생임.

학적부를 꼼꼼히 살펴본 재한은 일곱 명 중 한 명의 주소를 적었다. 인주시 인정구 상명동 275번지.

형사들이 인주로 내려가기 전, 서울의 고급 일식집. 김범주는 잔뜩 긴장한 얼굴로 넥타이를 고쳐 매며 안으로 들어섰다. 누군가의 안내를 받으며 미로 같은 그곳의 안쪽 깊숙한 방에 다다랐다.

"도착했습니다."

노크를 하고 먼저 들어간 수행요원이 김범주의 도착을 알렸다. 화려한 요리를 앞에 두고 혼자 앉아 반주를 하고 있던 국회의원 장영철은 돌아보지 않은 채 젓가락질에 집중했다.

"형사기동대 반장 김범주입니다."

바라보지도 않는 장영철의 옆모습 앞에 김범주는 넙죽 큰절을 올렸다. 여전히 관심 없다는 듯 장영철은 회를 한 점 입에 넣으며 비서에게 말을 건넸다.

"경찰 쪽은?"

"내일 경찰청 차원에서 쇄신인사를 단행할 예정입니다."

"그래, 조직이 썩지 않으려면 새 인물을 계속 수혈해야지."

물기 하나 없이 차갑고 건조한 장영철의 말에 김범주는 눈이 동그래지며 놀라더니 이내 감을 잡고 말했다.

"뭐든 맡겨만 주십쇼."

긴장으로 경직됐지만 충분히 충직해 보였다.

"충성을 다하겠습니다."

김범주는 다시 고개를 깊이 숙였다. 장영철은 음식을 먹던 젓가락을 내려놓고 정색하며 고개를 돌렸다.

"그게 무슨 소리예요? 나한테 충성을 하다니. 경찰이 그래서 쓰나."

김범주는 당황했다. 나에게 바랐던 게 이런 게 아니었나. 잘못 짚은 건가. 내가 이 사람에게 어떤 말을 해야 신임을 얻을 수 있는 건가. 그는 눈동자를 이리저리 굴리며 궁리했다.

"경찰은 무슨 일이 있어도, 흔들려서는 안 돼요. 공정하고 투명하게 수사를 해야지."

다시 음식을 먹으며 무심하게 얘기하던 장영철이 매서운 눈빛으로 고개를 돌리며 자신을 바라보자, 김범주는 그제야 무슨 말인지 알겠다는 듯 고개를 끄덕였다.

"네, 그럼요. 공정하고 투명하게."

김범주를 쏘아보던 장영철은 천천히 한 자 한 자 힘을 주며 말했다.

"한 치의 오차도 없이."

아, 이거였구나. 장영철이 하고자 한 말을 이해한 김범주는 자신에게 기회가 왔다는 생각에 슬며시 웃었다.

"한 치의 오차도 없이, 그렇게 하겠습니다."

특별한 임무를 띠고 인주에 내려온 김범주에게 재한이 학생회 간부 학적부를 요청했다는 소식이 달가울 리 없었다. 김범주는 인주경찰서 강력계 반장을 불러냈다.

"게시판 글 쓴 애는 찾았습니까?"

"그게, 아직…."

"분명 그 간부 애들 중의 하납니다. 그 일을 자세하게 알 수 있는 사람은 걔들밖에 없어요. 그 일곱 명 중의 하나 찾아내는 게 그렇게 어렵습니까?"

"다들 아니라고 하는데, 어떻게 합니까…."

"아니라고 한다고 그 말을 곧이곧대로 믿어요? 족쳐서라도 잡아야죠!"

"죄송합니다."

"죄송하다? 그런 얘기로 끝날 것 같아요? 이재한 형사가 우리보다 먼저 그 애를 찾아내면 나도 당신도 다 끝장이라고! 알아?"

"그 학생들 일곱 명 모두 말씀하신 대로 연락 차단시켰습니다. 제대로 연락도 안 될 거예요."

"그 애들 인주 밖으로 이동시키세요. 어차피 방학이니 친척집이든 가족 여행을 보내든 인주에서 치워버려요."

반장은 재빨리 학생들 집에 전화를 돌려 그 부모들에게 시간이 없으니 빨리 어디에라도 보내라 했다. 그중 두 아이 집에서 전화를 받지 않자 반장은 마침 경찰서로 들어오는 안치수를 그 아이들 집으로 보냈다.

재한이 학적부에서 골라낸 아이는 이동진이었다. 주소가 적힌 메모지를 들고 이동진의 집을 찾던 재한은 인근 구멍가게에서 길을 물었다. 호빵을 찌고 있던 늙은 주인은 한눈에 봐도 동네에 오랫동안 살아온 토박이 같았다.

"어르신, 말씀 좀 묻겠습니다. 여기 275번지가 어디예요? 여기 근처인 거 같은데."

"275번지면… 버드나무집? 저 위로 조금만 올라가면 돼요."

"버드나무집이요?"

"예, 여기 사람들은 다 그렇게 불러요. 그 집 마당에 큰 버드나무가 하나 있거든요."

재한은 모든 건 버드나무집에서 시작됐다는 게시판 글을 떠올렸다.

깔끔한 양옥집 담장 안에는 커다란 버드나무 가지가 바람에 날리고 있었다. 조금 있으니 문이 열리며 이동진이 여행가방을 들고 나왔다. 그리고 안치수도 뒤따랐다. 아까 반장의 전화를 받지 않은 이동진을 급하게 데리러 온 것이다. 안치수는 이동진에게 당분간 휴대전화를 꺼놓을 것을 신신당부하고 있었다. 자신의 차에 이동진을 태우고 출발하려는데 쾅 소리와 함께 앞 유리에 재한이 나타났다. 놀란 안치수가 브레이크를 잡자 재한은 재빨리 이동진이 타고 있는 뒷좌석에 올라탔다.

"역시 인주경찰서 형사님다우십니다. 형사님도 눈치채셨죠? 모든 건 버드나무집에서 시작됐다. 그, 게시판에 글 올린 애 말입니다."

이동진의 시선이 흔들렸다. 안치수도 당혹스러움을 감추지 못했다. 상황을 파악하지 못한 재한이 말했다.

"이동진, 너지? 경찰서로 가시죠. 그러려고 오신 거 아닙니까?"

안치수는 어쩔 수 없이 경찰서로 차를 몰았다. 인주경찰서에 도착한 이동진은 바들바들 떨고 있었다. 소식을 들은 인주경찰서 강력계 형사들이 아연실색한 얼굴로 뛰어나왔고 재한은 아무 상관 없다는 듯 그들을 지나쳐 이동진을 데리고 조사실로 들어가버렸다. 뒤늦게 소식을 들은 김범주가 달려와 반장에게 아이 부모에게 연락하라고 소리친

후 관찰실로 들어갔다.

조사실에 이동진을 앉히고 맞은편으로 걸어가 앉은 재한은 겁먹은 이동진에게 부드럽게 말했다.

"고개 들고 나 봐. 괜찮아."

그러나 이동진은 여전히 고개를 숙인 채였다.

"이동진!"

이름을 크게 부르자 움찔한 이동진은 그제야 고개를 들었다. 재한은 탁자 위에 인주고등학교 홈페이지 게시판 글이 출력된 종이를 올려놨다.

"모든 건 버드나무집에서 시작됐다. 처음엔 한 명이었고, 그다음엔 일곱 명의 인간, 마지막엔 열 명의 악마들."

"난 모르는 일이에요."

"악마는 멀리 있는 것이 아니라 우리 주변에 있다. 친구였던 여학생을 짐승처럼 짓밟고도 여전히 우리와 함께 아무 일 없다는 듯 웃고, 떠들고…."

"난 몰라요!"

겁에 질려 소리치는 이동진을 물끄러미 바라보던 재한은 타이르듯 말했다.

"네 생활기록부를 봤어. 아니, 너희 일곱 명 거 모두 다 봤다. 다른 여섯 명은 네 말처럼 아무 일도 없었다는 듯 학교에 다녔어. 동아리 활동도 하고, 내년 회장 출마도 준비하고. 그런데 너만 아니었어. 11월 중순부터 결석에 조퇴에. 뭐, 병결이라고 적혀 있긴 했지만… 아픈 게 아니었던 거 맞지?"

이동진은 다시 고개를 떨궜다.

"동진아. 인주, 작은 동네야. 병원마다 네가 입원한 적이 있는지 통원한 적은 있는지 알아봤지만 그런 적 없었어. 대신 다른 이유 때문에 병원에 온 적 있었지. 입원한 혜승이, 혜승이 만나러 몇 번이나 왔다가 그냥 돌아갔다면서. 간호사가 네 사진 보고 확인해줬다. 동진아. 악마가 되고 싶지 않았던 거잖아. 그렇지?"

듣고 있던 이동진이 눈물을 흘리기 시작했다. 재한은 천천히 이어 말했다.

"친구들 때문에 했다고 해도 정말 해서는 안 되는 일이었어. 근데 넌 네가 잘못했다는 걸 알아. 그러니까 얘기해봐. 처음 그 한 명, 걔가 다 시킨 거니?"

관찰실에서 보고 있던 김범주는 긴장했다. 이대로 말해버리면 모든 게 끝이 난다. 그러나 조사는 계속됐다.

"그래, 처음부터 얘기해봐. 혜승이 너랑 무슨 사이였어?"

"아무, 아무 사이도 아니었어요. 그날 전에는 한 번도 얘기해본 적도 없어요."

이동진은 울먹이며 말했다.

"그날?"

"걔네 둘이 먼저 찾아왔어요."

이동진은 울음을 쏟아내며 그날 일을 말했다.

"어느 날 선우가 혜승이를 데려왔어요. 의아했어요. 선우는 모범생인데 학교도 잘 안 나오는 혜승이와 같이 온 게 이상해서 어떻게 친해 졌냐고 물었어요. 선우는 그냥 웃으면서 낮에 우리 집이 비니까 일주 일에 하루만 우리 집에서 공부하겠다고 했어요. 혜승이가 공부할 데 가 없는데 자기 집은 멀기도 하고 좀 그렇다면서요. 좋아하는 사이냐 니까 선우가 그런 거 아니라고, 스승과 제자 사이라고 그냥 그렇게 말 했어요. 그리고 일주일에 한 번씩 선우가 혜승이에게 공부를 가르쳐 줬어요."

그런데 그때 이동진의 아버지가 조사실로 들이닥쳤다. 말릴 틈도 없이 막무가내로 밀고 들어왔다.

"일어나. 가자!"

"뭐하시는 겁니까!"

재한이 이동진을 일으켜세우며 나가려는 그를 말리자 고함을 치며 말했다.

"그러는 당신이야말로 뭐 하는 짓이야? 애 미성년자인 거 안 보여 요? 누구 동의받고 애를 데리고 온 거냐고!"

"중요 사건 참고인입니다. 그 손 놓으시죠."

"내 아들 내가 데려간다는데 당신이 뭔데 이래라 저래라야!"

불같이 화를 내며 아들을 데리고 나가는 이동진의 아버지를 잡으 려 했지만 이번에는 김범주가 막았다.

"보내드려."

"안 됩니다. 또 무슨 핑계를 대서라도 거짓진술을 처음부터 다시 시작할 거라고요!"

"상대는 미성년자야. 정식으로 소환절차 밟지 않으면 문제가 커질 수 있어. 일곱 명의 인주고등학교 학생회 간부들. 그 학생들 족치면 나올 거야. 처음 한 명이 누군지. 정식으로 참고인 소환조사하고 진술서 확보해."

답답하지만 어쩔 수 없었다. 옆에서 말을 듣고 있던 인주경찰서 강력계 반장은 갑자기 변한 김범주의 태도에 놀라 뒤따라가며 물었다.

"어쩌려고요? 진짜 다 밝히려는 겁니까?"

"처음 한 명, 잡아야죠. 모두 그것 때문에 시작된 거 아닙니까."

"미쳤어요?"

"비바람을 대신 맞아줄 바람막이가 필요합니다. 돈 없고 빽도 없어서 아무도 그 사람을 감싸주지 않을 만한 희생양."

"그런 학생을 어디서…."

"아까 그 학생이 진술했어요. 어디서부터 시작됐는지."

승기를 쥐었다는 듯 김범주는 비열한 웃음을 지으며 사무실로 들어갔다.

⬛

안치수의 죽음으로 해영이 궁지에 몰렸지만 수현과 전담팀원들은 해영을 믿고 있었다. 수현은 해영에게 진실을 알아야 구해줄 수 있으니 빠짐없이 솔직하게 말해달라고 했다.

해영은 수현을 자신이 살고 있는 옥탑방으로 데려갔다. 방 안은 범죄심리학 서적들과 미제사건들에 대한 자료로 넘쳐났다. 상자에 정리된 파일만 여러 권, 중요 표시가 되어 있는 노트들도 수북했다. 벽면 여기저기 미제사건 자료들이 붙어 있고, 연도별로 정리된 미제사건 파일과 낡을 대로 낡은 범죄, 수사 관련 전문 서적들이 책꽂이에 가지런히 꽂혀 있었다. 미제사건에 대한 해영의 집착을 짐작할 수 있었다. 수현은 어쩐지 마음이 먹먹해졌다. 가만히 방 안을 둘러보고 있는 수현에게 해영은 커피를 한 잔 타서 손에 쥐여주고 책상에서 서류철을 하나 꺼냈다.

1999년 인주 여고생 집단성폭행사건에 관한 자료였다. 노란색 종이 파일이 각각 다른 제목으로 정리되어 있었다. 인주 여고생 집단성폭행사건 수사자료, 경찰 자료, 프로파일링 자료. 그 안에는 인주 사건에 관한 기사와 경찰청 내 자료들이 담겨 있었다.

"지금까지 모은 자료가 겨우 이거예요. CIMS 프로그램*이 나오기 전이라 발로 뛸 수밖에 없었습니다. 경찰청 내부에 공식적으로 남은 자료 외에는 쓸 만한 것도 별로 없었어요. 특수수사팀 구성원 파악도 제대로 못 했죠. 알다시피 강력계 형사들이랑 안 친한 스타일이라. 검찰 쪽에 남아 있는 자료도 겨우 건너 건너서 구해봤는데 경찰 쪽 자료보다도 더 허술했어요."

"이걸 보기 전에 먼저, 네 얘기를 들어야겠어. 그때 인주에서 너한테, 아니 네 형한테 무슨 일이 있었던 거야?"

*CIMS 프로그램: 범죄 수사과정에서 작성된 문서를 디지털화하여 관리하는 경찰청의 범죄 정보 관리시스템

해영은 때가 왔다는 듯, 떠올리기 싫은 기억이지만 또 한편 아득하고 아련한 형에 대한 기억을 꺼내놨다.

형은 제게 친구이자 부모이자 선생님이었어요. 공부도 잘하고 마음도 착했던 형은 아버지가 달랐지만 상관없이 저한테 정말 잘해줬어요. 그날도 형과 함께 공부를 하고 있었어요. 다 풀어놓은 참고서 채점을 하는데 형이 100점을 맞으면 소원을 들어주겠다고 했어요. 1번, 2번, 3번… 형이 빨간 색연필로 동그라미를 칠 때마다 신이 났어요. 소원을 이룰 수 있겠구나. 신난다. 그런데 마지막에 찍, 동그라미가 아닌 줄이 그어졌어요. 실망한 얼굴로 틀렸냐고 묻는 제게 형은 한숨을 한 번 쉬더니, 활짝 웃으며 다시 동그라미를 그었어요.

"아, 형 뭐야. 이제 소원 들어주는 거지?"

"응, 그래. 말해봐. 우리 해영이 소원이 뭔지."

"내 소원은 엄마랑 아빠랑 형이랑 우리 가족 다 같이 외식하는 거."

"에이, 뭐 그런 게 소원이야."

"진짜야, 그때 먹었던 오므라이스 엄청 맛있었단 말야."

"알았어, 엄마 아빠한테 한번 얘기해볼게."

신이 나서 히죽히죽 웃어댔죠. 그리고 문소리가 들렸어요. 엄마가 일을 마치고 왔나보다, 이제 형이 외식하자고 얘기해주겠지 싶어서 가슴이 부풀어 있는데, 웬 남자 어른 두 명이 들어왔어요.

"네가 박선우지?"

그렇게 묻고는 형을 끌고 갔어요. 그때 제가 할 수 있었던 건 한밤중에 끌려가는 형의 뒤를 좇으며 울며 매달리는 거였어요. 형, 어디가. 형, 가지 마. 형, 무섭단 말야. 형은 형사들에게 끌려가면서 걱정하지 말라고 저를 다독였어요. 웃으면서 들어가서 문 잠그고 있으라고, 금방 돌아올 거라고.

"얼른 들어가, 추워. 형 걱정하지 말고."

이게 형이 마지막으로 내게 해준 말이었어요.

그런데 아무리 기다려도 형이 오지 않았어요. 인기척에 몇 번이나 현관문을 열었다 닫았지만 형은 아니었어요. 두려움과 공포심에 쭈그리고 앉아 한참을 울었어요. 그리고 돌아오지 않는 형이 걱정돼서 무작정 경찰서로 달려갔죠. 우리 형 좀 만나게 해달라고 순경들에게 매달렸지만 어린애가 몇 신데 돌아다니냐며 화를 냈어요. 다음날 엄마랑 같이 오라며 경찰서 밖으로 끌어냈죠.

며칠 뒤였어요. 한밤중에 아빠가 가방 안에 제 옷가지와 아빠 물건들을 넣고 짐을 싸기 시작했어요. 그때도 전 형을 찾으며 울고 있었고 엄마도 울면서 애원했어요.

"선우 아버지, 제발…."

아빠는 차갑게 말했어요.

"내가 왜 걔 아빠야. 난 그런 자식 둔 적 없어."

"우리 선우, 그럴 애가 아니에요."

"그럼 경찰들이 죄도 없는 애를 끌고 갔다는 거야?"

전 우는 엄마를 대신해 아빠에게 사정했지만 아빠는 어서 옷 입으라고만 했어요. 어떻게 자식을 안 믿느냐는 엄마의 말에, 아빠는 소리쳤어요.

"글쎄, 내 자식 아니라고!"

매몰차게 말했죠. 저는 그렇게 아빠 손에 이끌려 집을 나왔어요. 엄마는 하염없이 울기만 했고, 저도 그런 엄마를 부르며 울었죠.

형이 그렇게 된 후에 엄마와 아버지는 이혼을 하셨고, 전 아버지를 따라 서울로 올라왔어요. 그땐 너무 어려서 형이 뭘 잘못했는지 몰랐어요. 그냥 겁이 났을 뿐이었죠.

소년원에 갔던 형이 나왔다고 해서 형을 찾아갔을 때도, 자살한 형을 봤을 때도 왜 그랬는지 아무것도 몰랐어요. 그 이유를 안 건 나중이었죠.

"박해영, 너 박해영 맞지? 맞구나."

고등학교 때 편의점에서 아르바이트를 하는데 어떤 아이가 제 이름을 불렀어요. 저는 피하고 싶었어요. 그곳의 기억을 다시 떠올리고 싶지 않았거든요. 알고 지내던 사람들과 다시 엮이고 싶지 않아 애써 눈길을 피했는데, 물품 정리를 하는 데까지 좇아와 말을 걸었어요.

"너 여기서 사는 거야?"

"뭐…."

"나 아직 인주 살아. 너 그렇게 갑자기 전학 가고 좀 이상한 소문이 있었어. 너네 형네 학교 일진 형들 있잖아. 그 형들 중의 한 명이 경찰에 증언을 했대. 너네 형이 학원 땡땡이치고 혜승이 누나 데리고 버스

타고 가는 걸 봤다고. 우리는 네 형 잘 알잖아. 학원 땡땡이칠 성격이 아닌데. 이상하다고 다들 그랬어."

저는 그때야 알 것 같았어요. 형이 억울하게 누명을 썼다는 걸. 내내 시선을 피하던 저는 그제야 그 친구를 바라보며 물어봤어요.

"누가? 그 형들 중에 누가 그랬는데?"

"왜 있잖아. 한쪽 손에 화상자국 있던 형."

저는 당장 인주로 달려갔어요. 진실을 알고 미칠 것 같았거든요. 전부였던 형이 억울한 누명을 쓰고 사라졌다는 게 화가 나고 또 화가 났어요. 인주 번화가를 뒤져 친구가 말했던, 손에 화상자국이 있던 그 사람을 찾아내 집 앞에서 기다렸어요. 다 늦은 밤이 되어서야 만날 수 있었죠.

"왜 그랬어. 우리 형한테 왜 그랬어."

처음엔 괜한 시비를 거는 사람이라고 생각했는지 인상 쓴 얼굴로 돌아보더니, 바로 저를 알아봤어요.

"너, 박선우 동생?"

"우리 형이 혜승이 누나랑 버스 타고 가는 걸 봤다 그랬다며. 진짜로 본 거 맞아?"

"이 새끼가 뭐라는 거야."

"진짜 본 거 맞냐고!"

"말이 짧다. 미쳤냐?"

저는 더 참지 못하고 그 새끼를 잡아 벽에 밀어붙였어요. 목을 조르며 다시 물었죠, 왜 거짓말 했냐고. 그는 대답하지 못했어요.

"왜 거짓말했어? 그때 우리 형을 봤다고? 거짓말하지 마. 그때 내가 널 봤어. 너 그때 학교 근처 골목에서 지나가는 애들 삥 뜯고 있었잖아. 근데 버스에 타는 형을 어떻게 봤다는 거야?"

전 거의 이성을 잃어서 그의 멱살을 잡아 흔들며 목에 핏대가 오르도록 왜 거짓말을 했냐고 묻고 또 물었어요.

"이거 놔라."

험한 말을 하면서 제 손을 뿌리치고 가는 그를 다시 좇아가 붙잡았어요. 목덜미를 잡고 끌다시피 하면서 말했죠.

"가서 얘기해. 경찰한테 가서 다시 얘기해. 잘못 봤다고, 거짓말했다고 얘기하라고!"

그러자 그는 내 머리채를 낚아채며 정신차리라는 듯 말했어요.

"야, 이 병신새끼야. 경찰한테 얘기하라고? 나한테 그렇게 얘기하라 그런 게 경찰이야."

순간 망치로 뒤통수를 얻어맞은 것처럼 정신이 혼미해졌어요. 뭐라고? 경찰이 그렇게 말하라고 했다고?

"그게, 무슨 소리야?"

"돌아가라."

충격에 휩싸여 멍하니 있다가 다시 정신을 차리고 그를 좇아갔어요. 당구장에 따라 들어가, 그의 앞에 다시 섰어요.

"하던 얘기 끝까지 해봐."

"아, 진짜, 이 새끼가…."

"끝까지 해보라고. 왜? 못하겠어? 내가 대신 해줘? 우리 형… 아니지? 우리 형이 그런 거 아니었지? 아무것도 모르고 뒤집어쓴 거지? 대답해! 대답해봐. 대답하라고!"

"뭐라는 거야, 이 새끼 뭐야!"

"당신은 상관없으니까 꺼져!"

험상궂은 사람들이 막아섰지만, 개의치 않았어요. 악을 쓰며 덤비자 그의 친구들이 몰려들어 때리기 시작했어요. 독이 오를 대로 오른 저도 지지 않고 주먹을 날렸죠. 마치 그러면 죽은 형이 살아 돌아오기라도 할 것처럼, 아니 죽은 형의 원한을 풀어줄 수 있을 것처럼. 이를 갈며 덤볐어요, 막무가내로. 그러다 날아오는 당구봉을 피하지 못하고 쓰러졌죠. 피투성이가 된 저는 기다시피 가서 그의 다리를 다시 붙잡고 늘어졌어요.

"누구야. 우리 형 그렇게 만든 놈들 누구야?"

"네가 알면 어쩔 건데."

"가만 안 둬. 우리 형 그렇게 만든 새끼들, 가만 안 둘 거야."

피를 흘리며 쓰러져 흐느끼는 저를 향해 그가 혀를 차며 얘기했어요.

"네 형이 왜 누명을 썼는지 알아? 돈 없고 빽 없고 힘이 없어서야. 그러니까 너도 입 닥치고 가만히 자빠져서 네 인생이나 살아, 이 새끼야. 그나마 선우 동생이라서 해주는 충고다."

분명히 그때 그렇게 얘기했습니다. 형사들이 그렇게 증언하라고 했다고. 그 사건은 조작된 거예요. 우리 형은 범인이 아닙니다.

안타까운 표정으로 해영의 이야기를 듣고 있던 수현이 입을 뗐다.

"그때 특수수사팀으로 형기대 선배들이 합류해서 내려갔었어. 그때 형기대 반장이었던 김범주 국장, 이재한 선배, 그리고 형기대1팀이었지."

"그 형사들 만날 수 있을까요?"

"아니, 넌 안 돼."

"왜요? 우리 형 일이잖아요."

"그러니까 안 돼. 게다가 넌 안치수 계장님 살인 혐의를 받고 있어. 더 이상 의심받을 만한 행동은 하지 않는 게 좋아."

"차 형사님."

"그리고 이건 내 일이기도 해."

서류철을 챙겨서 일어나는 수현의 눈에는 재한을 향한 그리움과 깊은 슬픔이 배어 있었다. 해영의 집에서 나오면서 수현은 무슨 일이 생기건 바로 연락할 테니 수사 끝나고 진범 잡힐 때까지 제발 얌전히 있으라고 해영에게 신신당부했다.

"이건 팀장으로서 명령이야."

'형사님한테 부탁이 있습니다. 그때 1999년에 인주에서 무슨 일

이 벌어졌는지 제게 그 사건의 진실을 말씀해주세요. 제게 정말 중요한 일입니다.'

해영의 간곡한 부탁을 떠올리던 재한은 더 이상 울리지 않는 무전기를 내려다보며 박선우를 기다리고 있었다.

"야, 왔다."

정제가 재한을 불렀다. 박선우는 형사들 사이에서 겁먹은 눈빛으로 걸어오고 있었다. 조사실에 마주 앉은 박선우는 공포에 질려 말없이 떨고 있었다. 그를 훑어보던 재한은 범인이 아닐 것 같은 직감이 들었지만 조사를 시작했다.

"그러고 싶어서 그런 거 아니에요. 모두 다 박선우가 시킨 거예요!" "박선우 걔 이중인격이에요. 범생이인 척하는 얼굴에 다 속는 거라고요. 이번에 그 일도 박선우가 먼저 시작한 거예요." "혜승이가 자기 맘대로 안 되니까 열 받은 거겠죠. 그때는 완전히 눈이 돌아 있었어요." 이미 조사를 받은 간부회 아이들이 모두 박선우가 주범이라고 증언을 한 뒤였다. 재한은 그들의 진술서 복사본을 박선우에게 보여 줬다.

"게시판에 글을 쓴 동진이까지 널 지목했어."

"정말 저 아니에요."

"네가 맞다는 증언은 넘쳐나는데 네가 아니라는 증거는 하나도 없어."

조용히 말하는 재한을 보던 박선우는 주머니에서 뭔가를 꺼냈다. 강혜승의 아버지가 구겨버린 재한의 명함이었다.

"혜승이 병실 밖에서 아저씨를 봤어요. 아저씨는 진실을 밝혀줄 거라고 생각했어요. 그래서 그 사진 여관에 갖다드린 거예요. '인간' 애들이 누군지 알려드리고 싶어서."

"그게 너였냐?"

"만약 내가 그런 짓을 했다면 왜 아저씨에게 그런 사진을 드렸겠어요. 전 아니에요."

"도대체 뭐냐. 처음 한 명, 걔는 도대체 누구야?"

"몰라요. 제가 아는 건 다들 거짓말을 하고 있다는 것뿐이에요."

박선우의 조사를 마친 재한은 아무래도 이상하다는 생각을 지울 수 없었다. 수사를 처음 시작할 때부터 그랬다. 처음 아이들의 아지트로 쓰였다는, 버드나무집이라는 이름의 고깃집부터 석연찮은 구석이 있었다. 농부가 증언하기로는 아이들이 거기를 드나든 게 꽤 오래됐다고 했다. 맨날 거기서 술 마시고 담배를 피웠다고. 그의 말대로 건물 안에 소주병이나 담배꽁초가 있긴 했는데 모두 다른 쓰레기들에 비해 너무 깨끗했다. 마치 일부러 가져다놓은 것처럼.

재한은 다시 그곳을 찾아갔다. 건물 근처는 논밭뿐이었다. 사람이 지나다니지 않을 만큼 황량한데, 저 멀리 노점 트럭 한 대가 보여 재한은 달려가 물었다.

"여기서 계속 장사하셨습니까?"

"뭐, 왔다 갔다 하는데… 자주 오죠. 한 3년 반 됐어요."

"그럼 저 집 잘 아시겠네요? 재작년까지 고깃집 했다던데."

"아아, 기억나요."

"저기 저 버드나무집이란 데가 폐업하고 나서 고등학생 애들이 건물을 아지트로 썼다던데 혹시 애들 드나드는 거 본 적 있으세요?"

"글쎄… 애들은 못 봤는데. 근데 형사 양반 잘못 알고 있네. 저 식당은 버드나무집이 아니라 벚나무골이었어요."

트럭 운전사에게 새로운 정보를 들은 재한은 뒤통수를 맞았다는 걸 깨달았다. 모두 진실을 은폐하고 있었다.

재한은 처음부터 다시 시작하기로 했다. 우선 농부 내외를 조사했다. 아들이 인주시멘트에 다니고 있었다. 분명히 뭔가 잘못됐다는 걸 깨달은 재한은 당장 농부를 찾아갔다.

"왜 거짓말을 한 겁니까?"

따지듯 묻는 재한의 기세에 남편은 당황한 얼굴로 시선을 피했다.

"누가, 누가 거짓말을 했다고 그럽니까?"

"버드나무집이라는 식당은 처음부터 없었어요. 이름을 왜 속였죠? 아들 때문이에요?"

농부는 더 이상 말을 못 하고 머뭇거렸다.

"아들이 인주시멘트에 다니던데 말을 맞춰달라고 협박을 하던가요? 아니면 돈이라도 쥐여줬어요? 어른들 이기심 때문에 죄 없는 애가 누명을 썼어요. 이게 당신들이 얘기하는 살기 좋은 고향동네입니까?"

끝까지 재한과 눈을 마주치지 않고 어쩔 줄 몰라하는 농부를 대신해 그의 아내가 나섰다.

"이기적인 게 왜 우리뿐이에요? 당신들도 똑같잖아요. 경찰들도 다 알고 있었어요. 서울에서 내려온 형사는 우리가 어떻게 말해야 되는지 가르쳐주기도 했고요."

농부의 아내 이야기에 감을 잡은 재한은 인주경찰서로 돌아가 정제를 건물 뒤 주차장으로 불러냈다. 재한은 정제를 완력으로 벽에 밀어붙이며 말했다.

"야, 너 알았냐? 이 사건 범인, 증인, 경찰까지 처음부터 다 한패였단 거."

정제도 농부처럼 재한을 똑바로 바라보지 않은 채 대답했다.

"무슨 소리야, 그게."

"네가 발견했다는 범행현장, 버드나무집. 거기가 아니라는 거, 너 알고 있었지? 내가 아는 형기대 김정제는 그거 하나 놓칠 인간이 아니거든."

"이재한… 야, 재한아."

"김범주냐? 돈이라도 찔러주디? 야, 그깟 돈 몇 푼으로 형사 자존심… 그거 아니지? 너 그렇게 싸구려 아니잖아!"

벽에 등을 기대고 있던 정제는 갑자기 쓴웃음을 지으며 말했다.

"나 싸구려야."

"미쳤냐? 너 진짜 돈 먹었어, 이 새끼야? 어?"

"형사질 십 몇 년 동안 우리한테 남은 게 뭔데? 마누라 혼자 애둘 키울 동안 아무것도 못 해주고 고생만 시켰어. 그런 마누라가 울더라. 하나뿐인 처남 빚보증 잘못 섰다가 집이 날아가게 생겼다고. 형사질 하면서 그나마 있던 전셋집 날아가서 길바닥에 나앉게 생겼다고."

뜻밖의 이야기에 재한은 아무 말도 못하고 정제를 바라봤다.

"그래, 나 싸구려야. 네가 징그럽게도 싫어하는 김범주 돈 받아 처먹고 내가 사건 조작했다. 그래서 뭐? 나 하나 눈감으니까 우리 가족이 행복해지는데. 어차피 내가 아니었어도 누군가는 먹을 돈, 그 돈 내가 먹은 게 뭐?"

"너 오늘 죽자. 너 진짜 이럴래?"

애써 자신을 다독이며 다 괜찮다고, 가족이 안심했으니 그걸로 됐다고 스스로를 합리화하던 정제는 재한의 말에 울분이 솟구쳤다. 다 안다. 그래선 안 되는 걸. 그러나 절박했다. 어쩔 수 없는 선택이었다. 왜 이 지경이 됐는지 답답해 미칠 것 같았다. 이제 와서 자신의 행동에 대한 부끄러움과 이렇게 살아갈 수밖에 없는 처지에 대한 안타까움, 그리고 형사로서 나락까지 떨어진 자존심 때문에 정제는 소리를 질렀다. 그리고 이내 마음을 가다듬고 재한에게 애원했다.

"재한아, 한 번만… 한 번만 안 되겠냐? 어차피 우리가 나서도 이 사건 안 돼. 어차피 안 될 사건인데, 한 번만 눈 감아주면 안 되겠어?"

재한은 정제를 남겨둔 채 매섭게 돌아섰다. 정제의 절박함에 대해 이해하지 못하는 것은 아니었으나 명백한 잘못이었다. 그리고 동료의 그런 고민을 나누지 못한 스스로를 힐난하며 사무실로 들어가는데 저 앞에서 김범주가 걸어오고 있었다. 화가 난 재한은 열 받은 얼굴로 김범주에게 다가갔다.

"돈이 꽤 남아도시나봅니다. 여기저기 많이도 뿌리고 다니셨던데."

김범주는 아무 대꾸도 없이 그저 싱글거렸다.

"여기도 돈 냄새 맡고 온 겁니까? 인주시멘트, 거기예요? 인주는 그 회사 때문에 굴러간다면서요. 그 회사랑 이번 사건, 관련 있는 거 아닙니까?"

김범주는 환하게 웃는 얼굴로 안 그래도 찾고 있었다며 만나고 싶어하는 사람이 조사실에 와 있다고 알려줬다. 무슨 일인가 싶어 조사실 옆 관찰실로 들어가니 초췌한 얼굴의 강혜승이 안치수와 마주 앉아 있었다.

"혜승아. 너 빼고 다른 애들은 모두 진술을 끝냈어. 그때 겪었던 거 그대로 얘기하면 돼. 알았지? 이번 사건을 주도한 애가 박선우 맞니? 다른 애들 모두 선우를 지목했어. 맞니?"

"그게…."

보다 못한 재한은 안 되겠는지 조사실 문을 쾅 열고 강혜승에게 말했다.

"혜승아, 이건 한 사람의 인생이 달린 문제야! 잘 생각해서 대답해야 해. 알았지?"

놀란 안치수가 나가라며 재한을 밀쳤지만 밀리는 중에도 재한은 혜승에게 진범은 다른 애라고, 그러니 거짓말하지 말라고, 도대체 뭐가 그렇게 무서운 거냐며 진실을 말하라고 했다. 말리는 안치수와 버티는 재한의 소란이 벌어지고 있는 와중에 강혜승이 가느다란 목소리로 대답했다.

"맞아요."

서로 몸을 맞대고 있던 재한과 안치수는 놀라 강혜승을 바라봤다.

"걔가… 걔가 맞아요."

강혜승의 눈에서 눈물이 떨어졌다.

"박선우, 걔가 그랬어요."

망연자실한 재한에게 흐느끼는 강혜승의 목소리가 들려왔다.

"선우가 그랬어요. 박선우가 그랬어요."

조사를 마친 강혜승이 나가고 허탈한 표정의 재한만이 멍하니 조사실에 남겨졌다. 관찰실에서 모든 걸 지켜보고 있던 김범주가 다가왔다.

"이번 사건 가해자들, 미성년자고 초범이니까 웬만한 애들은 다 선처가 될 거야. 사회봉사건 뭐건. 물론 주범으로 몰린 박선우는 자기가 지은 죗값을 치러야겠지만. 수고했어. 정리하고 올라가자고."

네가 아무리 난리를 쳐봤자 이 세상은 네 마음대로 굴러가지 않는다는 걸 알았냐는 표정의 김범주를 보니 재한은 당장이라도 폭발할 것 같았다. 끓어오르는 분노를 가까스로 참으며 이를 악문 재한이 말했다.

"정제도, 이 사건도, 혜승이도. 모두 돈입니까?"

"무슨 말인지 모르겠지만, 돈이 필요하긴 하겠지. 저 여자애 벌써 너덜너덜해졌어. 기사는 대문짝만큼 나고 실명까지 거론됐지. 새 인생을 살 수 있는 방법은 네가 그렇게 싫어하는 돈 아니겠어?"

이 부조리한 세상에 결국 패했다는 생각을 한 재한은 눈을 질끈 감았다.

"처음 한 명, 도대체 누군데 이러는 거예요. 누군데 죄 없는 애를 사지로 몰아넣는 겁니까. 도대체 누구길래 인주시 전체가 이 난리를 치는 거냐고."

"아직도 모르겠어? 그 처음 한 명, 박선우잖아."

김범주는 비열한 웃음을 지으며 재한을 스쳐갔다. 아무것도 할 수 없다는 사실에 무력해진 재한은 차 안에 앉아 켜지지 않는 무전기를 꺼내 만지작댔다. 돈 없고 빽 없는 아이에게 누명을 씌우는 데 일조한 것 같은 자신이 부끄럽고 처참했다. 형사라는 직업에 회의가 밀려왔다.

"야, 쩜오!"

"오랜만이에요. 선배님."

수현이 다시 만난 정제는 평범하고 조용한 소도시의 흔한 슈퍼마켓 주인이 되어 있었다. 음료수 상자를 정리하는 머리가 희끗해진 정제를 보자 수현은 반가움이 앞섰다. 오랜만에 안부를 묻고 둘은 근처 카페로 향했다. 정제는 텔레비전에서 이미 장기미제전담팀의 팀장으로 활약하고 있는 수현을 봤다고 했다. 쩜오가 팀장을 다 하고 오래 살고 볼 일이라며 웃었다. 여전히 장난기 있는 정제의 모습에 수현은 미소를 지었다.

"그런데 여긴 어쩐 일이야?"

"미제사건전담팀이 무슨 일이겠어요. 미제사건 때문이지."

"미제? 무슨 사건인데?"

수현은 조심스럽게 말을 꺼냈다.

"1999년 인주 여고생 사건. 기억나죠?"

"글쎄다. 워낙 오래된 일이라."

정제는 짐짓 모르는 척을 했다. 왜 기억나지 않겠는가. 자신이 경찰을 그만둔 계기가 된 사건인데. 하지만 아무 말도 하고 싶지 않았다. 잊고 살려고 노력했던 부끄러움과 죄책감이 밀려왔다.

"그 사건 끝내고 올라오자마자 선배님 사표 냈죠? 갑자기 송별회도 없이 떠나서 꽤 섭섭했는데."

"그랬나? 아, 내 정신 좀 봐라. 나 약속 있는 걸 깜박했네. 나 먼저 일어나볼게."

"안치수 계장님이 죽었어요."

그 말에 서둘러 일어나던 정제가 그 자리에 멈춰섰다.

"누군가에게 살해당했어요. 인주 사건 때문이에요. 인주 사건의 진실을 알리려다가 돌아가셨어요. 도대체 그때 무슨 일이 있었던 거예요?"

정제는 끝까지 아무 일 없었다며 고개를 저으며 말했다.

"아무 일도 없었어. 수사자료에 있는 그대로야. 됐지?"

"그뿐만이 아니에요. 안치수 계장님이 죽기 전에 그랬대요. 자기 손으로 이재한 선배님을 죽였다고."

"그… 그게 무슨 말이야."

"그러니까 얘기해줘요. 도대체 그때 무슨 일이 있었는지."

"난 모른다니까. 몰라."

혼란스러운 듯 정제는 그 자리를 벗어나려고만 했다.

"이재한 선배님한테는 선배님이 제일 친한 친구였어요. 뭐라도 하나라도… 얘기해줘요, 뭐라도."

괴로운 표정의 정제가 걸음을 멈추고 돌아보지 않은 채 한마디만 남기고 떠났다.

"재한이는 그 사건 포기하지 않았어. 미안하다. 내가 해줄 얘기는 이것뿐이야."

정제에 대한 배신감과 그럴 수밖에 없었을 그에 대한 안타까움과 어떤 것도 알아내지 못했다는 상실감에 수현은 허탈해서 눈물을 흘렸다.

정제에게 아무런 이야기도 듣지 못하고 돌아오던 길에 수현은 다급한 목소리의 해영의 전화를 받았다.

"인주에 계장님이 살해당한 곳에 김성범이 있었어요. 지금 주차장에 들어가다 조사를 받고 나오는 김성범을 봤어요. 차에 올라타고 가는데 백미러에 달린 액세서리가 보였어요. 동물 털로 만들어진 건데, 그날 인주에 가는 길에 반대차선에서 그 액세서리를 단 차를 지나친 기억이 떠올랐어요."

"그게 사실이야? 정말 안치수 계장님 살인 현장에 김성범이 있었어?"

"계장님은 주저한 흔적 없이 정확히 급소를 찔려 돌아가셨어요. 범인은 살인에 익숙한 김성범 같은 사람일 가능성이 높아요. 김성범이 계장님을 죽였다면 단독범행이 아닐 거예요. 누군가의 사주를 받았을 가능성이 높습니다. 김성범은 뒷배경 없이 혼자 힘으로 지금 자리에 올랐습니다. 이런 인물은 타인을 잘 신뢰하지 않고 만일의 경우를 위해 뭔가 대비책을 남겨놨을 가능성이 높아요. 예를 들면 흉기나 사주를 받은 통화 내역 같은 증거물이요. 집이나 사무실은 아닐 겁니다. 밥 먹듯이 법을 어기는 사람이니까 영장 나오면 가장 먼저 수색되는 곳은 피할 거예요."

통화를 마친 해영과 수현은 연희 톨게이트를 지나자마자 나오는 동네 어느 주택 앞에서 만났다. 김성범의 모친이 2000년부터 소유하고 있던 건물이었다. 주변을 경계하며 주택 쪽으로 다가간 수현은 현관문에 걸린 자물쇠를 옷핀으로 능숙하게 따기 시작했다.

"경찰이 이래도 됩니까?"

"당연히 안 되지. 나 같은 옛날 경찰이나 하는 짓이니까 넌 영장 받아서 내일 들어와."

그사이 문을 딴 수현은 천천히 안으로 들어갔다. 따라 들어간 해영은 수현에게 설명했다.

"금고를 선호할 거예요. 치밀하게 숨기진 않았을 겁니다."

손전등 불빛에 비친 실내는 이상할 정도로 썰렁했다.

"최근에 사람이 들어온 흔적은 없어요."

"최근이 아니더라도 예전에 뭐라도 남겼을 수 있어. 난 이쪽 찾아볼 테니까, 넌 그쪽 좀 찾아봐."

커튼 뒤부터 싱크대 안까지 둘은 따로 흩어져 단서를 찾았다. 그러나 개미 한 마리도 보이지 않았다.

"이쪽은 없어요. 그쪽은요?"

"김성범 소유 건물 이거 하나뿐이야?"

"아래층으로 가보죠."

거미줄이 쳐진 반지하 공간에는 잡동사니들이 가득했지만 어떤 특이한 것도 발견하지 못했다. 그곳을 나오며 수현은 단정했다.

"여긴 아니야. 나이트 클럽이나 김성범 집을 한 번 더 살펴보는 게 좋겠어."

별 소득을 얻지 못하고 둘은 다시 마당으로 나왔다. 수현이 앞서 가고 뒤를 따르던 해영의 눈에 돌계단이 보였다. 문득 죽기 전 안치수의 말이 생각났다.

'무전을 듣고… 다시 확인했어… 분명 거기였어, 돌계단 아래….'

해영은 그 자리에서 몸을 구부려 흙을 만져봤다.

복잡한 표정으로 돌계단 아래를 바라보는 해영에게 수현은 이유를 물었다.

"왜 그래?"

"아무것도 없는 이런 주택을 왜 십 몇 년 동안 팔지 않고 그대로 갖고 있었을까요?"

"무슨 소리야?"

"안치수 계장님 최근 행적 알아봐줄 수 있어요? 연희 톨게이트를 지났는지만 알아보면 됩니다."

수현은 계철에게 연락했다. 부탁을 받은 계철은 광역수사대 형사들 몰래 수사 기록을 찾은 후 책상 아래 숨어 수현에게 전화를 했다.

"아이씨, 자꾸 이런 거 시킬래?"

"어떻게 됐어? 알아냈어?"

통화 내용이 들리지 않도록 목소리를 최대한 낮추고 계철이 수사 기록을 이야기했다. 통화를 하는 수현의 뒤에서 해영은 연희 톨게이트를 지났는지만 알아보면 된다며 안절부절못했다. 계철과 통화를 끝낸 수현이 해영에게 물었다.

"이틀 전에 연희 톨게이트를 지나쳤대. 계장님이 여길 왔다 가신 거지. 넌 그걸 어떻게 안 거야?"

뭔가 확신에 찬 해영은 대답 대신 집 뒤 창고에서 삽을 찾아 돌계단 아래쪽 흙을 팠다.

"뭘 찾는 건데? 뭐 하는 거냐고, 지금!"

"플래시 비춰요!"

해영은 미친 듯이 땅을 팠다. 그러다 텅, 삽에 뭔가 걸리는 소리가 나자 삽을 던지고 손으로 미친 듯이 땅을 파헤치기 시작했다. 그러자 사람의 손으로 보이는 뼈가 나왔다. 놀란 수현도 손전등을 바닥에 놓고 함께 손으로 땅을 팠다. 설마, 설마 하던 백골사체가 그 모습을 드러냈다. 그리고 수현의 손에 잡힌 어깨뼈에는 철심이 박혀 있었다. 믿을 수 없다는 얼굴로 수현은 천천히 백골사체 주변을 더듬었고 곧 오래된 경찰 신분증 목걸이가 나왔다. 수현은 털썩 바닥에 주저앉았다. 오랜 세월 흙 속에 묻혀 있던 신분증에는 재한의 이름과 사진이 들어가 있었다. 수현의 손과 얼굴이 파르르 떨렸고 눈에는 어느새 눈물이 가득했다. 흙 묻은 빛바랜 신분증이 마치 살아 돌아온 재한이라도 되는 듯 어루만졌다. 그런 수현을 보며 해영도 눈시울이 붉어졌다.

백골사체가 된 재한의 시신은 국과수 특수부검실로 옮겨졌다. 차가운 스테인리스 침대 위에 흩어져 있던 뼈들이 하나하나 맞춰졌다. 어깨에 철심이 박힌, 수현이 아니길 바라며 그토록 찾아다니던 바로 그 사체였다. 재한의 뼈가 하나둘 제자리를 찾는 동안 해영과 수현은 특수부검실 밖에 나란히 서 있었다. 해영은 애써 참으려고 안간힘을 쓰는 수현에게 아무 말도 할 수 없었다.

그렇게 기다렸던 사람을 이제는 만날 수 없다. 그 사실을 인정해야 하는 것은 수현에게 너무 가혹했다. 15년 동안 연습을 했다고 하지만 연습은 어디까지나 연습이었다. 언젠간 경찰서 문을 열고 재한이 찾아와주길. 일을 다 끝내고 오느라 늦었다고 미안하다며 이름을 불러주길 바랐다. 이제 그 바람은 이루어질 수 없는 꿈이 됐다. 현실을 인정하고 싶지 않은 수현은 1999년 겨울 인주시에 내려갔던 재한이 다시 돌아오기로 한 날을 추억했다.

"좋은 아침입니다!"

신이 나서 뛰어들어갔지만 사무실 어디에도 재한은 없었다. 재한만이 아니라 정제도 보이지 않고 사무실 분위기가 뒤숭숭했다. 주변

선배들에게 눈치를 보며 오늘 인주로 내려간 팀이 복귀하는 날 아니
냐고 물었다.

"정제, 사표 냈다."

"사표요? 왜요?"

"나도 모르지. 다짜고짜 사표 던지고는 짐만 챙겨서 나갔어. 이재
한도 무단결근이고. 분위기 진짜 싱숭생숭하다."

도대체 무슨 일이 있었길래 한 명은 사표를 내고 한 명은 무단결근
을 한 걸까. 수현은 사표를 낸 정제보다 말없이 출근하지 않은 재한이
걱정돼 미칠 지경이었다. 아무래도 안 되겠어서 외근을 나간다고 하
고 몰래 재한의 집을 찾아갔다. 재한의 아버지가 시계방을 하는데 집
은 그 시계방 뒤에 딸려 있다는 얘기를 얼핏 선배들에게 들은 기억이
있었다. 처음 가보는 동네, 버스에서 내려 길가를 조금 걷다보니 멀리
'전진사'라는 시계방이 보였다. 저기구나.

"실례합니다."

시계방 안에는 아무런 인기척이 없었다. 수현은 조심스럽게 들어
가 천천히 안을 둘러봤다. 작은 공간에는 오래된 물건들의 집합소처
럼 예전에 쓰던 철제사물함, 철제책상과 서랍장, 한구석에 환한 스탠
드가 놓인, 나무로 된 작업대가 있었다. 그 주변에는 재한의 메달과
상장 등을 넣은 액자와 얼핏 봐도 오래돼 보이는 시계, 그리고 영업집
마다 쓰는 커다란 달력이 있었는데 2월 26일에 새빨간 동그라미가 크
게 쳐 있었다. 그리고 벽에 걸린 사진에 고스란히 담긴, 자기가 알지
못했던 시간의 재한을 보니 수현은 빙긋 웃음이 났다.

"시계 맡기러 오셨어요?"

시계방 안으로 돌아온 재한의 아버지였다.

"저, 이재한 선배님을 뵈러 왔는데요."

"우리 아들인데, 무슨 일로 오셨어요?"

수현은 자동으로 90도 인사를 했다. 그러면서 자신도 모르게 "안녕하십니까, 아버님!"이라고 크게 외쳤다. 재한의 아버지는 그런 수현을 귀엽게 바라보더니 재한의 방으로 안내했다. 시계방 뒷문으로 연결된 마당 저편에 있는 방이었다.

"손님 왔다."

아버지 뒤로 들어서는 수현을 본 재한은 무척 놀랐다.

"너 뭐야?"

"숙녀한테 '너'가 뭐냐."

아들에게 면박을 준 아버지는 수현을 돌아보며 자신은 가게 나가볼 테니 오래 얘기하다 가라고 친절하게 말을 건넸다. 아버지의 상기된 표정에 무안해진 재한은 한숨을 쉬며 퉁명스럽게 말했다.

"여기까지 왜 왔어?"

수현은 재한의 물음에 대답할 생각도 않고 책상 위에 놓인 사직서를 보며 물었다.

"저거 뭐예요?"

"상관할 거 없고, 왜 왔는지 얘기해."

"김정제 선배님도 올라오자마자 사표 내고, 선배님까지 왜 이래요? 무슨 일 있어요?"

"상관할 거 없다고. 남이사 사표를 내든 말든 무슨 상관인데?"

수현은 퉁명스런 재한의 대답에 서운함이 밀려왔지만 꾹 참고 얘기했다.

"남이 사표를 내든 말든 상관하고 싶진 않지만, 그래도 이건 아니죠. 아버지 생일날 사표 내는 아들이 어디 있어요?"

"뭐?"

"달력에 동그라미 쳐져 있던데 오늘 아버님 생신 아니에요? 선배님은 4월이잖아요."

재한은 바빠서 여태 1월에 머물고 있는 방 안의 달력을 2월로 넘겼다. 빨갛게 동그라미 쳐진 26이라는 숫자에 시선을 고정했다. 바쁘다는 이유로 그동안 생각하지도 못한 미안함이 밀려왔다.

"미역국이나 제대로 끓여드린 거예요? 봐봐, 내가 이럴 줄 알았어. 지금까지 한 번도 미역국 끓여드린 적 없죠?"

겸연쩍어 대답을 못 하는 재한에게 수현은 빨리 시장을 봐오자고 했다. 지금이라도 미역국을 끓여드리면 되지 않느냐면서. 별다른 선물도 준비 못 한 재한은 얼결에 수현의 말에 고개를 끄덕이고는 주섬주섬 겉옷을 입었다.

"알았다. 시장 봐서 내가 미역국 끓어드릴 테니까 너는 가. 가서 일 해."

수현은 신발을 신으며 아무 대답하지 않았다. 얼마 만에 만난 선배인데, 이렇게 그냥 가라니. 그래도 그러려니, 무뚝뚝한 재한의 성격을 아는 수현은 조용히 따라나섰다.

"너 왜 자꾸 따라와. 내가 알아서 한다니까."

사람들로 왁자한 시장 입구에서 재한은 뒤를 돌아보며 소리쳤다. 괜히 누가 보는 것만 같고 둘만 있는 게 어색해 말이 곱지 않게 나왔다.

"알아서 어떻게 하실 건데요? 설마 사드리려는 건 아니시죠?"

"그래. 제일 비싼 미역국으로 사드릴 거다, 왜!"

"와, 진짜 양심 없다. 지금까지 키워주신 그 큰 은혜를 단 돈 몇 천 원으로 막으시겠다? 생일상은 맛이 아니라 정성이에요. 제가 도와드릴 테니까 그냥 저 따라오시기나 하세요."

이번엔 수현이 앞장섰다. 어쩔 수 없다는 듯 재한은 몇 발짝 떨어져 걸었다. 비릿한 냄새가 나고 또 고소한 냄새가 나는 시장 이곳저곳을 지났다.

"너 요리는 할 줄 알아?"

"그럼요. 절 뭘로 보시고."

드디어 건어물 가게. 수현은 자신 있게 미역을 집어들며 신선해 보여 좋다고 아는 척을 했다. 그때 가게 주인이 나와 다시마라고 알려주지 않았다면 그대로 그걸 들고가 다시맛국을 끓일 뻔했다.

시장을 본 뒤 우열을 가릴 수 없는 서툰 솜씨로 둘이 함께 음식을 만들고 재한의 집 거실에서 아버지 생신상을 차려 먹었던 날. 수현은 아버지의 흐뭇한 표정에 마음이 참 좋았었다.

"아이고, 이거 내가 생일상을 다 받아보고."

아버지는 형사답지 않게 예쁘고 싹싹한 색시를 어디서 구했냐며 좋아하셨고, 재한은 쓸데없는 소리 하지 말라며 정색을 했다. 간이 제대로 들지 않은 음식들을 앞에 두고 아버지와 반주를 나눴다. 형사기동대에서 재한이 어떻게 일을 하는지, 어떤 사람인지, 얼마나 괜찮은 형사인지, 수현은 술기운을 빌려 재잘댔다. 아버지는 그저 흐뭇했고, 재한은 멋쩍으면서도 기분이 좋아 너털웃음을 지었다. 평온하고 행복한 겨울 밤이었다.

그 밤, 술에 취해 탄 택시 안에서 수현은 마음을 몰라주는 재한을 향해 소리치듯 고래고래 노래를 불렀다. 그리고 몸을 가누지 못해 재한에게 업혀 집에 가면서 종일 참았던 말을 수현은 그제야 했다.

"선배님."

"깼냐? 야, 그럼 이제 좀 내려서 가."

"경찰 그만두지 마요. 선배님이 그랬잖아요. 경찰도 할 만하다고. 나는 못 그만두게 해놓고 혼자만 그만두는 거 반칙이에요."

"나는 인마, 형사 자격 없는 놈이야."

"선배님이 자격 없으면 세상에 형사 할 사람 아무도 없겠네. 나한테는 이재한이 최고의 형사란 말이에요. 그러니까 절대로 그만두면 안 돼요."

재한은 아무 말도 할 수가 없었다.

"오셨어요."

연락을 받은 재한의 아버지가 국과수 특수부검실에 도착했다.

"찾은… 거야?"

그의 목소리가 떨렸다. 수현은 차마 뭐라고 대답할 수 없어 고개를 떨궜다. 해영도 어찌할 줄 모르고 비켜선 채 묵묵부답이었다. 마침 오윤서가 DNA 감정 결과지를 들고 왔다.

"어떻게 됐어요?"

긴장한 해영의 물음에 오윤서는 난감한 표정이었다.

"백골사체 DNA, 일치했습니다. 백골사체는 실종된 이재한 씨가 맞아요."

예감은 했지만 아찔한 소식에 재한의 아버지의 몸이 휘청했다.

"재한이… 우리 아들 어디 있어요?"

수현의 부축을 받으며 특수부검실로 들어간 그는 침대 위에 놓인 백골사체를 바라보며 눈물을 흘렸다.

"우리… 아들… 이제야, 왔구나."

수현은 눈물을 꾹 참았다. 재한의 아버지는 수현의 손을 잡았다.

"고마워, 우리 아들 찾아줘서 고마워. 이제 됐어. 그래도 나 죽기 전에 이놈 제삿밥은 지어 먹일 수 있겠어. 고마워."

15년간 아들의 생사를 확인하지 못하며 속이 탔던 그는 백골이 돼 돌아온 아들을 마주하고 그저 눈물을 흘렸다.

다른 이의 인생을 위해 목숨을 바쳤던 재한이지만 그의 장례는 화환도 조문객도 없이 썰렁했다. 누구 하나 찾아 오지 않는 빈소를 지키는 건 아버지와 수현뿐이었다. 재한의 빈소 앞에서 해영은 자신과 무전을 나누던 재한을 떠올렸다.

'범인 잡았어요? 범인 잡았습니까? 범인 잡았냐고 묻잖아요. 범인 잡았습니까? 내가 가서 죽여버릴 테니까 대답하라고! 사진으로만 봤겠지. 그저 사진 몇 장만으로 희생자 이름, 직업, 발견장소, 시각. 그게 당신이 아는 전부겠지만 난 아니야.'

'거기도 그렇습니까? 돈 있고 빽 있으면 무슨 개망나니 짓을 해도 잘 먹고 잘살아요? 그래도 20년이 지났는데, 뭐라도 달라졌겠죠? 그죠?'

'경위님! 이 무전이 뭐 때문에 잘못됐는지 모르지만 죄를 지었으면 돈이 많건, 빽이 있건, 거기에 맞는 죗값을 받게 해야죠. 그게 우리 경찰이 해야 되는 일이지 않습니까!'

'나요, 우리 아버지가 점 보러 다니는 것도 질색인 사람입니다. 앞으로 잘 살든 못 살든 그거 알아서 뭐 합니까. 어차피 내가 내 인생 살건데. 혹시나 그때 나 만나서 정신 못 차리고 있으면 한 대 주먹질해요. 정신 차리라고.'

때로는 울부짖고, 때로는 분노하고, 다른 이의 가치 있는 삶을 위해 애쓰면서 정작 자신의 삶 앞에서는 담담했던, 이 나라에 몇 안 되는 진짜 형사. 해영은 슬픈 얼굴로 재한의 영정사진을 보고 있는 수현에게 말을 건넸다.

"괜찮습니다. 화환도 없고 조문객도 없고, 비리 형사라는 누명을 쓰고 15년 만에 백골사체로 발견됐지만 그 긴 시간 동안 잊지 않고 기다려준 사람이 있으니까. 이재한 형사님께는 충분히 위안이 될 거예요."

수현은 붉어진 눈으로 울음을 삼키며 말했다.

"둘이서 제대로 같이 찍은 사진 한 장이 없다는 걸 나중에 알았어. 그렇게 그게 마지막일 줄 알았다면 조금이라도, 뭐라도 남겨둘걸. 그게 제일 후회돼. 2000년이었을 거야. 김윤정 유괴사건이 끝날 때쯤 강력계 형사들이 갑자기 선배의 책상을 뒤졌어. 말려도 소용없었어. 그들이 굳게 잠긴 선배 책상 맨 마지막 서랍을 열었는데 돈다발이 쏟아져나왔어. 선배가 사라지고 시계방에 찾아갔어. 아버님은 소식을 듣고 소리 내 우셨지. 아들이 그런 짓을 했다는 거에 더 비통하신 것 같았어. 선배님 그럴 분 아니라고 제가 꼭 찾아내겠다고 약속하고 선배 방을 뒤졌지만 어떤 단서도 찾지 못했어. 여기저기 선배가 마지막으로 갔던 13번 국도변을 지나며 누구라도 만나면 사진을 내밀고 물었지만 다들 고개를 저었어. 죽었을 거라고 생각했어. 죽지 않았다면 가족과 동료를 그렇게 저버릴 사람이 아니었으니까. 그래서 백골사체만 들어오면 국과수로 달려갔어. 그래도 가끔은 그런 생각이 들었어. 문이 열릴 때마다 저 문을 열고 들어와줬으면. 아무 일도 없었던 것처럼 내 이름 부르면서 그렇게 들어왔으면, 그래줬으면…."

이번 주말쯤 해결될 것 같다고, 다 끝내고 그때 얘기하자고 해놓고 15년 만에 주검이 되어 돌아온 그의 사진을 보며 수현은 끝내 눈물을 참지 못하고 흐느꼈다. 수현은 영정 앞에 국화 한 송이를 놓고 고인에게 거수경례를 올리며 속으로 재한에게 말을 건넸다.

'주말까지만 기다려달라더니, 15년 걸렸어요. 먼저 약속 어겼으니까 선배님 나한테 욕먹어도 할 말 없어요.'

참으려고 해도 참을 수 없는 눈물이 수현의 뺨에 하염없이 흘러내렸다.

모든 장례절차를 마치고 재한의 아버지는 수현, 해영과 함께 집으로 돌아왔다. 오래도록 주인을 잃었던 방에 재한의 영정 사진을 내려놨다. 반듯하게 걸려 있는 낡은 정복, 오래된 책상. 지금이라도 주인이 온다면 당장 반겨줄 듯 잘 정리된 공간에서 수현과 해영은 다시 고인을 위해 묵념했다. 영정 사진을 앞에 두고 다시는 돌아오지 못할 아들에 대한 사무치는 마음으로 울고 있는 재한의 아버지를 위로했다.

재한의 집에서 나온 뒤 수현은 다시 사무실로 돌아왔다. 책상 위의 배트맨 액자. 처음 재한이 실종됐을 때, 재한의 소지품을 담은 짐이 집으로 옮겨지고 그 짐더미에서 수현이 찾은 액자였다. 혹시나 어떤 단서가 있을까 열어본 배트맨 액자 안에서 발견한 건 수현과 함께 찍었던 경찰청 홍보사진이었다. 15년이나 기다릴 수 있었던 건, 재한의 마음을 그렇게 확인했기 때문이다. 그 액자를 자신의 사무실 책상에 다시 올려놓고 살아 돌아오기를, 그래서 제대로 같이 사진 한 장 찍을 수 있기를 간절히 바랐다. 그러나 이제 그 실낱같은 희망도 끝났다. 배트맨 액자를 품에 안고 수현은 오열했다.

장례를 마친 뒤 재한의 아버지를 모시고 수현과 함께 재한의 집에 처음 온 해영은 복잡한 심정으로 재한의 방을 둘러봤다. 재한이 입었던 정복을 만져보고, 그가 있던 방을 하나하나 둘러봤다. 그러다 수북한 명함꽂이 맨 앞에서 자신도 잘 아는 식당의 명함을 발견했다. 이걸 왜, 이재한 형사님이 가지고 있는 걸까. 해영은 명함을 주머니에 넣었다.

그 명함은 해영이 어렸을 때부터 자주 드나들었던 껍데기집의 명함이었다. 설마 하는 생각에 해영은 오랜만에 주인아주머니를 찾아갔다.

"왔어? 경찰관 나으리 되고 코빼기도 안 보이더니, 오랜만이네? 오므라이스 해줄까?"

해영을 본 아주머니는 활짝 웃으며 반색했다. 해영도 웃으며 인사를 나누고, 아주머니에게 재한의 사진을 건네며 물었다. 아주머니는 금세 기억이 났는지 이야기하기 시작했다.

"자기 자식도 아닌데 이상한 사람이다 싶었지. 너한텐 절대 비밀로 해달라고 그랬었어. 근데 언제부턴가 연락도 없이 안 와서 나도 까먹고 있었네."

알고 보니 혼자가 아니었던 그 시절. 재한의 배려에 눈물이 났다.

"혼자라고, 혼자라고 생각했었는데. 그게 제일 힘들었었는데."

해영의 학창시절은 평탄치 않았다. 앞으로 어떻게 살아야 할지 희망도 꿈도 없는 해영에게 학교도 공부도 중요하지 않았다.

다른 동네에 와서 사는데도 어디서 들었는지 형의 일을 다 알고 있었다. 불량한 아이들이 형을 들먹이며 시비 걸기 일쑤였다. 그럴 때마다 해영은 참지 않고 싸웠다. 누구라도 덤비면 끝까지 패주었다. 아무리 수가 많아도 잃을 게 없다는 심정으로 덤볐다. 한바탕 싸우고 나면 껍데기집에 들르곤 했다. 몇 년이 지났지만 주인아주머니는 해영이 올 때마다 오므라이스를 내줬다. 가끔 일찍 다니라고 잔소리를 하기도 했다. 술 마시러 온 사람들이 껍데기집에서 오므라이스를 먹는 해영을 이상하게 봤지만 이어폰을 귀에 꽂고 세상과 멀어진 해영은 아무렇지 않았다.

그러다 우연히 만난 동창에게 들은 얘기로 알게 된 사실, 형이 억울한 누명을 쓰고 죽었다는 사실을 알게 된 뒤 세상은 가진 자들의 것이라는 걸 처절히 깨달았다. 형에게 누명을 씌운 그를 찾아갔을 때 그가 말했다. 너희 형이 누명을 쓴 건 돈 없고 빽 없고 힘 없어서라고. 인주에서 돌아오는 길에 해영은 생각했다. 돈 없고 빽 없고 힘이 없어서 그랬다면 돈, 빽, 그리고 힘을 가져보자. 형처럼 세상에 당하고 살지 않으려면, 아니 형의 누명을 벗겨주려면 한번 해보자.

그다음 날 아침 해영은 학교 반장의 집 앞으로 찾아갔다.

"너 왜 여기 있어? 너 뭐야?"

"대학 가려면 어떻게 해야 되냐?"

공부와는 담을 쌓고 지내던 문제아가 갑자기 물어오니 반장은 반가워했다.

"대학을 어디쯤 생각하는데?"

"아무나 갈 수 있는 데 말고, 좋은 데."

"네가? 수능이야 그렇다고 치고. 네 내신은 어떡할 건데? 아무리

고1 성적이 15퍼센트만 반영된다고 해도 너 지금 완전 안드로메다급
이잖냐. 앞으로 2년 동안 미친놈처럼 공부한다고 해도 가망이⋯."

"미친놈처럼 한다고."

"그럼, 아무나 못 가고 좋은 대학, 어디?"

"아무나 못 가고 등록금도 싸면 좋고."

"얼굴도 예쁘고 성격도 좋고 몸매도 잘 빠지고 너한테만 잘하는데
이왕이면 부잣집 딸이었으면 좋겠다? 그렇다면 국립대밖에 없어. 서
울대는 네 내신으로 죽었다 깨어나도 안 되고. 육사, 공사, 해사는 학
생기록부 보니까 안 되고⋯ 그럼 경찰대 어때? 등록금 전액 면제에
숙식까지 해결해준다는데."

경찰이란 말에 순간 해영의 얼굴이 차갑게 굳었다.

"경찰대? 미쳤냐. 거긴 절대 안 가."

"야, 웃기시고 앉았네. 안 가는 게 아니라 못 가는 거야. 무슨 경찰
대가 동네 피시방인 줄 아나, 아무나 가게? 네가 경찰대 가면 내가 머
리에 꽃을 꽂고 명동에서 춤을 춘다."

기껏 생각해서 말해준 정보에 정색을 하자 반장도 약이 올라 쏘아
붙였다. 그의 앞에서는 싫다고 펄쩍 뛰었지만 해영은 계속 고민해봤
다. 나쁘지 않은 선택일 수도 있었다. 경찰이 되면 어쩌면 형의 누명
을 벗길 수 있을지도 모른다고 생각했다. 그래서 2년 동안 정말 미친
놈처럼 공부했다. 가끔 반장의 도움을 받으면서 공부만 했다. 이를 악
물었다. 돈 없고 빽 없고 힘 없는 사람, 우리 형처럼 착하기만 한 사람
들. 그래서 돈 있고 빽 있고 힘 있는 사람들한테 억울하게 자기 인생

을 저당 잡힌 사람들이 한 사람이라도 덜 나오게 해보자.

처음 경찰대에 갈 거라는 말에 분수를 알라고 면박을 주던 껍데기 집 아줌마도 나중에는 여전히 메뉴에 없는 오므라이스를 해주며 해영을 응원했다. 경찰대에 가고 프로파일러가 됐을 때 해영은 무엇보다 형의 빈자리가 마음 아팠다. 누구보다 기뻐해줬을 형. 하늘에 있는 형에게 떳떳한 동생이 되겠다고 첫 정복을 입은 날 해영은 아프게 맹세했다.

　　　　　▬

최초 가해자로 지목된 박선우가 판결을 받고 소년원으로 가는 날, 재한은 인주를 찾았다. 가는 길 국도 휴게소 편의점에서 '인주 집단성 폭행사건 오늘 판결'이라는 제목의 신문 기사를 읽던 재한은 자신 손쓸 수 없는 것에 대한 무력감에 치를 떨었다. 썩어빠진 더러운 세상에 일조한 것만 같았다. 분한 마음으로 인주법원에 갔을 때 호송차량 주변은 기자와 구경꾼 들로 인산인해였다. 잠시 후에 박선우와 가해학생들이 법원 경찰들의 호송을 받으며 건물을 나오고 있었다. 수의를 걸치고 수갑에 포승줄을 묶은 박선우가 보였다. 사람들은 "야, 이 미친놈들!" "저놈들 아주 죽여버려!"라고 비난을 쏟아냈다. 카메라 플래시가 터지고 아수라장이 된 그곳에 강혜승의 아버지가 술에 취해 소리를 질러댔다.

"우리 딸년은 인생 쫑났는데 뭐? 소년원? 6개월? 이런 개 같은 경우가 어디 있어! 내가 이 꼬라지로 산다고 우습게 보여?"

교도관들이 말렸지만 그는 거세게 반항하며 딸의 인생을 책임지라고 악을 썼다. 그 난동에 멈춰선 박선우는 믿기지 않아 넋이 나간 얼굴로 그 모습을 바라보다 군중 속에 있는 어린 해영과 눈이 마주쳤다. 서로 슬픈 눈빛을 주고받고 해영은 소음에 묻혀 들리지도 않는 아직 어린아이의 목소리로 울먹이며 말했다

"우리 형, 아닌데. 우리 형 잘못하지 않았어요."

박선우 일행이 호송차량에 올라타자 해영은 그런 형의 얼굴을 마지막으로 보려고 사람들을 헤치고 앞으로 다가가며 형을 불렀다. 차가 떠나고 구경꾼들도 자리를 뜨자 해영은 그제야 주저앉아 울음을 터뜨렸다. "우리 형 아닌데… 우리 형 아니에요. 우리 형 아니라고요." 그렇게 같은 말을 하고 또 하면서.

재한은 조금 떨어져 그런 해영을 바라보고 있었다. 얼마 전 무전기 너머 해영이 한 말이 떠올랐다.

'그때, 1999년에 인주에서 무슨 일이 벌어졌는지 제게 그 사건의 진실을 말씀해주세요. 제게 정말 중요한 일입니다.'

재한은 자기도 모르게 중얼거렸다.

"박선우… 박해영… 설마…."

재한은 관할서 형사에게 부탁해 박선우의 주민등록등본을 확인했다. 거기에는 엄마와 단둘이 사는 걸로 되어 있었지만, 실제로는 새 아빠, 그리고 새 아빠와 엄마 사이에서 태어난 동생, 이렇게 넷이서 얼마 전까지 같이 살았다는 얘기를 들었다.

그 길로 재한은 박선우의 집을 찾아갔다. 언덕길 끝 작고 초라한 집 앞에는 담이고 문이고 할 것 없이 '죽어라' '인주에서 꺼져라' 따위의 낙서가 가득했다. 대문을 여니 깨진 유리 조각을 치우는 해영의 엄마가 집에 있었다. 집으로 들어간 재한은 해영의 엄마가 마실 것을 가져오는 동안 집 안을 둘러봤다. 성실하고 착한 아이였던 걸 증명하듯이 박선우의 우등상, 표창 등 상장들이 걸려 있었다. 죄스런 목소리로 재한이 물었다.

"이혼하셨다고요."

"뭐 더 나쁜 꼴을 보겠다고 계속 살겠어요. 큰애야 전남편 사이에서 낳은 자식이니 내가 거두는 게 맞지만 걔 때문에 작은애까지 손가락질 받게 할 순 없잖아요. 자기 아버지랑 떠나는 게 저한테도 좋을 거예요."

살림살이가 거의 없는 단출한 거실 벽에 박선우와 해영이 함께 찍은 사진 한 장이 붙어 있었다. 재한은 활짝 웃고 있는 사진 속 두 형제의 모습에 마음이 아팠다.

"집이 가난해서 제대로 챙겨주지도 못했어요. 바쁘다는 핑계로 이일 저 일, 얼굴도 제대로 못 보고 도시락 하나 제대로 못 싸주고. 그래도 둘이 얼마나 끔찍했는데, 서로 형 동생밖에 모르고 살았는데, 나한테는 똑같은 내 새낀데…."

눈물을 흘리는 해영의 엄마를 위로하고 나오면서 재한은 어린 해영을 찾아가보기로 했다.

진양시로 이사가 살고 있는 해영은 밤늦게까지 일하러 나간 아빠를 기다렸다. 산꼭대기에 있는 집, 계단 사이로 발자국 소리가 들리면 "아빠야?" 하고 묻고 다른 사람이면 실망해 몸을 웅크렸다. 쪼그려 앉은 무릎에 얼굴을 묻고 있는 어린아이의 배에서 꼬르륵 소리가 들리자 재한은 안타깝고 안쓰러웠다. 간단히 요깃거리라도 사줘야겠다고 해영에게 다가가는데 아이는 무슨 결심을 했는지 갑자기 벌떡 일어나 계단 아래로 내려갔다. 해영은 계단 끝에서 큰 골목으로 터벅터벅 걸어갔다. 웬만한 밥집들은 문을 닫은 늦은 시각, 불이 켜진 곳은 껍데기집뿐이었다. 그 앞에 서서 창문으로 가게 안을 살피던 꼬마는 무턱대고 안으로 들어갔다. 그런 해영을 따라 재한도 껍데기집에 들어가 다른 테이블에 앉았다. 꼬마 혼자 들어와 상을 차지하고 앉자 주인아주머니가 다가왔다. 해영이 말했다.

"오므라이스 주세요."

"뭐?"

"저 돈 있어요. 오므라이스 해주세요."

"너 지금 장난치니? 집 어디야? 엄마한테 가자. 도대체 애가 지금 몇 신데 이러고 있어?"

당돌한 해영의 행동에 당황한 주인아주머니가 화를 내자 재한이 얼른 아주머니를 불렀다.

"여기요!"

"네, 뭐 드릴까요?"

아주머니가 오자 재한은 조용히 지갑에서 돈을 꺼내 아주머니에게 주며 부탁했다.

"저 꼬마애, 오므라이스 좀 해주세요. 이걸로 재료값 하시고."

"애 아빠예요?"

"아니에요. 내 아들이면 이러고 있겠어요?"

아주머니가 선뜻 대답을 안 하자 재한은 돈을 조금 더 쥐여주며 말했다.

"애가 배고파서 저러는 거 같은데. 부탁 좀 드릴게요. 이건 수고비. 응? 좀 해줘요."

재한의 부탁대로 해영 앞에 오므라이스가 놓였다. 배가 많이 고팠던 어린 해영은 숨도 쉬지 않고 오므라이스를 입에 욱여넣었다. 반쯤 그렇게 허겁지겁 배를 채우더니 갑자기 수저질을 멈췄다. 엄마, 아빠, 형과 먹던 오므라이스가 생각났다. 문제집 100점을 맞았을 때 형이 들어주기로 한 소원, 그 소원은 이뤄지지 않았다. 그 생각에 잠깐 울먹이던 해영은 다시 오므라이스를 먹기 시작했다. 창에 비친 그 모습을 짠하게 바라보던 재한은 다시 주인을 불러 지갑에 있는 돈을 모두 꺼내 주인에게 줬다.

"앞으로도 저 꼬마 오면 밥 좀 해줘요."

그사이 해영이 나가자 자신도 급하게 일어나 가게 명함을 챙기며 말했다.

"제가 계속 연락할 테니까 부탁 좀 할게요."

재한 덕분에 오랜만에 껍데기집을 갔다 돌아와 옛 생각에 잠긴 해영에게 치지직, 무전 소리가 들렸다. 11시 23분이었다.

재한의 장례를 치르고 온 뒤 울리는 무전을 선뜻 받을 용기가 나지 않았다. 자신의 운명을 모른 채 약자를 위해 싸우고 있는 이재한이라는 형사가, 그의 인생이 고맙고 안타까워 해영의 눈에는 눈물이 고였다. 무슨 말을 해야 할까. 오늘 당신의 장례식에 다녀왔는데. 고민하던 해영은 송신 버튼을 누르고 1999년의 재한에게 겨우 어렵게 말했다.

"형사님, 인주 사건 말입니다. 그거….”

"끝까지 가볼 생각입니다. 제가 중요한 걸 잊고 있었습니다. 저야말로 포기하고 외면하면 안 되는 거였어요. 누군가 포기하기 때문에 미제사건이 만들어진다고 그러셨죠. 이 사건, 절대로 그렇게 만들지 않을 겁니다.”

어두운 골목 차 안에서 각자 외롭게 무전을 하면서 다른 시간 속 두 남자는 뜨거운 어떤 것이 밀려오는 걸 느꼈다. 해영은 재한에 대한 고마움, 재한은 해영에 대한 미안함. 불가항력적인 공통의 과제 앞에 둘은 서로의 마음을 헤아리며 무전을 했다.

"저는 형사님이 행복하셨으면 좋겠어요.”

눈물을 참는 것 같은 해영의 목소리에 재한은 울컥 눈시울이 뜨거워지는 걸 느꼈다.

"형사님 곁에 사랑하는 사람과 함께하는 게 사건을 해결하는 것보다 더 중요한 일일 수 있어요."

대답하기 위해 무전기를 들었던 재한은 북받치는 감정을 참느라 선뜻 말하지 못했다. 그러나 곧 감정을 추스르며 무전기의 송신 버튼을 누르고 진심을 담아 꼭 하고 싶었던 말을 전했다.

"저도 경위님이 행복했으면 좋겠습니다. 가난하더라도 가족들과 함께 한 지붕 아래서 따뜻한 밥상에 함께 모여 같이 먹고, 자고, 외롭지 않게. 남들처럼 평범하게, 그렇게 사셨으면 좋겠습니다."

해영은 눈물을 주체할 수 없었다. 자신을 걱정해주는 재한에게 고마운 마음과 어린 자신을 지켜봐주던 재한의 뒷모습을 생각하며 간곡히 부탁했다.

"형사님, 인주 사건 그만하세요. 그 사건 때문에 형사님이 위험해질 수 있어요."

"상관없습니다. 대한민국 강력계 형사가 그딴 거 겁낼 것 같습니까."

"이 무전을 처음 보낸 건 내가 아니라 형사님이었어요."

뭔가 이상한 느낌이었다. 재한은 해영에게 되물었다.

"첫 무전을 내가 보낸 거였다고요?"

"네, 그때 형사님이 나한테 그랬어요. 다시 무전이 시작될 거라고. 89년의 형사님을 설득하라고. 그리고 총소리가 들렸어요. 그때 형사님이 위험해진 건 인주 사건 때문일 거예요. 그러니까 형사님 인주 사건…"

해영의 말에 마음이 복잡해진 재한은 얼른 송신 버튼을 눌러 해영의 말을 끊었다.

"됐습니다. 거기까지만 들을게요. 난 포기하지 않을 겁니다. 어떤
일이 있어도 끝까지 갑니다."

"형사님…."

더 이상 무전은 연결되지 않았다. 위험해질 수 있다, 어쩌면 잘못
될지도 모른다. 그래도 힘 없고 빽 없는 사람이 죄 없이 누명을 쓰는
그런 일은 만들지 않겠다고 다짐했다.

7

이재한 실종사건

11시 23분, 형사님이 죽은 그 시간.

죽음에 대한 두려움보다 모든 사건이 미제로 남는 게 힘들었던 거죠?

그 간절한 마음으로 내게 무전을 보낸 건가요?

김성범 소유의 주택 마당에서 재한의 백골사체가 발견되자 광역수사대 형사들을 비롯한 경찰들이 김성범을 체포하기 위해 움직였다. 그러나 그는 나이트클럽 사무실에도 집에도 어디에도 없었다. 방금 전까지 사람이 있었던 흔적이 있었으나 감쪽같이 사라진 것이다.

"지난번에 네가 그랬지. 경찰 조직을 믿을 수 없다고. 지금도 그렇게 생각해?"

수현의 질문에 해영은 한결같이 대답했다.

"예. 이재한 형사님의 시신이 발견되고 신고를 받은 경찰이 즉각적으로 움직였지만 결국 김성범 체포에 실패했죠. 불과 몇 분 차이로 김성범을 놓쳤습니다. 지금까지도 김성범은 잠적 상태고요. 그 짧은 시간 안에 김성범이 눈치를 챘다는 건 보고 체계에서 정보가 샜단 거예요. 분명히 경찰 조직 안에 선이 닿아 있는 누군가가 있다는 겁니다."

해영의 말이 맞았다. 수현은 반박하지 못하고 그저 얘기를 듣고 있었다.

"광수대에 이 사실을 알려야 해요. 안치수 계장이 이재한 형사님을 죽였고, 거기에 김성범이 가담했다. 계장님을 누가 죽였는지 밝혀내는 데 중요한 단서가 될 수 있어요."

"광수대엔 절대 알려선 안 돼. 안치수 계장님이 돌아가시고 현재 광수대의 실질적인 책임자는 김범주 국장이야. '모든 시작은 인주 사건이었다.' 계장님이 그러셨다 했지? 과거의 인주 사건을 지휘한 책임자도 바로 김범주 국장이었어."

"김범주 국장이 연관이 있다는 건가요?"

"김범주 국장, 머리 회전 빠르고 정치력도 탁월해. 말단 순경으로 시작해서 경찰청 수사국장까지 올라오는 동안 파격적인 인사 때문에 말도 많았어. 뒤에서 쉬쉬하는 얘기로는 정치권이나 재계 인사들과도 꽤 깊은 관계를 유지한다는 소문도 있고."

"김범주 국장을 더 파보면 뭐든 나올 겁니다. 인주 사건의 책임자였다면 그때 무슨 일이 있었는지도…"

"경솔하게 행동하지 마. 어디까지나 심증뿐이야. 만약 네 추측이 맞는다면 그 사건 때문에 경찰이 두 명이나 죽었어. 그만큼 감춰진 비밀이 크다는 얘기겠지. 다른 어떤 사건보다 훨씬 더 조심해서 움직여야 해."

누구보다 진실을 알아내고 싶은 사람은 수현이었다. 그러나 섣불리 행동했다가는 모든 것이 엉망이 될 수 있었다. 수현은 단호했다.

다음날 인주 사건 관련 서류를 정리한 수현은 전담팀원들에게 나눠줬다. 계철과 헌기는 올 것이 왔다는 듯 눈을 마주쳤다. 앞에서 둘의 시선을 확인한 수현은 사건의 무모함을 인정했다.

"알아, 미친 짓이지. 계장님 사건 이후로 다들 눈알 벌게져 있는데 인주 사건을 수사한다. 맞아. 미친 짓이야."

그래도 어떻게든 팀원들을 설득하려는데 헌기가 벌떡 일어나 화이트보드로 건너편 광역수사대와 벽을 만들고 조심스레 말했다.

"미치더라도 좀 조용히 미칩시다. 계장님 사건 얘기 듣고 인주 사건 알아봤는데요. 그때 진범으로 체포된 범인이 박 프로 친형이라면서요? 그것 때문에 그렇게 경찰들을 싫어했던 거 맞죠?"

"다들 그래. 자기 가족이 범인으로 몰리면 억울하다, 내 가족은 아니다, 뭐, 그런다고. 그 어린 나이에 자살한 건 안됐지만."

뜻밖에 계철도 사건에 대해 알고 있다는 사실에 수현이 놀랐다.

"선배도 인주 사건 알아봤나봐?"

"뭔 소리야. 내가 그렇게 한가해? 아, 난 몰라."

처음엔 발뺌하던 계철이 이내 어쩔 수 없다는 듯 자신이 알아본 것들을 털어놨다.

"그래, 알아봤다. 대충 살펴봤는데 증인들의 증언이 모두 일치했잖아. 그럼 된 거지."

"그래, 증인들의 증언. 그거밖에 없었어. 그러니까 반대로 하면, 증인들이 모두 거짓말을 했다면 진범은 따로 있다는 얘기지."

수현이 받아쳤다.

"그래서 뭐? 그걸 밝혀봤자 성폭행은 이번 공소시효 개정안에 포함되지도 않았어. 벌써 공소시효가 끝나버렸다고."

계철은 불가능한 일이라며 수현을 설득했다. 그러나 수현의 생각은 달랐다.

"이번 사건을 풀면 계장님을 누가 죽였는지도 밝혀낼 수 있을 거야. 계장님은 인주 사건의 진실을 밝히려다 돌아가신 거니까."

"날고 기는 광수대 애들이 뛰고 있는데 그걸 왜 우리가 밝혀."

"광수대는 박해영을 가장 유력한 용의자로 보고 있어. 하지만 난 박해영이 계장님을 죽였을 거라고는 생각하지 않아."

"사실 나도 박해영이 죽였다고 생각 안 해. 아니, 계장님이 어떤 양반인데. 강력계 형사가 프로파일러한테 당할 리가 있겠어?"

수현의 말에 계철도 수긍해 그렇게 말했지만 여전히 탐탁치 않았다. 그런 계철의 뜻을 뒤로하고 수현은 헌기와 계철에게 지시했다.

"좋아. 그럼 정헌기는 당시 인주서 감식반에 있던 사람들 통해서 당시 압수된 증거물이 어떻게 감식됐는지 알아보고, 선배는 당시 피해자 신변 좀 파악해줘."

해영은 어젯밤 피해자를 찾아내는 게 우선이라고 말했다. 그동안 자신이 아무리 찾아봤지만 주소도 허위였고 본인 명의의 신용카드, 휴대전화도 없다고 했다. 수현은 사람 찾는 데 선수인 계철 선배라면 가능할 거라고 해영을 다독였다. 과연 계철은 얼마 되지 않아 강혜승에 대해 알아왔다.

"다른 건 몰라도 의료보험은 피할 수 없지. 지속적으로 신경정신과를 다녔더라고."

"영장도 없이 용하네."

"나 김계철이야."

한편 집 앞에 깔린 광역수사대 형사들의 감시에 감금되다시피 한 해영은 수현과 만나기 위해 옆집으로 담을 넘었다. 옥탑방에 살고 있어 옆집 옥상으로 뛰어넘어가는 것 정도는 어렵지 않게 할 수 있었다. 감시를 피해 초조하게 기다리고 있던 해영을 수현이 재빠르게 차에 태워 계철이 알아본 신경정신과의 주소지로 향했다.

"외상성 스트레스 증후군에 시달렸을 겁니다. 불면증이나 우울증 때문에 약을 처방받아야만 했을 거예요."

"신경정신과는 근처 신도시야. 하지만 거기까지야. 병원에 전화해보니 주소를 허위로 기재했어. 다음번 예약도 잡지 않아서 언제 올지도 모르고."

"병원 근처일 겁니다. 다수의 사람들, 특히 다수의 남자들을 만날 때 두려움과 공포를 느낄 거예요. 대중교통을 이용하는 걸 꺼릴 겁니다. 자신이 노출되는 것도 꺼릴 거예요. 원룸 지역이나 직장인들이 잠만 자고 출퇴근하는 동네 쪽을 수색해봐야 해요."

수현과 해영은 강혜승이 다녔다는 병원 근처에 주차하고 지도를 확인하며 원룸이 많은 동네 주변 수색을 시작했다. 오래된 강혜승의 사진을 보여주며 여기저기 물었지만 아는 사람은 아무도 없었다. 해영은 프로파일링을 통해 얻은 강혜승에 관한 설명을 수현에게 덧붙였다.

"신경정신과에 1년 정도의 주기로 한 번씩 들러서 우울증 약을 사 갔어요. 한 달 치 정도의 약으로 1년을 버텼다는 건 어느 정도 외상성 스트레스 증후군을 이겨냈을 가능성이 있다는 얘기입니다. 과거를 잊고 새 출발을 했을 거예요. 직업을 가지고 있을 가능성이 큽니다. 직업은 지속적으로 사람을 접촉하는 사무직은 아닐 겁니다. 한자리에 오래 앉아서 집중하는 일이 힘들 거예요. 남자들을 자주 만나야 하는 직업도 아닐 거고, 전문적인 직업도 기술을 가진 정도의 직업일 거예요. 가급적 여성을 상대로 인간관계를 지속적으로 유지하지 않아도 되는 직업일 가능성이 큽니다."

해영은 초조한 시선으로 주변을 두리번거리면서 병원 근처를 돌고 또 돌았다. 그러다 그의 시선에 잡힌 화장품 가게 간판 앞에 멈춰섰다. 해영은 그때 가게 문을 여는 30대 중반의 여자에게 말을 걸었다.

"강혜승 씨."

여자는 전혀 모르겠다는 얼굴로 돌아봤다.

"예? 누구요?"

"강혜승 씨 아닌가요?"

"아닌데요."

허탕을 친 해영은 여성을 상대로 하는 화장품 가게, 미용실 등 동네 점포들을 찾아다니며 강혜승을 찾았다. 거리를 걷는 사람들에게도 마찬가지였다. 분명 그 동네에 있을 것이다. 누구라도 걸리길 바라는 마음으로 계속해서 강혜승을 찾아다녔다.

그때 모르는 번호로 전화가 왔지만 해영은 이를 무시하고 상가 간판을 보며 걷는 데 집중했다. 그러다 상가에서 나오는 남자들이 지나가자 옆으로 슬쩍 비켜 미용실로 향하는 어떤 여자를 발견했다. 저 여자다. 해영은 빠르게 다가갔다.

"강혜승 씨."

여자는 멈칫해서 불안한 눈빛으로 뒤를 돌아봤다. 아무 말도 없었다. 해영은 분명 이 사람이 강혜승일 거라고 직감했다.

"서울청 박해영 경위입니다. 99년 인주 사건 때문에 왔습니다."

여자는 벌벌 떨며 겨우 입을 열었다.

"난 할 말 없어요."

강혜승이 맞았다. 해영은 조심스레 말했다.

"힘드신 거 압니다. 잠깐이면 돼요. 오래 안 걸릴 거예요."

"가세요. 난 할 말 없다고요."

뿌리치고 돌아서는 강혜승에게 해영은 형의 이름을 꺼냈다.

"박선우는 기억하시죠? 박선우, 그때 진범으로 몰렸던 박선우가 내 친형입니다. 최소한 저한테는 해줄 얘기가 있지 않나요?"

박선우에 대한 죄책감으로 마음이 흔들린 강혜승은 잠깐의 시간을 허락했다. 흩어져 강혜승을 찾던 수현에게 카페로 오라는 연락을 했다. 근처에 있던 수현은 쏜살같이 카페로 달려왔다.

수현이 먼저 말을 꺼냈다.

"이 자리 불편하신 거 압니다. 짧게 여쭤볼게요. 인주 사건의 주범이 박선우가 맞습니까?"

강혜승은 아무 말이 없었다. 수현이 재촉했다.

"강혜승 씨."

"선우는 나를 진심으로 대해준 유일한 사람이었어요."

겨우 입을 연 강혜승은 박선우와의 일을 담담히 풀어나갔다.

"그때 나는 세상이 싫었어요. 알코올중독 아빠는 엄마가 집을 나간 뒤 더 난폭해졌죠. 학교에 가서 뭐 하나, 그런 생각만 하던 때였어요. 누구와도 말하기 싫고 누구도 믿을 수 없었어요. 집에도 안 들어가고 매일 학교를 빼먹고 공원에 가 앉아 있었어요. 가끔 캔맥주를 사서 가기도 했죠. 선도부였던 선우는 귀신같이 알고 그런 나를 찾아왔어요. 처음엔 귀찮았어요. 아는 척하는 것도 싫었고요. 아무리 타박을 해도 선우는 꿈쩍하지 않았어요. 오히려 더 친절했죠. 이러다 사고 난다면서 집에 들어가라고 타일렀어요. 날 걱정해서라고 했어요. 말이 통하지 않는 것 같아 아빠가 술 먹고 저지른 걸 보여줬죠. 내 몸에 상처를 낸 자국들. 때리고 던지고, 아빠에게 난 화풀이 대상이었어요. 세상을 향한 화풀이 대상.

상처를 보여주며 선우한테 따졌어요. 이런데도 아빠가 있는 집에 가야 하냐고. 흉터를 본 선우가 한참을 생각하더니 말했어요. 집에 안 들어갈 거면 혼자 자립할 수 있는 능력을 만들라고. 도와주겠다고. 그때부터 공부를 봐줬어요. 세상에서 날 진심으로 대해준 건 선우뿐이었어요. 날 살린 것도 선우였죠.

게시판에 글이 올라오고 학교가 발칵 뒤집어졌을 때 아이들은 당연히 나일 거라고 생각했어요. "강혜승이래, 강혜승이겠지." "걔 원래 이상하잖아. 뻔하지 뭐." 알지도 못하면서 아이들은 나에게 대놓고 손가락질을 했어요. 아니면 투명인간 취급이었죠. 하나하나가 상처였지만 어디에 말할 수도 없었어요. 기댈 수도, 위로받을 수도 없었죠. 그냥 죽어버리자 그랬어요. 죽자. 그러면 다 끝난다. 옥상으로 뛰어올라가 떨어지려는데 탁, 누군가 날 잡았어요. 선우였죠. 놓으라고 우는 나한테 선우는 내 잘못이 아니라고 했어요. 내가 죽을 이유가 하나도 없다고. 그때 선우는 죽을 뻔한 나를 살려줬는데….

그런 선우를 내가 배신했어요. 병원에 누워 있을 때 아빠는 당장이라도 날 죽일 듯 협박했어요. 어디가서 쓸데없는 소리 하면 자기 손에 죽을 줄 알라고. 그리고 어떤 형사가 와서 날 차에 태워서 얘기했어요. 박선우라고 하면 모든 게 끝난다고. '네 인생은 네가 결정하는 거'라고. 현명하게 선택하라고요. 그때 난 너무 어렸고 무서웠어요. 그렇게 하면 모든 게 끝난다고 해서. 그저 빨리 모든 걸 끝내고 인주를, 그 지옥 같은 곳을 떠나고 싶다는 생각뿐이었어요.

미안해요. 정말 미안해요."

소리 죽여 눈물을 흘리던 강혜승은 해영에게 거듭 사과했다. 수현은 가장 중요한 질문을 던졌다.

"그럼 박선우에게 누명을 씌운 진짜 주범은 누구였죠?"

강혜승은 다시는 언급하고 싶지 않았던 이름을 기억하며 표정이 굳었다.

"장태진이었어요."

그 이름을 듣자 해영의 눈이 날카롭게 빛났다.

"인주시멘트 사장 장성철 아들, 장태진이요?"

"맞아요. 그 사람이에요. 선우랑 공부하기로 한 날인데 선우가 오지 않았어요. 동진이가 아무래도 선우 못 올 거 같다고 집에 선배도 놀러 오고 했으니 그냥 가라고 했어요. 알았다고, 짐을 챙겨 나오는데 장태진이 동진이한테 박선우가 과외 한다는 애가 너냐고 물으면서 나를 아래위로 훑었어요. 서울대라도 가려고 그러는 거냐며 비웃었죠. 기분 상했지만 상대하고 싶지 않았어요. 그냥 나가려는데 선우가 학교에서나 밖에서나 꼴값을 떤다며 욕을 했죠. 갑자기 기분이 나빠서 내가 대들었어요. 오빠 뭐가 그렇게 잘났냐고, 전교 1등 하는 거 다 과외 해서 그러는 거 아니냐고. 선우는 혼자 공부해서 전교 3등 한다고 말해줬어요. 진짜 똑똑한 사람은 아빠 빽만 믿고 사는 오빠 같은 사람이 아니라 선우라고요. 그러자 그 사람 눈빛이 달라졌어요. 그러고는 막무가내로 날 방으로 끌고 가서…."

강혜승은 더 이상 말을 잇지 못했다. 분노로 온몸을 떨던 해영이 겨우 말을 꺼냈다.

"인주시멘트 사장 아들, 장태진, 그 사람이었다고요?"

"맞아요. 장태진, 그 사람이에요."

"그 한 마디, 그 한 마디였으면 됐는데. 어떻게 아무 죄도 없는 우리 형한테…."

"박해영, 그만해."

"우리 형이 어떻게 됐는데요! 진짜 죄진 놈은 지금도 떵떵거리면서 아무 일도 없다는 듯 사는데, 우리 형은 아무 죄도 없는데… 그 어린 나이에 죽어버렸다고요!"

해영의 말을 들은 강혜승은 소스라치게 놀랐다.

"선우가… 선우가 죽었다고요?"

"그래요. 자살했습니다. 15년 전에."

"자살이라니, 그럴 리… 그럴 리가 없어요. 한참 뒤에 정신을 좀 차리고 선우를 찾아갔었어요. 면회를 갔을 때 수의를 입은 선우가 낯설었어요. 한참 서로 말을 못 했어요. 미안한 마음에 저는 그냥 고개를 숙이고 있었어요. 차마 선우 얼굴을 볼 수 없었죠. 그런데 선우가 먼저 말을 걸어줬어요. 그때 했던 말 진심이었다고, 네 잘못이 아니라고. 널 그렇게 만든 사람들은 따로 있으니 전부 잊어버리고 다시 시작하라고. 자기도 괜찮다고 했어요. 다시 시작할 거라고. 절대 인생 포기하지 않는다면서 오히려 날 위로했어요. 마지막으로 본 선우는 절대 자살할 사람처럼 보이지 않았어요. 선우의 그 말 덕분에 난 견뎠어요. 다 잊어버리고, 다 잊었다고 생각하면서… 그렇게 믿으면서 살았는데."

"강혜승 씨는 그렇게 살았겠죠. 하지만 우리 형은 아니었어요. 소년원을 나오자마자 자기 손으로 손목을 그어버렸다고요."

"그럴 리가, 그럴 리가 없어요."

"지금이라도 늦지 않았습니다. 형의 결백을 밝혀주세요. 그러려면 강혜승 씨의 증언이 꼭 필요해요."

충격을 받은 강혜승은 혼란스러운 마음에 한동안 아무 말도 하지 못하다 대답했다.

"아니요. 나 못 해요. 남편이랑 딸이 있어요. 어떻게 얻은 가족인데, 또다시 가족을 잃을 순 없어요."

"강혜승 씨 잘못이 아니잖아요. 강혜승 씨는 피해자예요."

"그때 내가 가장 힘들었던 게 뭔지 알아요? 내 잘못이 아닌데 사람들은 날 손가락질했어요. 여자애가 처신을 어떻게 했길래, 몸을 어떻게 굴렸길래. 15년 전도 지금도 똑같아요. 난 그런 일을 또다시 당하고 싶지 않아요."

"그럼 우리 형은요!"

해영은 절규했다. 그만하라고 수현이 말렸지만 말을 듣지 않았다. 강혜승은 죄송하다는 말을 남기고 도망치듯 카페를 떠났다. 수현은 해영에게 이성을 찾으라고 했다.

"박해영. 성폭행 공소시효는 이미 끝났어. 증언을 한다고 해도 우리가 할 수 있는 건 아무것도 없어."

"장태진이 어떤 인간인 줄 알아요? 아버지는 인주시멘트 사장이고 큰아버지는 국회의원 장영철이에요. 지금도 인주에서 왕처럼 군림하면서 산다고요. 우리 형은 그 어린 나이에 죽어버렸는데, 누명을 쓰고 그렇게 비참하게 죽어버렸는데. 정작 범인은 아무 일도 없는 것처럼 도대체 이런 법이 어디 있습니까? 그동안 나는… 그동안 나는!"

울컥 눈물이 차오른 해영을 수현은 어쩔 수 없는 일이라며 다독이는데 해영이 말했다.

"아직 기회가 있어요. 지금은 몰라도 과거라면, 분명 방법이 있을 겁니다. 그때 진범을 잡는다면 우리 형도 이재한 형사님도 살릴 수 있을 수도 있어요."

"그게 무슨 소리야?"

재한을 살릴 수 있다는 말에 수현이 놀라 붙잡았지만 해영은 아무 대꾸 없이 카페를 나가버리고 수현이 그 뒤를 따라갔다.

해영은 집으로 가 무전을 기다렸다. 재한에게 꼭 전해줄 말이 있었다. 해영이 초조하게 무전을 기다리고 있을 때 과거의 재한은 칼을 갈며 김범주의 뒤를 캐고 있었다. 인주 사건 뒤 김범주는 서울청 형사과장으로 발령난 것이다. 드디어 서울청 형사과장이 되어 부푼 마음으로 출근한 김범주에게 정보과 직원이 찾아왔다. 그는 김범주 관련 내사가 진행되고 있다는 사실을 알려줬다.

"과장님 뇌물 수수 첩보가 정보과로 직접 들어왔습니다. 내용이 꽤 구체적이기도 했고 이미 계장님 선까지 보고가 올라가서 저도 더 이상은 막아드리기 어려울 것 같습니다."

"첩보 제공자는?"

"형기대 이재한 형사였습니다."

이재한이라는 말에 김범주의 얼굴이 일그러졌다. 화가 난 김범주는 당장 형사기동대로 향했다. 운전을 하는 내내 분을 참을 수 없었다. 끼익, 눈앞에 나타난 재한을 보자 김범주는 들이받을 듯 거칠게 차를 댔다.

"야, 뭐야!"

재한은 놀라 소리쳤다. 거칠게 차 문을 닫으며 김범주가 재한에게 다가왔다. 김범주의 얼굴을 본 재한은 올 것이 왔다는 표정으로 그를 바라봤다. 그리고 이내 다가가는 듯하더니 김범주를 비켜 이리저리 차를 들여다보았다.

"이야, 차 좋네요. 네? 인주 사건 마무리 잘 지어가지고 서울청 형사과장으로 승진하시더니 잘나가시나봅니다. 그렇게 잘나가시는 양반이 여기는 웬일이십니까?"

한껏 비아냥대는 재한에게 김범주가 나직한 목소리로 말했다.

"1년 동안 내 뒤통수 '공사' 치느라고 꽤 바빴겠다?"

"감사관실까지 정보통을 두셨나보죠? 여기저기 많이도 해처드셨더라고요. 그래서 내가 감사관실에 정보 좀 줬습니다. 이번에는 저 위에 계신 분들도 어쩔 수 없을 겁니다!"

김범주의 얼굴이 일그러졌다.

"야, 이재한이!"

"과장님 뒤통수뿐 아닙니다! 인주시멘트 사장 아들, 장영철 의원 조카 장태진, 잘 아시죠? 그리고 이번 인주 사건 최초 가해자였죠."

재한은 돈 없고 빽 없는 놈들 적어도 억울하게 당하지 않도록 나 이재한이 가만히 두지 않을 거라고, 꼭 그렇게 만들고 말겠다는 의지를 실어 소리쳤다. 재한의 눈도 그렇게 말하고 있었다.

"그 사건 범인은 박선우였어. 기억 안 나?"

"맞습니다. 다들 그렇게 증언했어요. 과장님 말씀한 대로 그 지역 사람들은 끝까지 입을 다물었습니다. 그러니까 진실을 말해줄 사람 단 한 명은, 바로 김범주 당신이지. 본인 입으로 그동안 저질렀던 더러운 짓거리들을 다 자백하게 만들 거야. 물론 인주 사건까지 포함해서!"

"그래 누가 먼저 죽어나갈지 두고 보자."

그렇게 재한은 포기하지 않고 인주 사건을 계속 수사하고 있었다.

분노에 찬 김범주가 재한을 찾아왔던 날 오후부터 수현은 재한에게 성폭행범 '연우동 발바리' 검거를 하러 가자며 수선을 떠는 바람에 억지로 잠복근무에 들어갔다. 인주 사건 때문에 '좀 이상해진' 재한에 대한 동료들의 배려였다. 저럴 때는 '현장에서 구르는' 게 최고라는 지론이었다.

기동차량 안에서 피곤에 절어 자고 있는 재한을 애틋하게 바라보다 슬며시 뺨을 쓰다듬어보는데 치지직, 무전 신호음이 들렸다. 자신의 무전기를 꺼내봤지만 아니었다. 조심스럽게 소리나는 곳을 찾아 고개를 돌리는데 뒤쪽 재한이 벗어놓은 외투 주머니에 튀어나와 있는, 노란색 스마일 스티커를 붙인 무전기. 거기에서 나는 소리였다.

"이재한 형사님!"

누군가 재한을 애타게 부르고 있었다.

"형사님! 저예요, 이재한 형사님!"

수현은 그 무전기를 슬쩍 들어보았다. 이재한? 내가 그 이름을 들은 게 맞나, 갸우뚱하던 찰나, 잠에서 설핏 깬 재한이 마침 어느 집 담을 넘어 나오는 한 남자를 발견하고는 부리나케 차 밖으로 뛰어나갔다. 수현도 정신없이 뒤를 좇았다. 두 사람이 의문의 남자를 따라 사라진 동안 비어 있는 차 안 무전기에서는 울먹이는 해영의 목소리가 계속되었다.

"형사님, 듣고 있습니까⋯, 형사님⋯."

무전이 끊기고 한참 후에야 서로 다른 골목을 돌아 뛰어온 재한과 수현이 다시 만났다. 허탕을 치고 난 뒤였다.

"야! 나 잔다고 너까지 정신줄을 놓냐?"

"죄송합니다. 무전소리가 들린 거 같아서 찾아보다가."

"무전?"

"선배님 부적이요. 그 무전기에서 분명히 소리가 들렸는데. 불빛도 들어오고."

"그 고물에서 무슨 소리가 난다고. 정신줄 놓지 말고 발바리 찾아, 이 길로 내려가."

재한은 얼른 다른 골목으로 뛰어나갔다.

"형사님! 저예요, 이재한 형사님!"

해영의 목소리였다. 해영을 찾아간 옥탑방 앞에서 수현은 그대로 얼어붙었다. 바로 그 목소리였다. 15년 전 기동차량, 재한의 옷 주머니 속 무전기에서 재한을 애타게 찾던 그 목소리.

혼란스러운 수현은 선뜻 들어갈 생각을 못하고 문밖에 멍하니 서 있었다. 이걸 어떻게 이해해야 할까.

"형사님, 듣고 있습니까…, 형사님…."

더욱 애절해진 해영의 목소리가 어두운 옥탑 마당을 울렸다. 수현은 우선 눈에 띄지 않는 한구석으로 몸을 피했다. 그때 벌컥 문이 열렸다. 겉옷을 든 해영이 나오더니 문을 잠글 생각도 안 하고 다급하게 계단을 내려갔다. 발소리가 멀어지자 수현은 조심스럽게 해영의 방으로 들어갔다. 주변을 둘러봤다. 책상 위에는 인주 사건 관련 자료가 정신없이 흩어져 있었고 그 사이에 낡은 무전기 하나가 놓여 있었다. 수현은 무전기를 들어 살펴봤다. 무전기 아래 오래된 노란색 스마일 스티커가 붙어 있었다. 재한의 부적, 바로 그 무전기였다.

"이게, 이게 왜…."

수현은 경악했다. 얼마 전 안치수가 갑작스레 꺼낸 말이 기억났다. 이재한 형사가 부적처럼 가지고 다니던 무전기를 기억하냐고 물었다. 수현이 붙인 노란색 스마일 스티커에 대해 말하면서. 그래서 안치수가 죽었을 때 수현은 무전기가 혹시 유품으로 나오지 않았는지 물었지만 그런 건 없었다. 수현은 확신이 들었다.

"분명히 선배님 무전기야…."

수현은 재한과 같이 잠복하면서 그 무전을 들었을 때 소리가 들리
다 끊긴 게 이상했던 터라, 마침 재한의 책상 위에 놓인 무전기를 들
고 이리저리 살펴봤다. 그때 사무실로 들어온 재한이 무전기를 뺏어
들더니 자기 물건에 손을 댔다며 예민하게 굴었다.

"그거 진짜 고장 난 거 맞아요?"

"정말, 이거 봐. 어디 불이라도 하나 들어오냐?"

"근데 고장 난 걸 왜 그렇게 무겁게 가지고 다니세요?"

"뭐?"

"선배님 부적이라면서요. 왜 그게 부적인데요?"

"그걸 네가 알아서 뭐 하려고, 인마. 오늘따라 왜 귀찮게 하는 거야."

그러다 어느 날 수현이 강간미수사건을 조사하면서 관할경찰서 형
사를 만났을 때였다. 그 형사와 이야기하다보니 재한과 영산경찰서에
함께 근무하던 사이였다. 재한에 대해 궁금한 것이 많았던 수현이 괜
히 친한 척을 하며 이것저것 물었다.

"영산서에 계셨으면, 이재한 선배님에 대해 잘 아시겠네요?"

"뭐 그런 편이지."

"그럼 그 무전기에 대해서도 아시겠네요?"

"무전기? 아, 재한이가 계속 끼고 다니던 그거?"

"그 고장 나서 되지도 않는 걸, 왜 그렇게 계속 갖고 다니시는 거
래요?"

"그거 재한이 첫사랑이랑 관련 있는 물건이라 그러더라고."

"첫… 첫사랑이요?"

"첫사랑이 죽었다는데 그것 때문에 계속 가지고 다닌다고 그러더라고. 덩치는 산만 한 게 완전 순정파야, 순정파. 걔 요즘도 영화관 안가지? 그 여자가 남긴 유품이 영화표였대."

그 말에 수현은 충격을 받았다. 3년 전 크리스마스 때 공짜 영화표가 생겼다고 둘러대며 선물한 날, 재한은 차가운 얼굴로 영화를 안 본다며 돌아섰던 것도 그래서였다. 수현은 알고 싶지 않은 비밀을 알게된 것만 같았다.

수현은 한동안 제정신이 아니었다. 그런데 재한이 자신에게 마음을 주지 않은 것이 무뚝뚝한 성격 때문이 아니라 첫사랑 때문이었다는 사실에 정신을 차릴 수 없었다. 사무실 안에서 실수도 잦았고 컴퓨터 앞에 멍하게 앉아 있는 시간이 많아졌다. 배달 온 짜장면의 랩을 뜯지도 않고 소스를 부어버리는가 하면, 초점 없는 눈빛으로 태연하게 남자 화장실에 들어가기도 했다. 정수기 물통을 갈려고 들어올리다가 발을 찧었을 때 재한이 다가와 요즘 왜 그러냐고 나무랐다. 그렇게 정신 놓고 다니다 현장에서 실수하면 어쩌려는 거냐는 말끝에, 대뜸 수현이 물었다.

"아직도 못 잊으셨어요?"

"뭐?"

"선배님 첫사랑이요. 돌아가셨다는 분."

"헛소리하는 걸 보니까, 크게 안 다쳤나보네. 혹시 모르니까 냉찜

질 꼭 해라."

재한은 굳은 표정으로 묻는 말에 대답하지 않고 나가버렸다. 그 모습에 마음이 쿵 떨어졌다. 아직 못 잊었구나. 갑자기 수현의 눈에서 눈물이 한 줄기 흘러내렸다.

수현이 재한의 무전기를 발견하고 혼란스러워 하는 사이 해영은 차를 몰고 인주시로 가고 있었다. 그곳에 도착해 간 곳은 시내의 한 PC방이었다. 해영은 그곳에서 인터넷 게임을 하고 있는 30대 남자에게 다가갔다. 예전에 형이 억울하게 누명을 썼다는 사실을 알고 당구장까지 따라가 피투성이가 되도록 싸웠던 형의 친구였다. 해영은 그를 불러냈고 건들거리며 자신의 뒤를 따라 나온 그를 한 대 후려쳤다. 무방비 상태의 그는 그 자리에서 그대로 나뒹굴었다.

"99년 사건 장태진이 주범이었던 거 처음부터 알고 있었지? 우리 형이 누명 쓰고 죽어가는 걸 알면서도 다들 손 놓고 보기만 했었던 거잖아! 아니야?"

"그래서 뭐? 17년이나 지난 일을 이제 와서 뭘 어쩌겠다고 이 난리들인데?"

"난리들? 나 말고 또 누가 찾아왔었어?"

"그 아저씨, 늙다리 형사."

"형사라고? 혹시 그 형사 이름이 안치수였어?"

"하, 경찰 바닥도 못지 않게 좁나보네."

"뭐라고 했는데?"

그는 갑자기 말을 아꼈다. 해영은 멱살을 잡았다.

"뭐라고 했냐고!"

"선우가 목도리를 갖고 있었다는 걸 증언해달라더라."

"뭐?"

"얼마 전 갑자기 찾아와서 빨간 목도리, 장태진이 인주 사건 진범이라는 걸 입증할 증거, 그거에 대해 증언하라고 했어. 그때 혜승이가 하고 있던 빨간 목도리를 선우한테 줬었어. 장태진이 미쳐 날 뛸 때 혜승이가 하고 있던 거였으니까. 이제 와서 그거에 대해 증언하라고 해서 어차피 공소시효 끝난 사건인데 그만하라고 했지. 그랬더니 그 형사가 그 사건을 수사하려는 게 아니라고 했어. 자기가 밝히려는 건 인주 사건이 아니라고."

"인주 사건이 아니라, 다른 사건을 캐고 있었다고?"

"그게 다야. 그것만 묻고 그냥 갔어."

"그다음에 안치수 계장, 어디로 갔는지 알아?"

"모른다니까."

해영은 차에 올라 타 인주경찰서로 향했다. 조수석에 놓은 휴대전화 벨이 계속 울렸지만 눈치채지 못했다. 휴대전화 화면에는 강혜승을 찾을 때 무시했던 번호였다. 전화가 온지도 모른 채 인주경찰서에 도착한 해영은 수사지원팀에 수사자료를 부탁했다. 예감은 맞았다. 안치수 계장은 이곳에 와서 수사자료를 요청했었다.

"며칠 전 안치수 형사님께서 요청하셨던 자룝니다. 복사기는 저쪽에 있습니다."

표지에 '박선우 변사사건 수사보고'라고 적혀 있었다. 해영은 돌아서는 직원을 붙잡으며 물었다.

"인주 성폭행 사건이 아니라, 이 사건 자료를 요청하신 게 확실합니까?"

"예, 맞습니다."

안치수가 요청한 자료를 받아들고 당황한 사람은 해영만이 아니었다. 광역수사대 형사를 통해 김범주도 그 사실을 전달받았다. 같은 자료를 손에 쥔 둘은 모두 긴장했다.

해영은 박선우 변사사건의 수사자료를 들고 당시 사건 담당형사를 찾아갔다.

"이 사건 담당하셨죠? 2000년에 박선우가 자살한 사건이요."

"당신 누군데 그래, 갑자기?"

"전 그때 죽은 박선우 동생입니다. 갑자기 찾아와서 이러는 거 이상하게 보이겠지만 제게 중요한 일이라서 그래요."

절박해 보이는 해영을 바라보던 형사는 한참을 고민하다 잠시 시간을 내주었다. 마을 어귀 구멍가게에 앉아 해영이 물었다.

"그때 사건을 수사하실 때 뭐 이상한 점은 없었나요? 조금이라도 미심쩍은 부분이라도."

"여기 있는 그대로야. 변사자 동생이라면 그때 같이 있었으니까 기억날 거 아냐."

　해영은 수사자료에 첨부된 현장사진을 바라봤다. 기억하고 싶지 않은 그날, 해영은 형이 출소했단 소식을 듣고 아빠 몰래 인주 집에 내려갔던 날이다. "형" 하고 부르면 "해영아" 하고 뛰어나올 줄 알았다. 그러나 형은 아무 대답이 없었다. 방문을 열었을 때 방 안은 형이 흘린 피로 홍건했고 형은 쓰러진 채 꼼짝하지 않았다. 119 구급차가 와서 형을 실어갔다. 해영도 그 차에 함께 타고 울면서 함께 병원으로 갔다. 뒤늦게 달려온 엄마가 울고 있는 해영을 먼저 발견했다. 엄마는 어떻게 해영이 여기 있는지 물을 새도 없이, 보고야 말았다. 눈물 범벅이 된 내 옆에 하얀 천을 덮어쓰고 누워 있는 형의 시신을. 엄마는 주저앉아 눈물을 쏟았다. 자식을 보내고 혼자서 누구의 위로도 받지 못하고 오열했다. 나중에 온 형사가 엄마에게 형이 우울증이 있었다고, 소년원 수감생들이 증언했다고 말했다. 자살이 확실한 것 같은데 부검을 원하면 하겠다고. 엄마는 더 이상 형의 몸에 칼을 대고 싶지 않다고 했다. 그때 아빠가 불같이 화를 내며 들이닥쳤고, 아빠는 형과 엄마를 두 번 다시 볼 생각 말라며 해영을 끌고 갔다. 엄마는 잡지 않았다.

　아무리 떠올려도 그뿐이었다. 사건 담당형사와 헤어져 다시 수사 자료를 펼쳐봤으나 별다르지 않았다. 그리고 안치수가 진실을 밝히 겠다고 한 건 인주 사건이 아니었다고 했다. 과연 안치수는 뭘 밝히려고 했던 걸까. 형이 죽은 그날, 2000년 2월 18일에 무슨 일이 있었던 걸까.

박선우는 2000년 2월 17일에 출소했다. 차가운 겨울 공기가 쩽했다. 추위 속에 기다리던 박선우 엄마는 박선우를 발견하고 다가가 두부를 내밀더니 손목을 잡아끌고 조용히 집으로 데려갔다. 집에 가니 해영의 흔적이 모두 사라지고 없었다. 옷걸이에 옷도, 벽에 붙은 상장도, 책꽂이의 책도. 다들 반쯤은 빈 채였다. 자꾸 눈을 피하는 엄마가 밥상을 차려주고 일하러 나가려는데 박선우가 물었다.

"해영이는?"

보고 싶은 동생. 아직 돌봐줘야 할 게 많은 해영이 제일 걱정됐다. 엄마는 슬픈 얼굴로 말했다.

"이제 해영이 볼 생각 하지 마라."

아빠가 데려갔구나. 한 번도 동생이 아니라고 생각한 적이 없었다. 엄마가 재혼하고 아빠도 동생도 모두 내 가족이라고 생각했는데. 다른 사람은 몰라도 해영이가 너무 보고 싶었는데. 박선우는 자기 방 책상 서랍을 가만히 열어보았다. 아무 일 없었던 듯 단정하게 정리된 학용품이 그대로 있었다.

박선우는 이동진을 찾아갔다. 아무 생각 없이 집으로 돌아오던 이동진은 박선우를 보고 멈칫했다. 눈이 마주치자 모른 척 뒤돌아 도망가려는 이동진을 박선우가 큰 소리로 불러세웠다.

"이동진! 너한테 따지려고 찾아온 거 아니야."

이동진은 죄책감이 가득한 눈빛으로 아무 말 못 하고 박선우를 바라봤다.

"소년원에서 다 들었어. 누가 진짜 범인인지. 넌 가만있어. 내가 알아서 할 테니까 그게 어디 있는지만 얘기해줘."

"뭐… 뭘?"

"빨간 목도리, 어딨니?"

차분하게 부탁하는 박선우를 보며 이동진은 난감한 표정을 지었다.

"동진아, 부탁이야."

"알았어. 내가 집으로 가져다줄게."

"약속 꼭 지킬 거지? 지키는 거다."

"응, 그래."

이동진에게 약속을 받은 박선우는 집으로 돌아왔다. 조금 있으니 초인종이 울렸다. 이동진 대신 다른 친구가 왔다. 이동진은 유학 가서 다시 돌아오지 않을 거라고, 미안하다는 말을 전했다고 했다. 상관없었다. 빨간색 목도리를 받은 박선우는 인주경찰서로 가 서울로 돌아간 재한의 번호를 알아낸 뒤 집에 들어와 전화를 걸었다.

"형사님, 저 선우예요."

"선우? 박선우?"

"예, 저 오늘 출소했어요."

"몸은 어때? 건강은 괜찮고? 안 그래도 인주에 한번 내려가보려고 했어."

"저도 형사님께 꼭 드리고 싶은 얘기가 있어요."

"얘기? 무슨 얘긴데?"

"혜승이 사건의 증거를 찾았어요."

"확실해? 어떤 증건데?"

"혜승이가 사건 당시에 하고 있던 빨간 목도리예요. 다른 사람은 못 믿겠어요. 형사님께 직접 전해드리고 싶은데."

"알았어. 내가 금방 갈 테니까 집에서 꼼짝 말고 기다려."

출근해서 박선우에게서 전화를 받기 전, 재한은 시계방에 들러 아버지에게 인사하고 나가려는데, 시계방 안에 아버지와 김범주가 마주 앉아 있었다.

김범주는 마치 그곳이 재한의 집이었다는 걸 몰랐다는 것처럼 굴었다. 시계를 고치러 온 손님인 양 우연히 만나 반가운 척을 했다. 아들과 아는 사이였냐며 아버지가 커피를 내오겠다는 걸 재한이 뿌리치고 김범주를 밖으로 불러냈다.

"뭡니까? 바쁘신 서울청 형사과장님이 여기까지 시계를 고치러 왔으면, 뭐 하실 말씀이 있으실 거 아니에요. 하세요."

"하나뿐인 아들내미가 집에 신경 좀 쓰지. 아버님 시계방이 요즘 어렵던데. 까딱하다가는 가게까지 넘어가겠어. 평생을 바친 가겐데, 아버님 마음도 헤아려드려야지."

"조사 많이 하셨네. 언제나 이런 식인가봅니다. 사람 약점 잡아서 후벼파는 거. 근데 되게 급하신가봐요, 여기까지 오신 거 보면. 왜요?

그 대단하신 장영철 의원께서 이번에 내사 들어간 건 안 막아준 답니까?"

감정을 드러내지 않던 김범주의 얼굴에 살기가 어렸다.

"혼자 고상한 척하지 마. 정의니 사명감이니, 나라고 그런 걸 모를 것 같아? 그런 거 지킨다고 바뀌는 건 아무것도 없어. 세상은 똑같이 돌아간다고. 그러지 말고 기회가 왔을 때 잡아, 재한아. 아직 젊잖아. 그게 너나 네 아버지를 위한 길이야."

"처음, 그 한 번. 그게 시작인 거예요. 그렇게 야금야금 돈맛 알아가다보면 당신처럼 되겠지. 쓰다 버린 사냥개. 늙고 병들면 가차없이 버려지는 소모품. 그렇게 될 바엔 좀 어렵고, 아니 아주 힘들고 어려워도 이렇게 사는 게 난 좋습니다."

이를 갈며 말하는 김범주를 미동 없이 바라보던 재한은 나지막이 할 말을 하고 돌아섰다. 늘어뜨린 팔에 힘이 바짝 들어가 김범주의 주먹이 바들바들 떨렸다.

불안해진 김범주는 국회의원 장영철에게 연락을 했다. 보좌관에게 전화해 통사정을 했지만 통화가 어렵다는 말뿐이었다. 오후 내내 가슴을 졸이던 김범주는 장영철이 식사를 하고 있는 식당으로 찾아갔다. 만나주지 않으니 방법이 없었다. 보좌관들의 만류에도 막무가내로 밀고 들어간 김범주는 장영철에게 통사정을 했다.

"예전에도 앞으로도 의원님을 위해 살겠습니다! 이번 내사만 막아주십시오. 진양 신도시 비리사건도 제가 막았습니다. 의원님 금배지, 제가 지켜드린 겁니다!"

어떤 것도 통하지 않자 김범주는 해서는 안 될 말까지 뱉어냈다. 장영철은 그제야 젓가락을 놓고 김범주를 바라봤다. 김범주는 기대를 가졌다. 이내 다시 고개를 돌린 장영철은 달궈진 돌 위에 고기를 얹으며 말하기 시작했다.

"역시 고기는 일본산이 좋아."

김범주는 어리둥절했다. 장영철은 다시 천천히 말했다.

"왜 이 고기가 맛있는지 아나? 송아지 때부터 엄격하게 혈통을 관리하거든. 먹이부터 잡소하곤 다르지. 스트레스를 받을까봐 음악도 틀어주고 정기적으로 마사지까지 받아. 소 주제에 아주 호강이야. 소한테 이렇게까지 하는 이유가 뭘까?"

잠시 장영철은 집게를 내려놓더니 이어 말했다.

"맛있게 잡아먹으려는 거야. 이건 사냥개도 마찬가지지."

장영철의 눈빛이 돌변하자 김범주도 긴장했다.

"그런데 사냥개가 미쳐서 쓸모가 없어졌다. 그럼 어떻게 해야 할까? 버리거나 아니면 때려 죽이거나, 둘 중 하나지. 내가 어떤 선택을 내리든, 자네한테 달렸어. 더 이상 미쳐 날뛰지 말란 얘기야."

얘기를 마친 장영철은 싸늘하게 김범주를 바라보더니 아무 일 없다는 듯 다시 조용히 식사를 시작했다. 김범주는 그런 모습에 더 이상 아무 말도 꺼내지 못하고 겁에 질려 식당을 나왔다.

김범주가 자신의 내사 문제 때문에 혼이 빠져 있는 동안 형사기동대 형사들은 '연우동 발바리' 잡기에 한창이었다. 그날 재한이 박선우에게 전화를 받고 막 인주로 출발하려는데 '연우동 발바리'가 떴다는 소식이 들어왔다. 형사들이 정신없이 달려나가는데 물통에 찧어 부은 발로 허둥대며 따라나가는 수현이 마음에 걸렸다. 현장에 가서 사고나 치는 건 아닌지, 그러다 다치는 건 아닌지 걱정스런 마음에 재한은 쉽게 발이 떨어지지 않았다. 결국 기동차량에 마지막으로 올라탔다. 이것만 해결하고 인주로 내려가자. 재한은 그렇게 생각했다.

'연우동 발바리'가 있다는 여관에 기동차량이 도착하고 수현이 앞장서 여관 복도로 들어섰다. 마침 한 남자가 튀어나왔다. 직감적으로 범인이라는 걸 알아챈 수현은 빠르게 남자의 뒤를 쫓아 옥상으로 갔다. 문을 열고 들어간 옥상에 인기척이 없었다. 수현은 천천히 구조물 뒤로 걸어가 범인이 있는지 살폈지만 아무도 없었다. 안심하고 반대 방향으로 가려는데 갑자기 주머니칼을 든 범인이 나타나 수현을 위협했다. 몸싸움이 시작됐고 결국 수현이 힘을 이기지 못해 구석에 몰렸다. 범인은 칼을 들고 당장이라도 찌를 듯 덤볐다. 수현은 이제 끝났구나 눈을 질끈 감았다. 그런데 한참이 지나도 통증이 없었다. 눈을 떠보니 피가 떨어지고 있었다. 자신의 몸이 아닌 재한의 배에서. 뒤따라온 재한이 수현을 대신해 격투 끝에 칼에 찔린 것이다. 배를 부여잡던 재한은 갈팡질팡하는 범인을 크게 한 대 치고 쓰러질 듯 휘청했다. 수현은 얼른 재한을 부축했다. 기절했다 깨어난 '연우동 발바리'는 뒤늦게 도착한 형사들에게 바로 연행됐다.

수현은 119 구급차에 실린 재한 앞에서 하염없이 눈물을 뚝뚝 떨어뜨렸다.

"그만 울어. 나 안 죽어, 인마."

"죽을지 안 죽을지 어떻게 알아요!"

"너 이거 30년은 놀림감이야. 나중에 나 퇴원하고 나서…."

"좋아해요."

"뭐?"

"제가 선배 많이 좋아한다고요. 다른 여자 좋아해도 돼요. 평생 첫사랑 못 잊어도 되니까 다치지 말고 죽지도 마세요!"

얼결에 고백을 한 수현은 그 자리에서 아이처럼 엉엉 울었다.

"왜, 왜 저래…."

침상에 누워 있는 재한은 당황스러워 몸을 뒤척이기만 했다.

재한이 간단한 수술이 끝나고 잠에서 깨니 아까 범인과 몸싸움하다 깨진 손목시계를 그대로 차고 있는 수현이 자신의 팔에 엎드려 자고 있었다.

"야, 쩜오…."

재한은 팔을 빼려다 말고 구급차 안에서 수현이 한 말들을 떠올렸다. 그때 치직, 무전이 왔다. 곤히 잠든 수현이 깨지 않도록 조심스럽게 몸을 돌려 침대를 빠져나와 비상계단으로 가서 해영에게 무전을 보냈다.

수현이 여러 번 해영에게 전화를 했지만 연락이 되지 않았다. 그러던 중에 헌기와 계철이 조용히 회의실로 불렀다.

"당시에 발견됐던 정액과 타액 증거물들이 몇 개 있었는데 모두 검출불가 판정을 받았어요. 그 외에는 전부 용의자와 목격자들의 진술뿐이었고요."

"관련자들 진술은 정확하게 일치했어. 근데 누락된 진술이 하나 있더라고. 빨간 목도리."

"빨간 목도리?"

수현이 되묻자 계철이 자세히 설명을 했다.

"친한 형님이 당시에 인주서 수사팀원이어서 물어봤는데 피해자 초반 진술 때 빨간 목도리 얘기가 나왔나봐. 피해자가 1차 범행을 당할 때 착용하고 있던 건데 범행장소에 놔두고 나왔대."

"그 증거물에 대한 수사는?"

"근데 그 증거물에 대한 수사는 전혀 진행되지 않았어."

"그게 무슨 소리야?"

"아예 누락돼버렸다니까, 빨간 목도리에 대한 진술이."

"1차 진술 때 나왔던 제일 중요한 증거물을 수사도 안 하고 누락해버렸다고?"

"박해영 말이 아무래도 맞는 거 같아. 이 사건, 뭔가 있어."

"계장님이 박해영을 불러낸 데가 인주병원이라고 했지?

헌기와 계철은 사무실에 남아 자료를 더 찾기로 하고 수현은 우선 인주병원에 가보기로 했다.

병원에는 이미 해영이 가 있었다. 형의 사건 담당형사와 얘기를 나눈 뒤 다시 안치수와 만나기로 했던 장소로 왔다. 어떤 단서를 얻을지도 모른다는 생각에서였다. 그리고 그곳은 형 박선우가 마지막 숨을 거둔 곳이자 안치수가 진실을 알리려다 죽임을 당한 곳이었다. 그 인주병원에 비밀이 숨겨져 있을 가능성이 크다고 생각했다.

해영은 병원 앞에 차를 대고 몰래 동태를 살폈다. 병원은 이미 광역수사대 형사들이 들어가 있었다. 한참 뒤 광역수사대 형사들을 싣고 기동차량이 사라지자 해영은 조심스럽게 병원 건물로 들어갔다. 주차를 하고 로비로 들어서면서 해영은 하나하나 짚어보기로 했다. 일단 안치수가 무슨 목적으로 어디를 방문했는지 알아내야 했다. 그날 안치수와의 통화를 떠올렸다.

'박해영. 네가 인주 사건에 왜 그렇게 매달리는지 알아. 네 형 박선우가 그렇게 죽은 거, 나도 안타깝게 생각한다. 그 사건, 생각보다 훨씬 더 위험해. 네가 진실을 알게 된다면 너도 네 형처럼 위험해질 거야. 진실을 알고도 감당할 수 있다면 내려와, 인주로.'

그의 목소리와 함께 구급차의 사이렌 소리와 구급대원들의 무전기 소리, 엘리베이터 멈춰서는 소리가 들렸다. 응급실이다. 그리고 철문이 닫히고 목소리가 울렸다. 비상계단으로 들어갔을 확률이 컸다. 해영은 응급실 쪽으로 방향을 틀다가 화들짝 놀라 몸을 숨겼다. 형사들이 아직 남아 있었다. 그들은 추가 증언 확보, 블랙박스나 영상 확보에 대한 얘기를 나누며 해영을 찾아내기 위해 경찰병력이 출동했다는 말을 했다. 해영은 그들 눈에 띄지 않도록 최대한 자연스럽게 다른 복도로 꺾어졌다.

'엘리베이터, 이동 침대, 응급실.'

해영이 안치수의 동선을 추리하며 주변을 둘러보다가 엘리베이터를 발견했을 때 아까 지나친 형사가 해영을 찾으려는 듯 두리번거리며 다가왔다. 다급해진 해영은 빠르게 엘리베이터 옆 비상계단을 찾았다.

'그래, 비상계단.'

해영은 빠르게 계단 안쪽으로 들어갔고 형사는 해영을 못 본 채 엘리베이터를 지나쳤다. 비상계단 안으로 들어간 해영은 안치수가 그곳에서 어디로 갔을까 또다시 고민했다.

'여기까지 와서 어디로 가신 거지?'

해영은 비상계단을 훑었다. 층과 층 사이를 알리는 숫자, 그리고 벽에 있는 안내판에는 '2F 소아과, 치과, 안과' 'B1F MRI실, 약국, 원무과 채혈실'이라는 글자들이 보였다.

'채혈. 그때 형의 피를 뽑았었어.'

해영은 채혈실이 있는 지하로 향했다.

'형은 손목을 긋고 자살했다. 어디에도 반항의 흔적은 없었어. 그런데 설마, 설마…'

해영은 직감적으로 형이 자살한 게 아니라는 걸, 다른 비밀이 숨겨 있다는 걸 알았다. 채혈실로 향하는 내내 안치수가 어디로 갔을지에 대해 추리했다.

'15년 전 혈액 샘플이야 당연히 없어졌겠지. 하지만 혈액 샘플을 검사한 기록은 남아 있을 수 있다. 15년 전 과거의 기록. 기록을 찾아가는 곳.'

해영은 추리 끝에 채혈실을 지나 원무과를 찾아 문을 열었다.

"무슨 일이시죠?"

"서울청에서 나왔습니다."

해영은 원무과 직원에게 안치수의 사진을 꺼내주며 물었다.

"며칠 전에 이분 여기 찾아오지 않았나요?"

"아까 오신 형사분들한테 다 말씀 드렸는데. 며칠 전에 오셔서 혈액샘플에 대해 물어보셨어요."

"어떤 혈액 샘플이죠?"

"잠시만요. 아, 여기 메모 있네요. 0035Z04.0샘플이요."

"그 샘플 환자분 이름은요?"

"2000년 응급실로 들어온 남자 환자였어요. 이름은 박선우, 나이는 열여덟 살이었죠."

해영은 온몸이 떨려왔지만 애써 침착하려고 노력했다.

"검사 결과는요?"

"당시 혈액 알코올 검사 및 약물 검사 결과, 혈액에서 신경안정제 성분이 검출됐어요."

"신경안정제요?"

"네, 신경안정제 성분이 28밀리그램 퍼 리터 검출됐습니다."

형은 신경안정제를 복용하지 않았는데, 혈액에서 신경안정제 성분이 검출됐다는 건 누군가 일부러 형에게 신경안정제를 투여했다는 것이다. 해영은 다시 확인했다.

"그 정도 양이면 사람이 의식을 잃을 수도 있나요?"

"글쎄요. 그전부터 신경안정제를 복용해왔는지 당시 질병이 있었는지 등등 다 따져봐야겠지만 평범한 사람이었다면 의식을 잃었을 가능성도 있습니다."

해영은 무너져내렸다. 형이 살해당한 사실이 명백했다. 사지가 떨려왔다. 원무과에서 나와 멍하게 서서 형을 불렀다.

"형. 형… 형…."

아무리 불러도 여전히 형은 대답하지 않았다.

"박해영, 너 여기서 뭐 하는 거야? 함부로 돌아다니지 말랬지? 네 상황 정말 몰라? 경솔하게 움직였다가 괜히 의심 더 사고 싶어?"

수현이었다. 인주병원을 찾은 수현은 복도에서 혼이 나간 듯한 해영을 발견하고 놀라 다가왔다.

"자살이… 자살이 아니었어요."

"뭐?"

"우리 형, 자살이 아니었다고요."

"그게 무슨 말이야?"

"15년 전, 우리 형 혈액에서 신경안정제 성분이 검출됐어요. 누군가 형한테 신경안정제를 먹이고 자살로 위장한 겁니다. 계장님이 밝히려던 건 인주 사건이 아니라 우리 형이 타살당했다는 거였어요."

"도대체 누가… 왜?"

"목도리 때문이에요."

"목도리?"

"계장님은 형이 강혜승의 목도리를 가지고 있었다는 것도 입증하려고 하셨어요. 형에게 누명을 씌운 그 자식을 만났을 때 말했어요. 안치수 계장님이 얼마 전 찾아와 '선우가 목도리를 가지고 있었다'는 걸 증언해달라고 했다고. 누군가 진범을 밝힐 수 있는 그 목도리를 노린 거예요!"

수현은 강혜승과의 만남에서 들은 이야기를 떠올렸다. 마지막으로 본 선우는 절대 자살할 사람처럼 보이지 않았다는 말. 해영은 분노에 차 이성을 잃은 듯 울부짖었다.

"형은 희망을 놓지 않았어요. 경찰, 친구들, 주변의 모든 어른들까지 전부 포기했는데 형만은 포기하지 않고 끝까지 자기 누명을 벗기려고 노력했어요. 그런 형을 지금까지 난 자살이라고 생각했어요."

"박해영…."

수현은 해영을 진정시키려고 애썼다.

"그런 형을 또다시 죽게 만들 순 없습니다. 막아야 해요."

해영이 서둘러 걸음을 옮기려는데 수현이 해영의 팔뚝을 잡아끌었다. 그러고는 아주 조심스럽게 입을 열었다.

"네가 전에 했던… 그 얘기야?"

수현은 해영의 눈을 가만히 들여다보며 애써 침착하게 말을 이었다.

"현재라면 몰라도 과거라면 살릴 수 있다… 그 얘기냐고?"

해영은 몹시 당황한 표정이었다.

"너한테 물어볼 게 있어."

수현은 해영의 방에서 가지고 나온 무전기를 가방에서 꺼냈다. 놀란 해영의 눈앞에 무전기를 보여줬다.

"이걸 네가 왜 가지고 있어? 내가 누구보다 잘 아는데 이건 재한 선배의 무전기야. 그런데 이걸 왜 네가 가지고 있는 거냐고."

무전기를 들고 있는 수현의 손목시계의 바늘은 11시를 넘어가고 있었고 수현은 계속해서 해영에게 다그쳤다.

"대답해봐. 왜 이게 너한테 있는 거냐고."

"전에 내가 얘기했죠. 과거에서 무전이 온다면 어떻게 할 거냐고. 그때 형사님은 소중한 사람을 지켜달라고 부탁한다고 했죠. 나도 그렇습니다. 모든 게 엉망이 되더라도 형만은 살리고 싶습니다."

해영은 절박했다. 그래, 모든 게 달라진다 하더라도 혹여 다른 사람이 희생된다 하더라도 형만은, 죄 없이 죽은 내 형만은 살리고 싶었다. 수현은 그런 해영의 말을 이해할 수 없었다.

"도대체 그게 무슨 소리야?"

"김윤정 유괴사건 때 서형준의 시신을 어떻게 발견했냐고 물었죠? 이재한 형사님이 얘기해줬습니다. 선일정신병원 건물 뒤편 맨홀에 서형준 시신이 있다고.

이번엔 수현의 눈빛이 떨려왔다.

"과거의, 2000년의 이재한 형사님이 나한테 얘기해줬어요. 이 무전기를 통해서."

"말도 안 돼."

수현은 믿을 수 없다는 듯 고개를 가로저었다.

"그뿐만이 아닙니다. 경기남부, 대도, 홍원동 사건까지 모두 과거가 변했고, 과거가 변하자 현재도 변했어요. 무전을 통해서 원래 죽었어야 할 사람이 다시 되살아났고, 전혀 상관없던 사람이 죽기도 했습니다. 그리고 또 다른 누군가의 인생은 처참하게 망가져버렸죠. 무전으로 뭔가를 바꾸면 그 대가를 치러야 했어요. 모든 게 엉망이 되어버릴 수도 있거든요. 그래서 이재한 형사님께 죽는다고, 당신이 8월 3일 선일정신병원에 갔다가 죽는다고 얘기하지 못했어요."

"그게, 그게, 무슨 소리야?"

"2000년 이재한 형사님이 죽기 전에 나한테 무전을 했습니다. 마지막 무전일 거 같다고, 과거는 바뀔 수 있다고 절대 포기하지 말라는 말과 함께 총소리가 들렸어요."

수현은 해영의 말에 경악했다.

"말도 안 되는 소리 하지 마. 그게 어떻게…."

그 순간 11시 23분에 시곗바늘이 멈춰서고 수현의 손에 들려 있던 무전기에서 치지직, 소리가 났다. 주파수가 흔들리고 불빛이 들어왔다. 수현은 놀라서 무전기를 바라봤다.

"이게, 이게 어떻게…."

재한의 목소리가 무전을 타고 울렸다.

"박해영 경위님."

수현 대신 칼을 맞고 병원에 누워 있던 재한이 무전이 울리자 병실을 몰래 빠져나와 비상계단으로 갔을 때였다.

"인주 사건의 진범을 알아냈습니다. 박선우가 아니에요. 내가 다 밝히겠습니다. 걱정하지 마세요."

수현은 충격에 휩싸였다. 믿기지 않는 얼굴로 손에 쥔 무전기를 바라봤다. 분명 그의 목소리다. 애타게 찾던 그 사람. 15년 동안 그리워했으나 결국 주검이 되어 돌아온 재한. 수현은 그와 이야기하려고 무전을 들었다. 그러자 해영이 잽싸게 무전기를 낚아챘다.

"형사님! 접니다. 형을 살려주세요."

"예? 무슨 소립니까?"

"형사님 말씀처럼 우리 형은 누명을 쓴 거예요. 그리고 2000년 2월 18일에 죽습니다. 살해당해요!"

해영의 말을 듣고 있던 재한은 온몸이 얼어붙었다. 2000년 2월 18일, 오늘이었다.

"지금까지 자살인 줄 알았는데 아니었어요. 누군가 형을 자살로 위장해서 죽인 겁니다."

"2000년 2월 18일이 맞습니까? 확실해요?"

"맞아요. 그날이에요."

재한은 무전기를 들고 미친 듯이 뛰어나갔다. 해영은 여전히 무전기에 대고 절박하게 얘기하고 있었다.

"형사님, 형사님! 제 얘기 듣고 있습니까? 이재한 형사님!"

하지만 이미 무전기 너머에선 답이 없었다. 곧바로 무전기는 고장난 고물의 모습으로 돌아왔고 두 사람의 대화를 다 듣고 만 수현이 소리쳤다.

"너 지금 뭐 하는 거야!"

그런 수현의 목소리는 들리지 않는지 해영은 끊어져버린 무전기를 두드리며 필사적으로 외쳤다.

"이재한 형사님! 형사님!"

"이거 뭐야? 박해영, 대답해봐. 아까 그 사람 누구야. 대답하라고! 아까 그 사람 누구냐고."

"아시잖아요, 누군지."

"말도 안 돼. 이재한 선배는, 선배님은 죽었어."

"아직 살아 있습니다. 이 무전기 너머에는."

얼마 전 백골사체가 되어 발견된 재한을 본 수현이 무전기 너머 살아 있는 재한을 만났을 때, 아직 살아 있는 과거의 재한은 박선우를 살리기 위해 병원을 뛰쳐나가 인주시로 향했다.

인주병원 복도에서 무전기를 들고 서 있는 해영의 옆에서 수현은 재한의 목소리를 확인하고도 믿을 수 없었다.

"도대체… 언제부터… 이게 왜…."

한참을 멍하게 서 있는데 갑자기 복도 끝이 시끄러웠다. 다급한 발자국 소리가 천둥처럼 밀려왔다. 광역수사대 형사들이었다. 해영은 재빨리 무전기를 수현의 가방 안에 넣었다. 형사들이 순식간에 다가와 해영과 수현을 에워싸며 해영에게 수갑을 채웠다.

"박해영. 안치수 계장 살해혐의로 긴급 체포한다."

"무슨 소리야, 갑자기 체포라니?"

수현이 막아섰다.

"이미 증거랑 목격자 진술 다 확보됐어."

그 말이 끝나자마자 해영의 입에서 한마디가 새어나왔다.

"말도 안 돼."

"쓸데없이 힘 빼지 말고 순순히 가자."

당황한 해영이 소리쳤다.

"잠깐만요. 잠깐만."

"차 형사, 너도 왜 여기에 내려와 있었는지 조사에 응해줘야 할 거야."

강 형사는 제지하는 수현에게 차갑게 말을 뱉곤 곧 해영을 연행했다.

"잠깐만, 잠깐만! 박해영한테 확인할 얘기가 있어."

"자꾸 이러면 너도 공범으로 몰릴 수가 있어."

해영이 발걸음을 멈추고 다급히 말했다.

"알겠습니다. 가겠습니다. 그전에 우리 형, 박선우 사건 수사자료만 보게 해주세요. 급히 확인해야 될 게 있습니다."

하지만 안 들린다는 듯 형사들은 해영을 거칠게 연행했다.

해영이 연행됐다는 사실을 모르는 과거의 재한은 치료도 끝내지 않은 채 병원을 빠져나왔다. 인주로 가야 한다. 최대한 빨리. 재한은 자동차의 속력을 점점 올렸다.

박선우는 재한을 기다리고 있었다. 3시가 넘어가는 시간, 전화를 받지 않는 재한 때문에 초조해진 박선우는 초인종 소리에 뛰어나가

문을 열었다.

"형사님이세요?"

그러나 대문 밖에 서 있는 사람은 김범주였다. 김범주는 '서울지방경찰청 형사과장 김범주'라고 새겨진 명함을 건네며 재한의 부탁을 받고 왔다고 박선우에게 거짓말을 했다.

"이재한 형사님은 왜 못 오신 거예요?"

"수사 중에 좀 다치는 바람에 지금 병원에 입원 중이야."

"많이 다치셨어요?"

"심각한 건 아닌데 그래도 금방 움직이기는 힘들지. 이 형사한테 꼭 할 말이 있었다고? 소년원에서 어제 출소했다고 들었는데 이렇게 급하게 하고 싶었던 말이 뭐였어?"

조금 전 안치수가 김범주에게 박선우가 인주경찰서를 찾아 재한의 연락처를 받아갔다는 사실을 보고했다. 김범주는 박선우가 재한을 찾는 이유, 어쩌면 그것이 자신을 살리는 동아줄이 될 수도 있겠다는 생각을 했다. 박선우의 집으로 오는 길에 김범주는 장영철에게 전화했다. 인주 사건의 진범이 그의 조카라는 사실이 세상에 알려져봤자 장영철에게 좋을 게 하나도 없다는 계산이었다.

"중요한 청문회를 앞두고 잡음이 생기면 안 되죠, 의원님. 조카분이 감옥에 가면 다들 꼬투리 잡겠다고 달려들 텐데요. 이번 내사, 막아주시죠. 그럼 저도 목숨 걸고 조카분을 지켜드리겠습니다."

그리고 박선우를 찾아온 것이다.

"아저씨 믿고 편하게 얘기해도 돼. 이 형사가 안 가르쳐줬으면 내가 여기를 어떻게 찾아왔겠어."

"혜승이를 그렇게 만든 진범을 알고 있어요."

"그게 누구지?"

"인주시멘트 사장 아들, 장태진이요."

"증거는 있고?"

놀란 김범주는 애써 태연한 척 물었다. 박선우는 빨간색 목도리를 꺼냈다.

"혜승이 목도리예요."

"이게 그 여자애 물건이라고 확신할 수가 있을까?"

"이 목도리 혜승이 엄마가 직접 짜주신 거예요. 혜승이가 겨울 내내 하고 다녀서 친구들도 다 알고 있고요."

"그래. 뭔가 검출되는 게 있는지 바로 알아보마."

"감사합니다."

박선우가 꾸벅 고개를 숙였다.

"그런데 참 생긴 거하고 다르네. 겉모습만 봐서는 아주 조용하고 얌전하게 생겼는데, 이렇게 직접 증거물도 찾고, 형사도 만나고. 정말 지금이라도 꼭 누명을 벗고 싶은 거니?"

"네, 그래야 되거든요. 제가 누명을 벗어야 우리 가족이 다시 같이 살 수 있어요. 그래야 아버지랑 동생이 다시 돌아올 수 있거든요."

"그래. 그럼 우리 선우는 무슨 일이 있어도 포기하지 않겠구나. 그렇지?"

박선우가 단호하게 대답했다.

"네, 절대 포기 안 해요."

김범주는 박선우에게 선한 미소를 보여주었다. 그러고는 앞에 놓인 물을 벌컥벌컥 들이켰다. 컵을 비우자마자 목이 마르니 물을 더 가져다달라고 부탁했다. 박선우가 물을 가지러 간 사이 김범주는 얼른 주머니에서 작은 알약을 꺼냈다. 물이 채워져 있던 박선우의 컵에 알약을 넣어 녹여놓고 박선우가 물을 마시는 걸 조용히 지켜봤다.

———

"강 형사님. 제발 우리 형, 박선우 변사사건 수사자료만 보게 해주세요. 급히 확인해야 될 게 있습니다."

"입 닥치고 살인죄 형량이나 확인해봐."

"강 형사님! 강 형사님!"

차가운 유치장 바닥에 털썩 주저앉은 해영은 형을 떠올렸다. 해영의 가방을 앞에 메고 등에는 자신을 업고 산동네 길을 오르던 형, 공부를 봐주던 형, 함께 밥을 먹고 이야기를 나누고 웃고 든든했던 형. 제발, 제발 그 형이 다시 살아나길. 무전을 받은 재한이 형이 죽지 않도록 도와주길. 초인종을 아무리 눌러도 나오지 않았던 그날, 형이 피를 흘리고 쓰러져 있던 그날로 돌아가 막아주길.

고개를 묻고 한참을 그렇게 형을 생각하고 있던 해영은 광역수사대 조사실로 불려갔다. 여전히 수갑을 찬 채였다. 해영을 연행한 강형사는 창백한 해영 앞에 서류묶음 하나를 던졌다. 해영은 서류의 제목을 봤다. 박선우 변사사건이라고 쓰여 있었다. 그다음 쪽에는 '사망일 2000년 2월 18일'이라는 글자가 눈에 띄었다. 변한 게 없었다. 변하지 않았다. 형은 그렇게 억울하게 죽었다.

"그렇게 보고 싶어하던 네 형 수사자료야. 이제 보여줬으니 묻는 말에 순순히 대답해. 자, 이것도. 이게 뭔지는 네가 더 잘 알겠지?"

투명한 증거물 봉투에 있는 피 묻은 칼이었다.

"네가 계장님을 잔인하게 살해하고 유기한 흉기니까. 발뺌할 생각하지 마. 이 칼에서 계장님 혈흔이 발견됐고 네 지문도 발견됐어."

"난 아닙니다."

"아니. 계장님을 죽인 건 너야. 널 본 목격자들이 있어."

증거물은 인주병원 남자화장실 청소부가 발견했다. 그리고 화장실 앞 복도에 CCTV가 설치되어 있지 않아 영상을 발견하지 못했지만 다수의 목격자들의 증언이 있었고 모두 해영을 지목했다고 했다.

"난 아닙니다."

"그때 인주병원에는 왜 다시 간 거야?"

"병원 직원한테 물어보세요. 원무과에 안치수 계장님이 뭘 조사했는지 알아보러 간 거라고요."

"거짓말하지 마. 네가 병원에 간 진짜 이유는 증거를 인멸하려는 거 아냐!"

해영은 답답했다. 하지만 사실 과거가 바뀌지 않았다는 사실에 망연자실해 강 형사의 질문이 귀에 들어오지 않았다. 멍한 해영에게 강 형사는 계속해서 질문을 쏟아냈다.

"경찰이 되고 난 뒤에 계속 인주 사건을 조사했지? 그리고 계장님이 그 사건을 담당했던 것도 알게 됐고. 네 형이 진범으로 몰렸던 게 억울하고 분했겠지. 하지만 그렇다고 사람을, 그것도 네 상관을 죽여?"

"아니에요. 난 아니라고요."

그때 서울에서 해영에 대해 광역수사대 형사들로부터 보고를 받은 김범주는 흡족한 미소를 띠었다.

"조작된 증거, 돈을 받고 위증을 한 증인들. 포기하지 않으면 형처럼 너도 똑같이 그렇게 될 거야."

세상은 여전했다. 적어도 권력 앞에서만큼은 1999년에서 한 발짝도 나아가지 못한 채였다.

재한이 미친 듯 차를 몰며 서둘렀지만, 그 시간에 도착하지 못했다. 막지 못했다. 이미 박선우는 변을 당한 뒤였다. 재한이 박선우의 집에 도착했을 때는 이미 노란색 경찰통제선이 에워싸고 있었다. 충격에 빠진 재한은 인주병원으로 달려갔다. 해영의 엄마가 박선우의 시신을 끌어안고 서럽게 울고 있었다. 어린 해영도 그 옆에서 형을 찾으며 울었다. 그 모습을 본 재한은 미칠 것 같았다. 칼에 찔린 배의 상처가 다시 터져 피가 배어나왔지만 몸의 통증이 느껴지지 않을 정도로, 모든 게 자신의 잘못이라는 생각에 고통스러웠다. 다시 박선우의 집으로 간 재한은 아직 남아 있는 박선우의 흥건한 피를 보고 마음이 아파왔지만 정신을 가다듬고 조심스럽게 안으로 들어가 집 안을 샅샅이 뒤졌다. 그러나 빨간색 목도리는 보이지 않았다.

분노에 찬 재한은 서울로 올라가 김범주를 만나러 갔다. 형사과장실 문을 여니 책상 위에는 약국 이름이 적힌 비닐봉지가 있었고 김범주는 손가락이 베였는지 반창고를 붙이고 있었다. 상처 부위의 통증 때문에 얼굴이 창백하게 질린 재한이 김범주에게 다가갔다.

"선우는 자살할 애가 아닙니다. 자살이 아니에요. 나한테 분명히 그렇게 말했어요. 인주 사건의 진범을 잡을 증거를 찾았다고. 그런데 죽은 선우 집을 아무리 찾아봐도 선우가 말한 빨간색 목도리는 나오지 않았어요. 누군가 선우를 자살로 위장하고 그 증거를 가지고 나간 겁니다. 그 증거가 있으면 절대로 안 되는 사람이."

"무슨 얘긴지 모르겠지만 그만하고 나가지. 보고할 사항이 있으면 정식으로 절차 밟아서 보고해."

"인주서에서 이상한 얘기를 들었습니다. 박선우 변사사건 담당형사를 찾아갔는데요. 안치수 형사에게 선우가 나를 찾고 있다는 얘기를 했다더라고요. 안치수 형사가 알았으면 바로 당신한테 보고했겠지. 안 그래요?"

여유롭던 김범주의 표정이 일순 일그러졌다.

"너 지금 제정신이야? 여기가 어딘지 알고 함부로 입을 나불대."

"과장님. 과장님 내사가 종결된다면서요? 정황증거도 확실하고 증인도 있는데 무혐의로 종결이라. 저기 까마득하게 높으신 데서 이번에도 막아주셨나봅니다. 누군가를 죽여가면서까지 충성한 사냥개를 다시 거둬주기로 한 모양이죠?"

"그만해라. 봐주는 건 여기까지야."

"나도 여기까지야!"

"이재한!"

"당신 절대 가만두지 않을 거야. 내가 꼭 잡아 처넣을 거야. 어떻게 그 어린애한테, 그 어린애한테 그럴 수가 있냐!"

김범주는 인터폰을 누르며 강하게 말했다.

"밖에 누구 없나? 여기 이 새끼 끌고 나가."

"벌써 형까지 살고 나온 애가 왜 그렇게 절박하게 무죄를 밝히려고 했는지 알아? 자기가 억울해서가 아냐! 부모님, 동생, 사랑하는 가족들이 자기 때문에 뿔뿔이 흩어졌으니까! 무죄를 밝혀야만 다시 모여 살 수 있으니까! 알아? 그런 애를 왜 그랬냐!"

형사들이 들어와 재한을 끌어내는 순간까지 재한은 분노하며 퍼부었다.

"걘 믿은 거야! 잘못된 걸 바로 잡고 가족이 다시 모여 살 수 있을 거라고. 그렇게 도와줄 수 있는 어른이 있을 거라고! 그런 애를 어떻게 그럴 수가 있어! 네가 어른이야? 사람이야?"

재한은 자괴감과 자책감에 분노하며 눈물을 흘렸다. 다른 사람은 못 믿겠다는 박선우의 말이 귓가에 울렸다. 형을 살려달라는, 형이 억울하게 누명을 쓴 거라는 절박한 해영의 목소리도 들려왔다. 죽은 박선우의 시신 앞에서 어린 해영과 엄마가 우는 모습이 떠올랐다. 집으로 돌아와 방에 앉아 하염없이 자신을 책망하고 있는데 치지직, 무전기의 주파수가 흔들렸다. 재한은 어떻게 무슨 말을 꺼내야 할지 막막했다. 죄책감으로 얼굴이 상할 대로 상한 수척한 모습의 재한이 겨우 입을 뗐다.

"경위님, 미안합니다."

참으려 했지만 결국 재한은 눈물을 터뜨렸다. 울음을 겨우 참으며 다시 무전을 들었다.

"내가 막지 못했습니다. 내가 잘못했어요. 바로 내려갔어야 했는데. 전화를 받고 바로 내려갔으면 경위님 형 살릴 수 있었을 텐데. 내가 바보처럼 정신이 딴 데 팔려가지고… 죄송합니다."

주체할 수 없는 눈물로 어쩌지 못하며 겨우 무전을 보냈다.

"경위님, 듣고 있습니까?"

"선배님?"

무전기 너머 뜻밖의 목소리가 들렸다.

"정말… 선배님이에요?"

이게 무슨 일일까?

"어떻게… 네가. 네가, 왜…."

믿을 수 없는 건 재한만이 아니었다.

"선배님, 정말 선배님 맞아요? 대답해봐요. 진짜 선배님이에요?"

수현은 목소리를 듣는 것만으로 울컥했다. 15년 간의 그리움이 밀려왔다. 재한은 울먹이는 수현의 목소리에 멍해져서 무전기를 바라볼 뿐 아무 말도 할 수 없었다. 수현은 감정을 주체하지 못하고 흐느

껐다.

"15년이나 기다렸어요. 그랬는데 결국 죽어서 돌아왔어요. 15년을 기다렸는데… 선배님 죽는다고요!"

수현의 말에 재한은 순간 멈칫했다.

"무슨 얘기라도 해봐요. 나한테, 나한테 기다리라고. 나한테 할 말이 있다고 했잖아요. 나한테 기다리라고 했잖아! 그래서 얼마나 기다렸는데… 그러니까 뭐라도, 무슨 얘기라도 해봐요."

오열하는 수현의 눈물 섞인 목소리를 듣고 수현을 불렀다.

"차수현, 나는…."

무슨 말을 건네려던 재한은 다시 해영을 찾았다.

"박해영 경위님은? 경위님한테 무슨 일 있니?"

무전기를 사이에 두고 과거와 현재로 만난 두 사람. 수현은 무전기가 아닌 과거의 그가 아닌, 지금 현재 살아 있는 재한이기를 바랐다. 해영이 했던 말, 재한이 죽는다는 말. 그 말을 꼭 해줘야 했다.

"선배님. 8월 3일 선일정신병원이에요. 선일정신병원! 거기 가면 안 돼요. 내 얘기 듣고 있는 거예요? 거기 가면…."

툭, 무전이 끊겼다. 수현은 재한을 부르며 필사적으로 무전기의 송신 버튼을 눌렀지만 꺼진 무전기는 다시 켜지지 않았다. 과거의 재한은 갑작스런 수현과의 무전으로 정신을 차리지 못했다. 그러다 눈물이 채 마르지 않은 얼굴로 수첩을 꺼내 급하게 메모를 시작했다.

'8월 3일 선일정신병원.'

과거와 미래의 시간으로 재한과 재회한 수현은 무전이 끝나고 과거를 회상했다. 아직은 재한이 곁에 있었을 때, 인주 사건이 있고 자신을 대신해 재한이 칼에 찔렸던 그즈음. 병원에서 사라지고 걱정이 돼 주말 내내 재한에게 전화했지만 연결되지 않았다. 수현은 별일 아니라고 생각했었다. 구급차 안에서 얼결에 고백 때문에 쑥스러워서일 거라고 그 정도로만 생각했다. 동생이 로션도 바르지 않는 여자를 누가 좋아하냐며 '딱 차일 얼굴'이라고 핀잔을 줘서 안 바르던 로션을 바르기도 했다. 이걸 바르면 좋아해줄까 생각했다가 그런다고 마음을 줄 사람이 아니지, 그냥 그 정도로만 생각하고 있었다.

휴일을 보내고 출근했을 때 책상 위에 뜻밖의 선물이 놓여 있었다. 상자를 열어보니 시계였다. 재한이 놓고 간 게 분명했다. 그날 '연우동 발바리'와 몸싸움을 하면서 손목시계가 산산조각 난 걸 아는 사람은 재한뿐이었다. 왠지 기분이 좋아졌다. 재한에게 고맙다는 인사를 하려고 고개를 삐죽 내밀고 재한의 자리를 보니 책상이 깨끗하게 치워져 있었다.

"뭐예요? 재한 선배님 어디 갔어요?"

수현의 물음에 난감한 표정을 한 동료 형사들이 어이가 없다는 듯 말했다.

"너한테도 얘기 안 했냐? 하여간 정나미 떨어지는 놈. 전근 간댄다. 일선경찰서로 자원했대."

시계가 든 상자를 들고 수현은 무작정 뛰어나갔다. 복도를 지나 건물 밖으로, 저 멀리 짐을 정리한 큰 상자를 든 재한이 차로 걸어가고 있었다.

"선배님!"

멈춰선 재한 앞에 화가 난 수현이 다가갔다.

"이 시계, 선배님이 놓고 가신 거죠? 누가 이런 거 달라 그랬어요? 누가 이런 거 달라 그랬냐고요!"

"필요 없으면 버려."

야속했다. 어떻게 저렇게 말할 수가 있는가. 감정이 북받친 수현은 시계 상자를 던지듯 재한의 차 위에 놓았다. 다시 가던 걸음을 멈춘 재한을 바라보다 수현은 화가 나 돌아섰다. 짐을 내려놓은 재한이 시계 상자를 주워 수현의 손에 쥐여줬다.

"눈앞에 범인 있다고 함부로 덤비지 마. 칼 든 놈은 꼭 피해. 나중에 잡으면 돼. 다치지 말고, 아프지도 말고."

안타깝게 얘기하고 돌아서는 재한을 이번엔 수현이 다시 잡았다.

"선배님. 그때 내가 한 말, 그거 때문에 그러는 거면…."

재한은 자신의 팔을 잡고 있는 수현의 손을 밀어내려다 꼭 잡아줬다.

"형사는, 한눈 팔면 안 되는 직업이다."

그날 재한의 뒷모습을 잊을 수 없었다. 15년을 그리워하면서도 문득문득 떠오르던 모습이었다. 그때는 원망스럽게 바라봤는데, 만날 수 없어도 살아는 있었는데. 무전기를 쥐고 한동안 생각에 잠겨 있던 수현은 결심한 듯 움직였다.

수현은 해영이 잡혀 있는 유치장으로 갔다. 해영은 어두운 유치장에 홀로 앉아 고개를 숙이고 있었다. 형의 죽음, 무전 이후에도 바뀌지 않은 과거 때문에 받은 충격으로 가라앉아 있었다. 수현은 유치장을 지키고 있는 의경에게 문을 열라고 지시했다.

"열어."

"담당형사님 허락이 있으셔야…."

"잠시면 돼. 단둘이 할 얘기가 있어."

해영이어야 했다. 재한을 살리기 위해 지금 할 수 있는 건 해영을 만나는 것이었다. 서슬 퍼런 수현의 태도에 주눅이 든 의경은 마지못해 문을 열었다.

"너무 오래는 곤란합니다."

문이 열리고 수현이 들어왔는데도 해영은 멍하니 앉아 아무런 반응이 없었다.

"단도직입적으로 묻자. 살릴 수 있어?"

혼이 나간 듯 대꾸가 없는 해영에게 더 가까이 다가간 수현은 양손으로 해영의 어깨를 잡았다.

"박해영. 날 봐. 난 아직도 믿기지 않아. 그 무전도, 네 얘기도 전부 믿기지 않지만 그 목소리는 분명히 이재한 선배님이었어. 그때 그랬지? 죽었던 사람을 살렸었다고. 그러니까 선배님도 살릴 수 있어? 대답해."

"전에 얘기했잖아요. 무전으로 누군가를 살리는 건, 위험해요."

"모든 걸 되돌릴 수 있다면, 살릴 수 있다면. 단 1퍼센트의 가능성이라도 있다면 모든 게 엉망이 되더라도 난 그렇게 할 거야. 그러니까 대답해줘. 도대체 어떻게 하면 선배님을 살릴 수 있어?"

결국 형이 죽었다는 사실에 해영은 모든 걸 포기한 모습이었다.

"난 이제 아무것도 모르겠어요. 내가 원한 건 진실을 밝히는 거였어요. 그런데 아무것도 제대로 된 게 없어요. 이재한 형사님도, 안치수 계장님도 죽었습니다. 형이 죽는 것도 막지 못했고 이제 나도 살인범이라는 누명을 쓰고 여기 갇혀 있어요. 무전으로 살린 사람들, 바뀐 사건들도 모두 잘한 건지 모르겠어요. 그런데 또다시 무전으로 과거를 바꾸면 어떤 일이 벌어질지 몰라요."

수현의 두 눈이 눈물로 그렁그렁해졌다.

"아니. 벌써 과거는 바뀌었을 수도 있어. 선배님한테 얘기했어. 8월 3일 선일정신병원에 가면 안 된다고."

"아뇨. 형사님은 알면서도 거길 갔어요. 그 장소에 단서가 있을 거라고 생각하고 거길 간 거예요. 처음 무전을 했을 때 선일정신병원에 간 형사님이 분명히 말했어요. 왜 여길 오지 말라고 한 거냐고, 여기서 무슨 일이 벌어지는 거냐고."

"장소가 아니라면 왜 어떻게 죽었는지 알아내야 해. 김성범이야. 김성범 별장에 선배님 시신이 묻혀 있었어. 김성범은 선배님이 어떻게 왜 죽었는지 알고 있겠지. 계장님 사건도 마찬가지고. 김성범을 찾으면 네 누명도 벗기고 선배님을 살릴 수 있는 방법도 알아낼 수 있을 거야."

수현의 한쪽 뺨을 타고 눈물이 한 방울 흘렀다.

"난 선배님도, 너도 포기 안 해."

해영의 책상과 컴퓨터를 수색 중이던 광역수사대 형사들이 수현의 책상까지 건드리려고 하자 계철이 막아섰다.

"야, 안 내려놔! 차수현 형사 것까지 영장 받아오든지. 이제 그만 좀 하지? 뒤질 만큼 뒤졌잖아."

계철의 말에 물러난 광역수사대 문 형사가 수현에게 다가가 물었다.

"그때 인주병원은 왜 간 거야? 박해영하고 같이 내려간 거야?"

계철이 다시 끼어들며 말했다.

"문 형사, 너 한글 못 읽냐? 여기 이 팻말 봐봐. 장기미제사건 전담 수사팀. 여기 미제사건 전담 수사하는 팀이야. 그래서 우리 팀이 인주 사건 재수사하던 거라고."

"인주 사건은 미제사건이 아닐 텐데."

"범인이 잡혔지만 진범이 따로 있을 수 있다는 의혹이 있으면 그것도 미제사건 아닙니까? 문 형사님 보기보다 생각의 영역이 좁으시네."

헌기까지 나서서 핀잔을 주자 광역수사대 형사들은 탐탁지 않은 얼굴로 뒤돌아나갔다.

수현, 계철, 헌기, 세 사람은 외부 카페에 다시 모여 회의를 시작했다.

"이거 아무래도 냄새가 이상해. 지금 박해영이 체포된 상황이 2000년 인주 때랑 너무 비슷하지 않아? 직접 증거는 없고 죄다 목격 진술뿐인데 하나같이 너무 딱딱 들어맞아. 필요한 시점에 필요한 목격자가 우르르 나타나잖아. 꼭 다 짜놓은 판 같다니까."

계철의 말에 헌기도 고개를 끄덕였다.

"살해수법도 박 프로랑 안 맞아요. 박 프로가 일격에 사람을 죽일 만큼 칼을 잘 쓰는 사람도 아니고."

"그리고 그 중요한 흉기를 현장 근처에 방치했다는 게 말이 돼? 솔직히 박해영이 그 정도로 하수는 아니지."

골똘히 생각하던 수현이 입을 열었다.

"범인으로 의심 가는 사람이 한 명 있어. 김성범."

김성범은 해영이 안치수의 뒷조사를 한다고 진술했던 인물이다. 그리고 그날 그가 인주에 있었던 걸 해영이 목격했다. 수현이 이 이야기를 계철과 헌기에게 전하자 헌기는 광역수사대에 사실을 알려야 하지 않느냐고 했다. 하지만 수현은 해영을 가장 유력한 용의자로 생각하고 있는 상황에서 그의 증언을 들어줄 리 만무하다며, 김성범의 별장에서 15년 전 실종된 형사의 백골사체가 발견된 사실, 그리고 그 형사는 안치수와 함께 인주 사건을 수사했었다는 사실도 말해줬다. 사체 발견 이후 김성범은 잠적했다. 범죄에 익숙한 인물이니 밀항을 시도할 수도 있었다. 수현은 계철과 헌기에게 김성범의 직장인 나이트클럽과 집 주변 CCTV, 통화 내역, 신용카드, 계좌 내역, 전과 기록 찾을 수 있는 건 다 찾아서 김성범을 찾아내라고 지시했다.

다음날 수현은 유치장으로 찾아가 해영을 만났다. 접견실 탁자 위에는 주소가 적힌 목록이 놓여 있었다. 계철이 밝혀낸, 김성범이 있을 만한 후보지였다. CCTV 때문에 발각 위험이 높은 곳을 제외하면, 주로 김성범과 지인들이 소유한 오피스텔의 주소였다. 해영은 한숨을 쉬며 고개를 저었다.

"너무 방대해요. 김성범을 프로파일링 한다고 해도 도주를 하는 과정에서는 입맛에 맞는 주거지를 선택하기 힘들어요. 이번엔 내가 도움이 되기 힘들 거예요."

"박해영, 정신 차려. 김성범 빨리 찾아야 돼. 우리 말고 김성범을 찾으러 다니는 사람들이 있어. 계철 선배가 이 리스트를 건네면서 해준 말이야. 김성범 지인들 얘기를 들어보니 이미 먼저 찾아다닌 사람들이 있었대. 인상착의로 봐서 형사는 아니었다고 해. 우리보다 한발 먼저 움직이고 있어. 김범주 국장이야."

"김범주 국장이요? 김성범을 빼돌린 게 김범주 국장일 텐데, 왜…."

"김성범을 빼돌린 건 김범주 국장이겠지만, 김성범은 곧바로 잠적했을 거야. 지금 김성범한테 제일 위험한 사람은 김범주 국장일 테니까. 이재한 선배님의 시신이 발견된 건 두 사람의 계획에 없었던 일이야. 경찰 시신까지 발견됐는데 희생양이 필요하겠지. 게다가 김성범은 김범주 국장의 비리를 누구보다 잘 알고 있는 증인이야. 경찰에 잡히기 전에 어떤 식으로든 제거하려고 들 거야. 김범주 국장이 우리보다 먼저 김성범을 찾으면 이재한 선배님이 왜 죽었는지, 안치수 계장님을 누가 죽였는지 알고 있는 유일한 증인이 사라지는 거야. 김범주 국장보다 우리가 먼저 김성범을 찾아야 해. 시간이 없어."

해영은 정신을 가다듬고 주소 목록을 살펴봤다.

"그나마 확률이 높은 지역은요?"

"김성범이 어렸을 때부터 살았던 곳 종로구와 어머니 집이 있었던 경기도 부천시가 가장 유력해."

"경기도 부천시요?"

"왜?"

해영은 정신 없는 중에 놓쳐서 받지 못했던 전화번호를 떠올랐다. 경기도의 지역번호 032로 시작하는 번호로 여러 번 전화가 왔었다.

"현재 김성범은 경찰에게 쫓기고 김범주 국장에게도 쫓기고 있어요. 사면초가죠. 밀항 루트도 전부 다 막혔을 겁니다. 그럼 그 상황에서 어떻게 행동할까요?"

"가장 믿을 만한 사람을 찾아가겠지."

"맞아요. 경찰 중에서도 김범주 국장과 절대 손잡지 않을 만한 경찰. 김범주 국장의 비리를 밝히려고 했던 경찰에게 연락하려고 하겠죠. 바로 나 같은."

해영의 말을 들은 수현은 유치장 관리 중인 의경을 찾아갔다. 그리고 고압적인 태도로 수감자들의 압수된 물건을 보관 중인 사물함에서 해영의 휴대전화를 꺼내라고 명령했다. 접견까지는 어떻게 한다고 해도 휴대전화를 사용하는 건 정말 곤란하다고 버텼다. 그러자 수현은 좀 더 강하게 말했다.

"계장님의 진범을 잡을 수 있는 중요한 단서가 저 안에 있어. 지금 꼭 확인해봐야 해."

수현의 눈빛에 눌린 의경이 어쩔 수 없다는 듯 사물함을 열었다. 수현은 박선우 수사자료와 차 키 등이 엉켜 있는 해영의 압수 물품에서 휴대전화를 찾아 해영에게 가지고 갔다. 전원을 켜 부재중 전화 목록을 확인하니 032로 시작하는, 모두 같은 번호가 있었다. 역시 하는 마음에 목록을 빠져나와 초기화면으로 돌아가는데, 뒤늦게 음성메시지 알림음이 울렸다.

"나 김성범이야. 김범주를 한 방에 보낼 증거를 알고 있어. 다른 경찰은 믿을 수 없어. 박해영, 너 혼자 나와. 1월 19일 밤 11시, 성하빌딩 지하주차장이다."

김성범은 쫓기고 있었다. 김범주의 끄나풀들이 이미 김성범이 갈 수 있는 곳들을 샅샅이 뒤지는 중이었다. 김성범은 불안한 마음으로 공중전화에서 해영과 통화를 시도하다 계속 실패하자 음성 메시지를 남긴 것이다.

음성 메시지를 듣고 전담팀과 함께 가서 체포하겠다는 수현을 해영이 만류했다.

"김성범은 범죄에 도가 튼 인간입니다. 내가 나오는지 아닌지 어디선가 지켜보고 있을 거예요. 만약 내가 아니라 다른 사람이 나온다면 이제 나한테도 연락을 끊어버릴 수도 있어요. 방법은 하나뿐입니다."

다음날 아침 김성범과 만나기로 한 날, 광역수사대 강 형사가 유치장으로 해영을 데리러 왔다.

"나와. 영장실질심사 하러 법원으로 이동한다."

해영이 천천히 일어나고 강 형사는 그런 해영에게 수갑을 채웠다. 수갑을 찬 양 손목을 수건으로 가린 해영은 형사들에게 이끌려 기동차량에 올랐다.

차량 뒷좌석에는 강 형사와 해영 그리고 또 다른 형사가 나란히 앉아 있었다. 해영의 우측에 앉은 형사가 꾸벅꾸벅 조는 동안 강 형사는 휴대전화로 통화를 시작했다. 그 틈을 타 해영은 수건으로 덮여 보이지 않는 손으로 주머니 안에 숨기고 있던 수갑 열쇠를 꺼내 수갑을 풀기 시작했다. 차가 코너를 돌면서 속도가 떨어지자 해영은 형사를 밀어젖히고 차문을 열어 달리는 차에서 뛰어내렸다. 아픔을 참고 사잇길로 도주를 시작하자, 강 형사와 또 다른 형사가 차를 세우고 해영을 좇았다. 해영은 사잇길을 지나 수현이 기다리고 있는 차의 조수석에 올라탔다.

수현이 수갑 열쇠를 건네주어서 가능한 작전이었다. 수현은 해영에게 함께 돕겠다고 했다. 그러나 해영이 만류했다. 수현까지 이 일에 끼어들게 할 순 없었다. 그래도 수현은 고집을 부렸다. 혼자서는 할 수 없는 일이라면서.

"박해영 도주했어! 빨리 위치추적해!"

해영을 놓친 광역수사대 강 형사는 휴대전화로 차량번호를 불러주며 서둘러 출동 지시를 내렸다. 한편 공범이 된 수현과 해영은 서로를 걱정했다.

"괜찮아? 이 차로는 오래 못 가. 조금만 가다 택시로 갈아타야 해."

"차 형사님이야말로 괜찮겠어요? 광수대가 발칵 뒤집어졌을 텐데."

"상관없어. 빨리 김성범을 만나야 해. 만나서 선배님이 왜, 어떻게 죽었는지, 뭘 바꿔야 선배님이 살 수 있는지 알아내야 돼."

재한을 다시 살릴 수만 있다면 수현은 어떤 일이라도 할 각오가 되어 있었다.

약속장소에 도착해 시간을 확인했다. 정각 11시. 해영은 인적 없는 지하주차장으로 들어갔다. 주변을 두리번거리며 김성범을 찾았지만 고요하기만 할 뿐이었다. 낡은 문이 열리는 소리가 들려왔다. 재빨리 소리 나는 쪽을 쳐다보니 비상구가 서서히 닫히고 있었다. 해영이 비상구 쪽으로 가자 그 옆에 세워진 트럭에서 성범이 튀어나왔다. 김성범은 해영의 어깨를 잡아챈 뒤 트럭 뒤쪽으로 끌고 갔다.

"혼자 온 거 맞아?"

"증거는요? 김범주 국장의 범죄를 밝힐 수 있는 증거가 뭡니까?"

"혼자 온 거 맞냐고!"

"증거가 뭔지 먼저 얘기해요!"

"무슨 증거겠어. 뇌물, 횡령, 배임. 모두 공소시효가 지났어."

"공소시효가 풀린 죄목… 살인. 살인사건이야?"

그때 뒤에서 목소리가 들려왔다.

"김성범, 손 들어."

수현이었다. 당황한 김성범이 해영을 밀치고 도망쳤다. 뒤따라간 해영이 몸을 날려 김성범을 쓰러뜨린 후 결국 수갑을 채웠다.

"혼자 오라고 했잖아. 미쳤어!"

"걱정 마요. 저 형사는 믿을 수 있어요."

"믿고 안 믿고의 문제가 아냐. 김범주가 어떤 인간인지 넌 몰라! 분명히 꼬리가 붙었을 거야."

수현은 김성범의 이야기를 들을 생각도 않고 김성범에게 다가가 어깨를 잡으며 물었다.

"이재한 형사, 기억하지?"

김성범은 시선을 피하며 모르겠다고 했다.

"2000년! 선일정신병원!"

"모른다고!"

"당신이 소유한 별장에 그 형사 시신이 묻혀 있었어! 왜! 도대체 왜 죽였어!"

"제가 죽으려고 발악한 거야. 가만히 있었으면 아무 일 없었을 텐데. 나대다가 개죽음 당한 거라고! 자기랑 아무 상관도 없는 애였는데, 가만히 모른 척만 했으면 됐는데. 그걸 밝히겠다고 미친놈처럼 수사를 했어."

김성범의 이야기를 들은 해영은 떨리는 눈빛으로 되물었다.

"박선우 변사사건, 그 사건 때문입니까?"

"맞아."

"나 때문에, 나 때문에…."

해영은 같은 말만 반복했다. 무전을 하면서 미제사건은 누군가가 포기하기 때문에 만들어지는 거라고, 그러니까 형사님이 포기하지 말아달라고 부탁했던 자신 때문이었다. 형을 살려달라고 애원했던 자신 때문이었다. 해영은 반쯤 넋이 나가 중얼거렸다.

"다들 외면했다고 생각했는데, 혼자 끝까지 포기하지 않았던 거예요. 그러다 나 때문에, 나때문에 형사님이 죽은 거예요."

충격 받은 해영을 추스르려 수현은 몇 번이고 외쳤다.

"박해영, 정신 차려! 박해영!"

수현이 고개를 돌린 순간 그 틈을 놓치지 않고 벌떡 일어난 김성범이 도주를 시작했다. 놀라서 그 뒤를 좇는 수현과 해영 앞으로 굉음이 나더니 갑자기 나타난 차량이 김성범을 치어버렸다. 쾅, 김성범이 바닥에 떨어졌다.

"안 돼!"

수현이 김성범을 친 차량이 도주하려는 차량을 좇으며 권총을 쐈다. 그사이 해영은 피투성이가 돼 쓰러진 김성범에게 달려갔다.

"김성범, 안 돼. 정신 차려, 김성범!"

김성범은 반응이 없었다. 수현이 쏜 총알에 타이어가 터지고 차가 기울자 수현은 차에 총을 겨누어 운전자에게 내리라고 명령했다. 대치 중이던 운전자가 문을 열고 내려 뒤를 돌아 차 위로 두 손을 올렸다. 그 순간, 뒷좌석에 숨어 있던 한 남자가 후다닥 차에서 내리자 수현의 주의가 흐트러졌다. 그때를 놓치지 않고 운전자가 수현의 권총을 발로 걷어차며 몸싸움이 시작됐다. 수현이 그 운전자를 발차기로 뒤로 넘어뜨리고 제압하려는데 하필 넘어진 그 남자 옆에 수현의 권총이 떨어져 있었다. 그가 재빨리 그 총을 들고 수현을 향해 방아쇠를 당겼다. 해영이 소리치며 뛰어들었다.

"안 돼!"

탕.

수현을 감싸안으며 대신 총을 맞은 해영이 바닥으로 쓰러지고 남자는 총을 버리고 도주했다. 수현은 그를 잡을 생각도 하지 못하고 피를 흘리며 쓰러져 있는 해영에게로 다가갔다.

"박해영… 박해영!"

총을 맞은 박해영의 배에서 피가 계속 솟구쳤다. 해영은 점점 의식을 잃어갔다. 수현은 해영의 얼굴을 잡고 몇 번이고 말했다.

"정신 차려, 박해영! 정신 차리라고!"

해영이 겨우 입을 뗐다.

"무전…."

"조금만 참아. 구급차를 부를게."

휴대전화를 꺼내는 수현의 손을 해영이 힘겹게 막았다.

"무전… 무전을, 무전을 해야 해요. 이재한 형사님을 살려야 합니다."

눈이 붉어진 수현이 정신을 잃어가는 해영의 얼굴을 치며 정신 차리라고 소리쳤지만 해영의 의식은 흐려져갔고 그 와중에도 계속 재한과 무전해야 한다고 했다.

"말하지 마. 가만 있어. 구급차 부를게."

"11시 23분, 언제나 11시 23분에 무전이 왔어요."

수현이 시계를 보자 시곗바늘은 11시 20분을 가리키고 있었지만 눈앞의 해영을 먼저 챙겨야 했다. 해영은 출혈이 계속되고 눈빛이 흐려지고 있었다. 수현은 얼른 자신의 겉옷을 벗어 해영에게 덮어주며 119에 전화를 했다.

"조금만 참아, 이제 곧 구급차가 올 거야."

"형사님을, 형사님을 살려야 해요."

시곗바늘은 23분에 다다랐다. 해영과 수현은 함께 무전기 주파수를 바라봤다. 그러나 무전기는 불빛도 들어오지 않고 주파수도 흔들리지 않았다. 그렇게 조용히 11시 23분을 넘어가고 있었다.

김성범의 말대로 재한은 포기하지 않고 박선우의 변사사건을 은밀히 조사하고 있었다. 미국 법의학연구소에서 DNA 결과지를 받은 건 2000년 7월 29일이었다. 재한은 그날 바로 조심스럽게 사건을 논의하던 오재선 검사에게 전화를 했다.

"검사님, 이재한입니다. 증거 확보했습니다. 예, 서울청 김범주 형사과장이 저지른 살인사건을 입증할 증겁니다. 알겠습니다. 한 시간 후에 사무실로 가겠습니다."

전화를 끊고 재한은 서류 봉투 안에 넣어놓은 빨간색 목도리가 찍힌 사진과 그 목도리에서 검출된 혈액성분 및 DNA 검사 결과지를 다시 확인했다. 비장한 각오로 경찰서를 나서며 동료 형사에게 좀 나갔다 오겠다고 말을 건네는데 갑자기 사무실로 다른 형사가 뛰어들어오며 말했다. 애가 사라졌다고 했다. 유괴사건이라고. 진양초등학교 김윤정이란 아이의 납치 소식이었다. 굳은 얼굴로 형사들이 부산하게 움직이기 시작했다. 진양초등학교에 연락하고 납치장소를 확인했다. 사무실에는 긴장감이 흘렀다. 서류 봉투를 내려보던 재한은 어쩔 수 없다는 듯 봉투를 서랍 안에 집어넣고 동료에게 말했다.

"가서 신고전화 확인해. 초등학교 쪽은 내가 맡을게."

기본적인 수사를 진행 중인 강력계 형사들 사이로 반장의 목소리가 들리며 강력계 사무실 문이 열렸다.

"김윤정 유괴사건을 지원하러 서울청에서 김범주 형사과장님이 직접 오셨다. 이제부터 이 수사 지휘는 과장님이 하실 거다."

오랜만에 서로 마주한 김범주와 재한의 시선이 팽팽했다. 김범주의 뒤에 안치수도 서 있었다. 그때 전화가 울리고 화은동 카페 피렌체로 돈 5천만 원을 가지고 오라는 범인의 협박편지가 도착했다는 소식이 들려왔다. 김범주는 재한에게서 시선을 떼지 않은 채 수사를 지시했다.

"관할서 강력팀은 현장 출동해서 수상한 사람은 없는지 지켜보시고, 서울청 팀은 손님으로 잠입한다. 인사는 나중에 합시다. 움직여!"

형사들이 흩어져 출동 준비를 하고, 재한은 그런 형사들 사이에서 차갑게 김범주를 노려보다가 사무실을 뛰쳐나갔다. 모두 수사를 위해 나가고 혼자 남은 김범주는 재한의 책상으로 천천히 다가갔다. 책상

위를 훑고 서랍을 하나하나 열었다. 드디어 마지막 서랍, 김범주가 찾고 있던 그 서류 봉투를 발견했다.

"서영공원 현장 다녀오겠습니다."

인적이 거의 없는 복도 끝에서 창밖을 바라보며 서 있는 김범주에게 안치수가 다가와서 말했다. 김범주가 나직이 입을 열었다.

"아니. 넌 따로 할 일이 있어. 내가 그깟 유괴범 하나 잡자고 널 데려왔을 것 같아? 이재한 뒤를 밟아."

"예?"

"이재한이 인주 사건 진범을 눈치챘어."

안치수는 당황했다. 그럴 리가 없다. 완벽하게 조작했는데, 그걸 어떻게 알았을까. 이미 다 끝난 일이었다.

"장태진을요? 하지만 증거가 없을 겁니다."

"아니, 증거가 남아 있었어."

"그럼 혹시 박선우가 이재한 형사를 찾았던 게 그것 때문입니까?"

"맞아. 사건현장에 남아 있던 빨간 목도리, 그걸 이재한이 가지고 있어. 벌써 미국 쪽에 보내서 증거물 감식까지 끝낸 모양이야."

안치수는 놀라움을 넘어서 두려움이 밀려왔다. 그 조작에는 자신도 가담되어 있었다. 김범주는 재한의 뒤를 밟으라고 지시했다. 안치수는 조심스럽게 말했다.

"이재한을 미행한다고 해결책이 나오겠습니까? 차라리…."

"이 새끼가! 차라리 뭐? 차라리 진범을 밝히자 이거야? 수사 조작한 게 드러나면 그동안 먹은 거 다 토해내고 바로 옷 벗어야 될 텐데. 너 같은 시골 촌놈이 그 나이에 변변한 직장이나 구할 수나 있을 거 같아? 네 딸 병원비는 뭘로 낼 건데?"

안치수의 표정이 급격히 어두워졌다. 딸은 자신의 일부였다. 병으로 고생하는 딸을 위해 형사의 자존심도 양심도 다 팔았다. 그러니 이제 와서 모든 걸 물거품으로 만들 순 없었다.

"수단과 방법을 가리지 말고 그놈이 가지고 있어서는 안 되는 걸 가져와!"

안치수가 김범주의 사주를 받았단 사실을 모르는 재한은 여전히 인주 사건에 매달렸다. 8월 3일, 그날따라 재한은 마음이 급했다. 서형준의 카드 명세서와 모니터 옆에 붙여놓은 '8월 3일 선일정신병원'이라고 적힌 메모지를 챙겼다. 막 나가려는데 정복을 입은 수현이 들어왔다. 그날은 수현이 전입 온 첫날이었다.

"밥 먹었냐? 날을 잡아도 참 잘 잡는다. 이런 날 전입을 오고."

"선배님, 그때 제가 한 말⋯."

"금방 해결될 것 같다. 다 끝내고 그때 얘기하자."

재한은 수현의 어깨를 한 번 토닥이며 지나갔다. 그러고는 멈춰서서 한마디를 덧붙였다.

"꼭 돌아온다. 금방 올게."

잠시 후 선일정신병원에 도착한 재한은 병원 뒤편 맨홀 안에서 서형준의 시신을 발견했다. 마침 치지직, 무전의 주파수가 흔들렸다. 재한은 안주머니에서 얼른 무전기를 꺼냈다.

"박해영 경위님. 박해영 경위님?"

아무 대답이 없었다.

"아니면 쩜오, 너냐?"

재한은 손전등으로 맨홀 안을 비치며 무전을 계속했다.

"여기 네가 얘기한 선일정신병원이야. 건물 뒤편 맨홀에 목을 맨 시신이 있어. 김윤정 유괴사건 용의자 서형준 시신이야. 그런데 엄지 손가락이 잘려 있어. 누군가 서형준을 죽이고 자살로 위장한 거야."

그때 무전기 너머 첫 무전을 받고 당황한 해영의 목소리가 들려왔다.

"당신 누굽니까? 그게 무슨 소리예요? 선일정신병원이요? 거기 어디예요?"

"박해영 경위님?"

순간 퍽, 재한은 뒤통수를 둔기에 얻어맞았다. 정신을 잃고 재한이 쓰러졌다.

"이재한, 이재한! 정신 차려!"

머리에 피를 흘리며 천천히 눈을 뜬 재한의 시야에 낡고 허름한 폐창고가 들어왔다. 공간 한쪽에 쓰레기를 태우고 있는 드럼통이 보였다. 정신을 차리고서야 재한은 손이 뒤로 묶여 있다는 걸 알 수 있었다.

"정신이 들어?"

재한은 그곳에서 자신에게 말을 거는 안치수를 바라봤다.

"인주 사건 진범을 밝힐 증거, 빨간 목도리 어디 있어? 그 증거 내

놓고 이제 그만해. 이 형사가 아무리 그런다고 해도 달라지지 않아."

"김범주가 그래요? 인주 사건을 밝힐 수 있는 증거 갖고 오라고? 그 빨간 목도리, 인주 사건뿐만 아니라 김범주 과장이 선우를 살해했다는 증거야. 알아!"

안치수는 소스라치게 놀랐다. 거기까지는 몰랐었다. 그저 장태진의 죄를 덮어주기 위해 박선우에게 누명을 씌웠고, 그걸 못 견딘 아이가 자살했다고만 믿었다.

"그게 무슨 소리야? 박선우는 분명히 자살했는데…."

충격을 받은 안치수가 휘청거리는 순간 적막한 폐창고에 발자국 소리가 들렸다. 김범주와 김성범이었다. 김범주는 멍하게 서 있는 안치수에게 뒤로 빠지라고 했다. 안치수는 여전히 믿기지 않는다는 듯 말했다.

"이게 무슨 소리죠? 선우가 자살이 아닙니까?"

"빠지라고."

김범주가 차갑게 말하자 김성범이 안치수를 뒤로 끌어냈다. 그리고 천천히 재한의 앞으로 다가와 앉으며 재한의 책상 서랍에서 꺼낸 서류 봉투를 보여줬다.

"나를 잡아보겠다? 네 까짓게 감히 나를?"

김범주가 이글거리는 눈빛으로 당장이라도 죽일 듯 분노를 쏟아낼 때 재한은 뒤로 묶인 손으로 바닥을 더듬어 큼직한 유리 조각을 집어 들고는 조용히 손목을 동여맨 밧줄을 끊기 시작했다.

"그래도 노력은 가상하더군. 그 증거물은 어떻게 손에 넣은 거야?"

재한은 여유로운 얼굴로 비웃으며 말했다.

"세상이 항상 당신 편하게 돌아가진 않거든."

김범주는 살의 가득한 얼굴로 말했다.

"그때나 지금이나 그 목도리, 그게 문제야. 그렇지?"

"결국 죽어서 돌아왔어요. 15년을 기다렸는데… 선배님 죽는다고요!"

미래에 있다는 수현에게 무전으로 그 말을 들었을 때 재한은 허탈했다. 죽는다는 말에, 다시는 사랑하는 사람들을 만날 수 없다는 말에 잠깐 무너졌다. 그러나 이내 정신을 가다듬고 생각을 정리했다. 그러고는 비장한 표정으로 중얼거렸다.

"미래는 바꿀 수 있다. 내가 바꾸면 된다."

재한은 차를 몰고 인주로 향했다. 박선우가 강혜승 사건의 증거로 찾았다고 한 것은 빨간색 목도리였다. 박선우가 시신으로 발견됐을 때 바로 집에 들어가 뒤졌지만 목도리는 나오지 않았다. 김범주가 가져간 게 분명했다. 재한은 최대한 집중해서 추리를 시작했다.

치밀한 김범주 성격상 사람들의 눈에 띄게 아무 데나 버리거나 태웠을 리는 없다. 박선우를 죽인 범죄현장에서 한시라도 빨리 벗어나야 했으니 인주에선 처리하기 힘들었을 것이다. 그렇다고 경찰청까지 가지고 오는 것은 큰 위험부담을 안게 된다. 재한은 자신이 생각하지 못한 변수를 떠올리기 위해 애썼다. 마침 휴게소를 지나고 있었다.

"휴게소!"

박선우가 죽고 김범주에게 따지기 위해 찾아갔을 때 책상 한쪽에 '세인약국'이라는 상호가 적힌 비닐봉지가 놓여 있었다. 익명의 사람들이 드나드는 곳이자 그들이 버린 쓰레기에 섞여 한번 실려가면 찾을 수 없는 곳. 인주에서 서울까지 오는 곳에 위치한 휴게소. 세인휴게소였다.

재한은 핸들을 돌려 서울 방향 세인휴게소로 진입했다. 여행을 떠나온 사람들, 떠나는 사람들로 휴게소는 붐볐다. 재한은 서둘러 약국 앞 휴지통을 찾았다. 휴지통은 비운 지 얼마 되지 않은 듯 깨끗했다. 휴게소의 모든 휴지통을 찾아다녔지만 마찬가지였다. 재한은 지나는 청소부를 붙잡고 휴지통을 언제 비웠는지 물었다. 그리고 그 쓰레기는 이미 쓰레기 재활용센터로 실려가 있었다.

다시 차를 몰고 쓰레기 재활용센터로 갔다. 눈앞에 산처럼 시야를 다 가릴 만큼 어마어마한 양의 쓰레기봉투가 쌓여 있었다. 쓰레기는 계속해서 실려왔다. 재한은 무작정 달려들어 눈앞에 보이는 것부터 봉투를 열어 뒤졌다. 밤을 새워서라도, 아니 몇 날 며칠이 걸려도 꼭 찾겠다고 다짐했다. 이대로 박선우를 억울하게 보낼 수는 없었다. 열고 또 열어도 목도리가 없었다. 이 봉지에도, 또 저 봉지에도. 그냥 쓰레기뿐이었지만 재한은 미친 사람처럼 쓰레기봉투를 열어 뒤지고 또 뒤졌다.

"여기서 뭐 하시는 겁니까?"

센터 직원의 말에도 아랑곳 않고 재한은 계속해서 봉지를 뜯었다.

"아니 여기서 뭐 하는 거냐고. 내 말 안 들려요?"

"아, 잠깐만 나봐요. 꼭 찾을 게 있습니다."

"아니 이 사람이. 이 쓰레기 더미 속에서 뭘 찾겠다는 거예요. 그리고 이렇게 막 헤집어놓으면 안 되지. 아, 빨리 나가. 나가요!"

"찾아낼 겁니다. 찾고야 말 거예요!"

직원과 승강이를 벌이는 모습을 리어카에 폐지를 가지러 온 할머니가 물끄러미 바라봤다. 재한은 직원을 뿌리치고 다시 쓰레기 더미로 달려가다 멈칫했다. 할머니의 목에 빨간색 목도리가 둘러져 있었다.

"그 목도리 할머니 거예요?"

"멀쩡한 걸 버렸길래 주운 건데."

찾았다. 재한은 할머니에게 사정을 설명하고 목도리를 가져왔다. 그리고 투명한 증거물 봉투에 목도리를 넣고 국과수로 갔다. 꼭 밝혀내겠다는 의지로 증거물을 쥐고 걸어가는데 김범주의 끄나풀인 형사가 직원과 이야기를 나누고 있었다.

재한은 다른 방법을 고민하다 미국의 법의학연구소로 직접 목도리를 보냈다. 소포 안에는 선우의 DNA 샘플도 함께 들어 있었다. 한참 뒤 미국 법의학연구소에서 검사지를 첨부한 메일이 왔다. 사전을 뒤져가며 한 글자 한 글자 밤을 새워 검사지 내용을 확인한 재한에게는 또 한 번의 넘어야 할 산이 있었다. 검사지에는 '보내준 목도리에서 여성 두 명의 DNA 검출, 후면에서 신원 미상 남자의 정액 검출, 박선우의 혈액 검출, 박선우 외 또 다른 남자의 혈액 검출'이라고 쓰여 있었다. 또 다른 남자의 신원확인을 원한다면 비교 샘플이 있어야 한다는 문장을 보며 재한은 시간이 걸리더라도 다시 한 번 미국 법의학연구소에 의뢰해보기로 했다.

다음날 재한은 서울청 형사과장실로 김범주를 찾아갔다. 멀리서 지켜보면서 김범주가 외출할 때를 기다린 것이다. 순경은 과장님이 안 계시다며 방에 들여보내주지 않았다. 재한은 고마워서 음료수를 사들고 찾아왔다면서 간단히 메모만 남기고 가겠다며 방으로 들어갔다. 순경이 보지 않게 김범주가 피던 담배꽁초를 증거물 봉투에 넣고, 얼른 다른 이름을 적어놓고 나왔다. 그리고 담배꽁초를 보내 다시 한 번 의뢰하자, 김범주의 DNA가 목도리에서 검출된 혈액샘플과 일치한다는 검사 결과를 받은 것이다.

김범주는 박선우에게 신경안정제를 먹이고 그의 동맥을 칼로 그은 뒤 자살로 위장하기 위해 그 칼에서 자신의 지문을 지우고 박선우의 지문을 묻히려 했었다. 하지만 아직 의식이 희미하게 남아 있던 박선우가 김범주의 손을 치면서 칼에 손이 베였고 이때 목도리에 김범주의 피가 함께 묻은 것이었다.

"이거 또 누가 알고 있냐? 다시 한 번 묻자. 이 사실을 오재선 검사 말고 다른 사람도 알고 있나?"

폐창고 안에 김범주의 말이 울렸다. 김범주는 재한 앞에 검사지를 흔들었다. 재한은 믿었던 검사의 배신에 얼굴빛이 어두워졌다. 미리 얘기해두었던 검사한테 전화를 했는데, 그곳까지 김범주의 손이 뻗어 있었던 것이었다. 김범주는 피식 웃으며 말했다.

"아, 오 검사만 알고 있는 걸 내가 어떻게 아냐고? 어차피 세상이 그래. 다들 한통속인 거 아직도 몰랐어? 마지막 기회다. 포기해. 모든 걸 포기한다고 약속한다면 나도 여기서 그만두지. 나도 현직 경찰을 죽이고 싶진 않아."

"아니. 당신 어차피 날 살려둘 생각이 없거든. 맘대로 해. 그렇게 해."

죽음을 앞두고도 담담한 재한의 뜻밖의 태도에 김범주는 굳은 얼굴로 말했다.

"네가 포기할 생각이 없는 거겠지."

재한은 그런 김범주를 보며 쓴웃음을 지었다. 김범주는 검사지가 든 봉투를 쓰레기를 태우고 있던 드럼통에 던져버렸다. 그리고 김성범에게 지시했다.

"해치워."

그러자 충격에 빠져 둘의 이야기를 듣고만 있던 안치수가 김성범을 막아섰다.

"안 돼. 증거만 없애면 되는 거 아닙니까."

"답답한 소리 그만해. 어차피 데이터는 미국 쪽에 있어. 검사 결과 다시 보내달라고 요청하면 끝이야."

"하지만 아무리 그래도 이건 아닙니다. 어떻게 같은 동료를⋯."

"동료? 쟤가 널 동료로 생각할 것 같아? 저 새끼 살려두면 너도 나도 다 죽어."

둘이 말다툼을 벌이는 사이 재한은 혼신을 다해 밧줄을 끊었다. 그리고 다가오는 김성범에게 일어서 박치기를 했다. 김성범은 잠시 흔들렸지만 곧 균형을 잡고 재한에게 덤벼들었다. 김범주는 안치수가 막고 있었다.

"과장님, 안 됩니다."

"미쳤어! 저 새끼를 여기까지 끌고 온 건 바로 너야."

재한은 죽을 힘을 다해 김성범과 싸웠다. 그러다 김성범의 칼에 배를 찔렸다. 고통이 밀려왔다. 그러나 이를 악물고 참았다. 재한은 피를 흘린 채로 김성범에게 달려들어 그를 밀치고 무전기를 챙겨 창고 문 쪽으로 달려나갔다.

"뭐 해! 잡아!"

김성범이 뒤쫓으려고 하자 안치수가 그 앞을 막았다.

"과장님, 제발요."

그런 안치수의 얼굴에 주먹이 날아왔다. 김범주였다.

"정신 차려! 만약 이재한이 여길 빠져나가면 넌 납치에 뇌물수수에 몇 년은 감방에서 썩을 거고, 그럼 네 딸은 죽어."

안치수는 흔들렸다.

"선택해. 이재한이야, 딸이야? 선택해!"

온몸을 바들바들 떨던 안치수는 천천히 몸을 돌려 재한을 잡기 위해 달려나갔다. 김성범이 뒤쫓으려고 하자 김범주는 마지막은 안치수가 끝내게 하라고 일렀다. 김성범은 고개를 끄덕인 뒤 둘을 따라 나갔다. 재한은 나무 뒤에 숨어 숨을 골랐다. 고통을 참으며 어떻게든 그곳을 빠져나가겠다고 다짐했다. 자신이 죽으면 모든 게 미제로 남게 될 것이다. 인주 사건도, 박선우 사건도. 그리고 죽을 수 없는 또 하나의 이유, 차수현. 재한은 무전기 너머 울부짖던 수현을 떠올렸다.

'나한테 기다리라고 했잖아! 그래서 얼마나 기다렸는데….'

재한은 이를 악 물었다.

"꼭, 돌아간다."

구급차에 탄 해영의 얼굴은 당장이라도 숨이 끊어질 듯 창백했다. 수현은 그런 해영을 걱정스럽게 바라봤다. 그 순간 구급차 안으로 살랑, 바람이 들어왔다. 고통 속에서도 해영은 수현의 머리카락을 살짝 흔드는 그 미세한 바람을 감지했다. 바뀌었다.

"박해영, 괜찮아?"

"바뀌었어요."

"금방 병원에 갈 거야. 조금만 버텨."

해영은 수현의 손을 잡았다.

"무전이 바뀌었어요. 예전에 내 첫 무전 때 형사님한테 선일정신병원에 가지 말라고 한 건 나였다고 했어요. 그런데 이번에 선일병원 얘

이재한 실종사건   263

길 한 건 내가 아니라 차 형사님이에요."

"그게 무슨 소리야."

"무전 내용이 바뀌었으니까 과거도 바뀌었을 수 있어요. 이재한 형사님과 마지막으로 만난 게 언제죠?"

"8월 3일, 김윤정 유괴사건을 수사한다고 나간 게 마지막이었어."

"예전하고 똑같아요? 뭐라도 바뀐 건 없어요?"

수현의 기억에 바뀐 건 아무것도 없었다. 수현은 천천히 다시 생각해봤다. 분명히 있을 거야, 분명히. 기억을 더듬던 수현은 마침내 달라진 기억을 찾아냈다.

"네 말이 맞아, 선배님과 마지막 기억이 바뀌었어. 전에는 선배님이 다 끝나면 그때 얘기하자고 하고 나갔는데, 아니야. 나한테 꼭 돌아온다고 말했어. 꼭 돌아오겠다고. 기억이 변했어. 분명히 주말까지 기다리라고 했었는데 금방 끝난다고, 꼭 돌아온다고 했어."

"과거는 이미 바뀌었어요."

해영과 수현은 떨리는 시선으로 희망과 기대를 나눴다. 해영은 포기하지 말라고 했던 재한의 목소리를 기억하며 정신을 잃었다. 구급차가 병원에 도착하고 해영은 응급처치실로 보내졌다. 의료진이 총을 맞고 정신을 잃은 해영의 몸에 심폐소생술을 실시했다.

정신이 흐릿해져가던 해영은 안간힘을 다해 자신의 진심을, 간절함을 무전 없이 전달하려고 애썼다.

'11시 23분, 형사님이 죽은 그 시간. 죽음에 대한 두려움보다 모든 사건이 미제로 남는 게 힘들었던 거죠? 그 간절한 마음으로 내게 무

전을 보낸 건가요? 형사님, 그러니까 그 의지로 살아주세요. 무전이 아닌 형사님의 의지로.'

해영은 몇 번이고 되뇌었다. 재한이 죽기 전 무전기 너머 마지막으로 했던 말처럼.

'포기하지 말아요.'

응급실을 울리는 삐 소리와 함께 해영의 심장이 멈췄다.

재한이 꼭 돌아가겠다고 포기하지 않겠다고 거듭 다짐했던 8월 3일 11시 23분. 안치수는 산비탈에서 미끄러져 피투성이가 된 재한을 향해 총을 겨눴다.

탕.

안치수가 어깨에 피를 흘리며 쓰러졌다. 멀리서 그 모습을 바라보던 김성범의 관자놀이에 총구가 와닿았다.

형사기동대 형사들은 쓰러진 안치수를 제압하고 수갑을 채웠다. 김성범도 피해가지 못했다.

"왜 이렇게 늦었어!"

"휴대폰 위치추적이 정확히 나오냐? 우리도 한참 헤맸어."

"김범주! 김범주 과장 빨리 잡아!"

재한의 말에 형사들은 폐창고 안으로 뛰어들어갔다. 그러나 김범주는 이미 도주한 상태였다. 한 무리의 형사들이 김범주를 좇고 나머지 형사들이 재한을 부축했다. 온몸이 너덜너덜해져 일어나기도 힘겨웠다. 그 와중에도 재한은 잊지 않고 부탁했다.

"야, 나 저기 가야 할 데가 있다."

성치 못한 몸을 끌고 병원보다 먼저 간 곳은 수현의 집 앞이었다. 소식을 들은 수현이 미끄러지듯 계단을 내려왔다. 재한이 부축을 받으며 구급차에서 내리자 수현이 달려와 울며 소리쳤다.

"선배님! 어떻게 된 거예요? 미쳤어요? 나한테 칼 든 범인 피하라 그러더니 이게 뭐예요, 도대체."

셔츠를 젖히며 피로 물든 몸을 어루만지는 수현을 재한은 아무 말 없이 와락 끌어안았다. 보고 있던 형사들이 차 뒤로 물러섰다.

"나, 나 약속 지켰다."

두 사람은 그렇게 구급차 앞에서 서로를 오래 안고 있었다. 다시는 헤어질 일이 없는 연인처럼.

긴 악몽을 꾼 듯 해영이 놀라 눈을 떴다. 자신의 방이었다. 해영은 구석구석 몸을 살폈다. 상처 하나 없었다. 어리둥절해 다시 주변을 둘러보자 밥상이 차려져 있었다. 조심스럽게 가서 보니 쪽지가 쓰여 있었다.

아프다 하길래 들렀다. 일어나는 거 보고 가고 싶었는데, 식당일 때문

에 먼저 가. 밥 꼭 챙겨 먹어. - 엄마

해영은 쪽지를 보고 놀라 다시 방을 돌아보다 흠칫했다. 벽에 가족 사진들이 걸려 있었다. 엄마 아빠와 함께 졸업식 때마다 찍었던 사진들이었다. 혼란스러운 해영의 기억이 다시 새롭게 맞춰졌다. 모든 것이 바뀌었다.

윤정이가 유괴됐을 때 전파상 앞을 지나다 본 텔레비전 화면에서 유괴사건의 진범인 정신병원 간호사가 체포됐다는 뉴스가 나오고 있었다. 그리고 그날 한 형사가 집으로 찾아왔다. 서류 봉투에서 종이를 꺼냈다. 증거물을 검사한 검사지라고 했다.

"선우가 그런 게 아닙니다. 선우는 인주 사건의 범인이 아니었습니다. 그리고 그 인주 사건의 진범을 찾으려고 노력하다가 살해당했습니다."

형사의 말에 해영의 아빠는 멍하게 아무 말도 못했고 엄마는 울었다.

"선우는 가족들이 함께 모여서 살기를 원했습니다. 그러다 죽임을 당했습니다."

그날 해영도 우는 엄마 옆에서 연신 눈물을 훔쳤다.

"죄송합니다. 선우의 죽음도, 인주 사건의 진범도 미리 밝혀내지 못해서. 죄송합니다."

형사는 고개 숙여 사죄하고 떠났다. 어린 해영은 그때 집을 나서

는 형사를 따라나왔다. 그리고 울면서 허리를 깊이 숙여 꾸벅 인사를
했다.

"경찰 아저씨, 감사합니다. 정말 감사합니다."

형사는 그런 해영을 물끄러미 보고 웃으며 떠났다.

다시 편집된 과거의 기억이 되살아나자 해영은 안도했다. 재한이
살아났다. 해영은 바로 재한 아버지의 시계방으로 달려갔다. 재한을
만나고 싶었다.

"시계 고치러 왔어요?"

외출에서 막 돌아온 듯한 차림의 재한의 아버지가 인기척에 재떨
이를 치우고 "어서 오세요" 인사를 하며 물었다. 자신을 기억하지 못
하는 것 같았다.

"이재한 형사님….."

"우리 아들을 알아요?"

"예, 형사님 지금 어디 계시죠?"

재한의 아버지는 담담한 얼굴로 말했다.

"젊은 양반이 어떻게 우리 애를 아는지는 모르겠는데 우리 애는 실
종됐어요. 벌써 15년이 넘었어요."

해영은 하늘이 무너지는 것 같았다. 바뀌었다, 분명. 과거가 달라
졌는데, 재한이 여전히 실종 상태라니. 인사를 하는 둥 마는 둥 시계
방을 나온 해영은 광역수사대 사무실로 달려갔다.

사무실에는 전담팀이 없었다. 팻말도 책상도 아무것도 보이지 않

았다. 처음 전담팀이 갔을 때처럼 창고 같은 분위기 그대로였다. 갑자기 들이닥친 해영을 광역수사대 강 형사와 문 형사가 이상하게 쳐다봤다. 황 의경이 다가왔다.

"무슨 일로 그러십니까?"

해영은 반가웠다.

"어어, 이거 어떻게 된 거야? 이거 왜 이렇게 됐지?"

다시 창고처럼 변한 장기미제전담팀 자리를 보며 말했다.

"어느 서 누구십니까? 저 아십니까?"

"나, 박해영… 경위…."

그때 강 형사가 와서 아무나 들어오는 데가 아니라며 나가라고 손짓했다. 해영은 자신의 주머니를 뒤져 경찰 신분증을 확인하니 서울청 북대문지구대 소속이라고 쓰여 있다. 이게 도대체 무슨 일인가.

해영은 이번에 진양경찰서를 찾아갔다. 계철과 헌기가 여전히 티격태격하고 있었다.

"분명히 어제 넘겼다니까요."

"아 글쎄 넘겼는데 왜 없냐고!"

"선배님이 간수 잘못하신 거 아닙니까."

"이게 꼬박꼬박 말대꾸는…."

그때 해영이 들어왔다.

"어허, 참 여기 그렇게 아무나 들어오는 데 아닌데…."

계철이 해영을 바라보며 말했다.

"아, 저… 차수현 형사님 계십니까?"

"차 형사는 무슨 일로 찾는데?"

"북대문지구대 박해영 경위입니다."

"경위? 이 사람아, 관등성명부터 대야지. 관등성명 안 댔다가 옷 벗은 공무원 있는 거 몰라?"

"급한 용무가 있어서 그러는데 멀리 가셨나요?"

"우리도 몰라. 갑자기 어디 갔는지 보이질 않아. 찾으면 우리한테도 연락 좀 줘요. 전화도 안 받고, 집구석에도 없고, 바빠 죽겠는데 도대체 어딜 간 거야. 정헌기, 암튼 감식 결과 한 번 더 보내줘."

해영은 자신을 전혀 못 알아보는 둘을 뒤로하고 어쩔 수 없이 지구대로 돌아갔다. 오랜만에 지구대에 들어서자 경사가 말을 걸었다.

"어, 쉬는 날에 왜 나오셨어요?"

해영은 말없이 자기 자리로 가서 서랍 안을 뒤졌다.

"왜요? 뭐 찾으시는데요?"

"그 무전기요. 낡고 배터리도 없는 무전기. 기억 안 나요?"

"무슨 말씀 하시는지."

"그때 내가 가지고 왔었잖아요."

"경위님이 무전기를 가지고 와요? 그런 적 없었는데."

해영은 지구대를 나와 다시 진양시로 가 껍데기집을 찾았다. 한구석에 앉아 재한이 앉았을 법한 자리를 무연히 바라보았다. 주인아주머니가 반갑게 말을 걸었다.

"뭘 그렇게 멍하니 쳐다보고 있어. 그때 그 꼬마가 벌써 소주 마실 나이가 됐어? 세월 참 빠르다."

"그게, 마지막이었어요? 그때 그 형사님이요."

"맞아, 여자 데리고 한 번 오고는 다신 못 봤어."

'형사님. 도대체 무슨 일이 있었던 겁니까?'

답답했다. 과거가 바뀌고 무전기가 흔적도 없이 사라졌는데 재한은 여전히 실종이었다. 해영은 쓴 소주를 들이켰다.

━━

수현과 재한의 첫 데이트 날이었다.

"그래도 명색이 첫 데이트인데 이러고 가겠다고?"

"왜? 데이트하다가 갑자기 호출 받을 수도 있는데, 하이힐 신고 뛰어?"

수민의 성화에 향수까지 뿌리고 카페에 앉아 있는 게 어찌나 어색하던지. 수현은 예쁘게 치장하고 나와 자연스럽게 앉아 있는 카페 안의 여자들을 보며 주눅이 들었다. 재한도 카페에서 단둘이 만나는 게 영 어색했는지 들어오자마자 수현을 데리고 나갔다. 무뚝뚝한 재한이 데리고 간 곳은 껍데기집이었다.

두리번거리며 앉아 있는 수현에게 껍데기를 굽던 재한이 한마디 했다.

"너 껍데기 싫어하냐?"

"아아뇨. 아, 맛있겠다."

수현이 마음에도 없는 소리를 하다가 물었다.

"여기, 선배님 단골집이에요?"

"난 아니고 내가 잘 아는 애 단골집이다."

재한을 기억하는 주인아주머니가 아는 척했다.

"그 꼬마애 만나러 오셨어요? 그 녀석 안 온 지 꽤 됐어요. 제 엄마 아빠랑 같이 살게 됐대요."

"압니다."

재한이 흐뭇해했다. 수현이 소주잔을 들고 슬며시 물었다.

"선배님, 아직도 김범주 과장 찾아다니세요? 선배님 하실 만큼 했어요. 이제 김범주 과장 다른 사람한테 맡기세요."

"김범주 과장도 장기 말에 불과해."

"무슨 말이에요?"

"진짜 벌을 받아야 될 사람은 따로 있다. 뒤에서 모든 사건이 그렇게 되도록 만든 사람. 진짜 잘못을 바로 잡아야 과거를 바꾸는 거고, 미래도 바꿀 수 있다."

수현의 설득에도 재한은 고집을 굽히지 않았다.

어느 날 외근을 나갔던 재한이 수현에게 다급히 전화를 했다.

"경진동이야. 거기가 확실해. 형기대 애들한테도 얘기해서 빨리 와!"

김범주를 찾았다고 했다. 경진동으로 오라고 했는데 도대체 경진동 어딘지 알 수가 없었다. 우선 수현은 형사기동대 형사들에게 연락을 했다. 한편 재한은 경진동에 있는 폐창고 앞에 도착했다. 총을 꺼내 들고 천천히 긴장된 걸음으로 창고 안으로 들어가는데 갑자기 누군가 재한을 덮쳤다. 김범주였다. 공격을 받은 재한이 쓰러지면서 총을 놓치자 김범주는 그사이 도주를 시도했다. 그러나 재한은 도망치는 김범주의 다리를 잡아서 쓰러뜨린 뒤 몸싸움 끝에 김범주의 멱살을 잡았다.

"얘기했지? 절대 가만두지 않겠다고."

"그래서 날 잡으면 세상이 바뀔 것 같아? 차라리 개가 돼서 사는 게, 세상이 개 같다고 불평하면서 사는 것보다 나아."

"아니, 당신이 아니라 다른 놈 잡아야 세상이 바뀌지. 인주 사건의 주범인 장태진의 큰아버지, 장영철 의원."

재한의 입에서 장영철 의원의 이야기가 나오자 김범주의 표정이 싸늘히 굳었다. 개처럼 충성했지만 개처럼 버려진 자신의 처지가 미칠 것같이 화가 났다. 재한이 소리쳤다.

"자기 조카가 어떤 개 같은 짓을 저질렀는지 뻔히 알면서 그걸 덮으려고 힘없는 아이를 죽인 그 개자식! 그놈 맞지?"

"그게 어때서? 그렇게 살았으니까 그만한 힘을 얻은 거야. 세상이 그래!"

"그래, 그게 문제인 거다. 또다시 몇 번이고 몇 십 번이고 똑같은 범죄를 저지르겠지. 힘으로 덮고, 돈으로 입 막고, 범죄를 조작하고! 그래서 내가 여기서 막으려는 거야. 내 손으로 처벌받게 할 거라고! 알아!"

멱살을 잡힌 채 김범주는 피식 웃음을 터뜨렸다.

"네가? 경찰도, 검찰도 심지어 청와대도 못 건드리는 사람이야. 한낱 강력계 형사가 뭘 어떻게 막겠다는 건데?"

"진양 신도시 재개발 비리. 그때 당신이 조작해서 넘긴 그 디스켓, 원본은 없겠지만 복사본이 있겠지. 없다고는 하지 마라. 너같이 비열하고 교활한 인간이 그딴 대책을 마련 안 했을 리가 없거든. 어딨냐, 디스켓!"

그때 밖에서 여러 대의 차가 거칠게 멈춰서는 소리가 들렸다. 당황한 김범주는 한쪽 구석에 놓인 가방을 바라봤다. 재한도 그의 시선을 좇았다. 쾅, 창고 문이 열리면서 검정 양복을 입은 사내들 여럿이 들이닥쳤다. 각목을 휘두르며 재한과 김범주를 공격했다. 각자 그들에게 저항했지만 역부족이었다. 김범주는 몸을 가눌 수 없을 만큼 만신창이가 된 상태에서도 가방을 지키려고 했다. 그러나 이내 사내들에게 끌려가 흠씬 두들겨맞았다. 결국 김범주가 피를 토하며 쓰러졌다. 재한도 정신을 잃을 뻔했지만, 사내들이 김범주에게 정신이 팔려 있는 틈을 타 유리창을 깨고 도망쳤다. 김범주의 가방을 꼭 부여안고. 아슬아슬하게 차에 올라타 뒤쫓아 나온 사내들 사이를 뚫고 폐창고를 빠져나갔다.

재한은 여기저기 상처를 입고 초췌한 몰골로 운전해 국도변에 차를 댔다. 몇 분 뒤면 사내들이 찾아올 것이다. 어딘가에 이 자료를 넘겨야 한다. 운전석 등받이에 힘없이 기대어 앉은 재한은 한 사람을 떠올렸다.

'박해영 경위님.'

그러나 무전기는 작동되지 않았다. 다른 방법을 찾아야 했다. 그 순간 검은 양복의 사내들이 달려와 각목으로 차의 앞 유리창을 내리쳤다.

그렇게 과거는 모두 바뀌어 있었다. 재한과 관련된 사건을 조사하던 해영은 놀라운 사실과 마주했다. 수사자료 화면에는 '경진동 폐창고 살인사건'의 내용들이 떠 있었다.

'2000년 11월 20일, 경진동 폐창고에서 전 서울청 형사과장 김범주 시신으로 발견'

'전신에 다발성 손상으로 보아 격렬한 몸싸움을 하던 중 살해당한 것으로 추측'

'살해 직전, 진양서 강력계 이재한 경사와 단둘이 접촉'

'현장에서 용의자 이재한의 혈액, DNA 다량 발견'

'2000년 11월 20일 이후 용의자 이재한 소재불명'

'13번 국도변에 용의자 소유의 자동차 버려진 채 발견'

'시효 만료로 수사종결'

비리 혐의로 쫓기던 김범주는 폐창고에서 시신으로 발견됐고 재한은 유력한 용의자로 수배됐지만 실종됐다. 해영은 생각했다. 재한이 중요한 증인이자 범인인 김범주를 죽였을 리 없다. 누군가 김범주를 죽이고 재한에게 뒤집어씌운 게 틀림없었다. 이제 그 누구를 찾아낼 차례였다. 해영은 무전기만 있다면, 어떻게든 방법이 있을 것 같았다. 그러나 둘을 연결해주던 무전기는 이제 사라지고 없다. 그러나 처음부터 무전기는 수단이었을지 모른다. 미제사건을 남기지 않겠다는 바람, 잘못된 현실을 바로 잡겠다는 의지, 포기하지 않겠다는 다짐. 형사 재한과 억울하게 형이 죽고 경찰이 된 해영의 간절함이 바꾼 현실이지 않았을까.

해영은 마침내 깨달았다. 무전기가 없어도 방법이 있을 거라고. 분명 재한이 어떤 메시지를 남겼을 거라고. 해영은 재한과의 만남을 처음부터 떠올렸다. 무전기를 통해 사건의 단서를 듣고, 또 가끔은 수현의 집에서 발견한 그의 수첩 속 메모에서 찾아내기도 했다. 그래, 수첩. 언제나 모든 사건은 그 수첩의 메모에서 시작됐다. 그리고 과거가 바뀌면 메모의 내용이 달라졌다. 그 안에 열쇠가 있을 것이다.

해영은 강력계 수현의 자리를 찾아갔다. 웬일인지 썰렁한 경찰서, 졸고 있는 형사를 피해 주인이 자리를 비운 책상에서 재한의 형사수첩을 몰래 가지고 나왔다. 맨 뒷장에는 예상을 빗나가지 않고 빛 바랜 메모지가 꽂혀 있었다. 해영에게 보내는 메시지일 것이 분명했다. 재한은 미래의 해영이 그 메모지를 볼 거라는 걸 알고 있었을 것이다. 천천히 메모지를 꺼내 펼쳐보니 휘갈겨 쓴 글씨가 있었다.

32-6.

해영은 감이 잡혔다.

'형사님이 내게 남긴 마지막 메시지. 다른 사람은 모르지만 나만이 알아볼 수 있는 숫자.'

"해영아, 여긴 웬일이야. 어제 아침에 잠간 보러 갔었는데. 몸은 좀 어때? 괜찮아?"

해영은 인주의 고향집에 살고 있는 평범한 엄마의 모습이 낯설었다. 불과 얼마 전만 해도 연을 끊다시피 하고 잘 만나지 않던 사이였다. 그런데 과거가 바뀌고, 지금 눈앞의 엄마도 마치 다른 사람인 것처럼 다정하게 자신을 대하고 있다.

"무슨 볼일이 있어서 온 거야?"

엄마는 먹을 것을 내오며 다정하게 물었다.

"하나 여쭤볼 게 있는데요. 저 어렸을 때 형 사건 해결해주신 형사님 있잖아요. 이재한 형사님. 혹시 그분이 여기 뭘 맡긴 게 있지 않았어요?"

해영의 엄마는 의아한 눈빛으로 해영을 봤다.

"그걸 네가 어떻게 알아?"

맞았다. 32-6은 인주의 고향집 번지수였다. 엄마는 장롱 깊숙한 곳에서 종이상자를 꺼내왔다. 어린 시절 해영과 박선우의 앨범과 일기장, 공책 등이 담겨 있는 상자였다. 엄마는 맨 아래서 '정현요양원'이라는 로고가 박힌 서류 봉투를 꺼냈다.

"그 형사님한테 전화가 왔었어. 우편물을 보낼 텐데 중요한 거니까 다른 사람한테는 절대 얘기하지 말고 자기가 찾으러 갈 때까지 꼭 좀 맡아달라고. 우리한테 엄청 고마운 분이시잖아. 그래서 지금까지 안

버리고 놔둔 거야. 언젠가는 찾으러 오시겠지 하고."

해영은 엄마에게 건네받은 서류 봉투를 들고 집을 나왔다. 그리고 차 안에 혼자 앉아 그 봉투를 열었다. 왠지 아무도 없는 곳에서 혼자 열어야만 할 것 같았다. 봉투 안에는 플로피디스켓과 편지 한 통이 있었다.

이 편지를 경위님이 읽게 될지는 모르겠네요. 하지만 부디 그렇게 될 수 있기를 바랍니다. 이 편지가 경위님께 연락을 할 수 있는 마지막 방법이니까요. 그때 내게 첫 무전을 얘기했던 거 기억합니까? 그때 나와 무전을 한 건 나를 모르고 있던 첫 무전 때의 박해영 경위님이었습니다. 결국 우리 사이 무전은 그렇게 돌고 돌았던 게 아닐까요? 하지만 내가 살아나고 난 뒤 더 이상 무전은 오지 않았어요. 언젠가 다시 오지 않을까 기대해봤지만 죽어야 할 내가 살아나서 우리 인연도 끊어진 건지 아직까지 무전기는 울리지 않고 있습니다.

그날 기억하십니까? 경위님이 아직 어렸을 때. 형이 죽고 제가 경위님의 형 박선우의 누명을 풀고 살해범을 밝혀냈다고, 늦어서 미안하다는 인사를 하러 집을 찾아갔을 때요. 저를 따라 나와 고개를 숙이며 울면서 경찰 아저씨, 감사합니다, 정말 감사합니다, 인사했었죠? 그날 그런 생각이 들었습니다. 정말 벌 받을 놈이 벌을 받지 않는다면 또다시 이런 일이 벌어질 수 있겠다는 그런 생각 말입니다.

동봉한 자료는 1995년 진양신도시 재개발과 관련된 비리가 담겨 있는 디스켓입니다. 이걸 누구에게 어디에 보내야 할지 많이 고민했습니다. 그런데 내가 사는 시대에는 그 누구도 생각나는 사람이 없었습니다. 그 누구에게 보내도 이것 때문에 그 사람이 위험해지거나 아니면 증거가 또다시 사라져버릴 것 같았거든요. 하지만 경위님이 사는 그 세상은 다르겠죠. 적어도 거긴 죄를 진 사람들이 합당한 벌을 받을 수 있는 세상이 됐을 거라고 믿습니다. 내겐 경위님이, 미래에 있을 당신이 마지막 희망입니다. 이 편지도 경위님께 하는 마지막 인사가 될 것 같네요. 잘 지내고, 건강하고 행복하길 바랍니다.

해영은 그의 편지에서 진짜 재한을 만난 것만 같았다. 그동안 진실을 밝히기 위해, 무고한 희생자가 더 이상 나오지 않게 하기 위해 그가 흘렸던 땀과 눈물이 느껴졌다. 해영은 플로피디스켓을 읽을 수 있는 중고 컴퓨터를 다른 사람 이름으로 구입해 그 내용을 다운받았다. 비리 문건의 내용은 그동안 진실이라고 여겨졌던 모든 것이 거짓이라는 걸 증명했다. 진양신도시 개발비리 문건은 장영철 의원을 비롯한 굵직굵직한 정재계 인사들이 신도시 재개발 과정에서 혈세 몇 십조 원을 착복한 사실이 적나라하게 드러나 있었다. 또 오경태의 인생을 망친, 죄 없는 은지가 죽어갔던 붕괴된 한영대교 건설 과정의 비리까지 담겨 있었다. 해영은 지체 없이 그 내용을 인터넷에 흘렸다.

머지 않아 대한민국은 비리 문건으로 연일 요동쳤다. 장영철은 언론의 집중 포화를 맞았다. 자필사인이 확인됐고 내부 문건이라는 의견이 나오는 와중에도 장영철은 당당했다.

"진양신도시 재개발 사업은 서민들의 주택난을 해결하고 지역경제를 발전시킨 혁신적이고 성공적인 도시개발 사업이었습니다. 그 사업을 비리로 매도하는 건 그 사업을 주도한 대한민국 정부, 대한민국 국민에 대한 모욕입니다."

터럭만큼의 잘못도 없다는 표정으로 장영철은 뻔뻔하게 언론에 자기의 의견을 밝혔다. 여론은 더욱 들끓었고 청와대에선 특검을 도입할 예정이라며 민심을 잠재우려 했다.

15년 전 사라진 형사가 가져간 문건이라는 걸 안 장영철은 측근들에게 무슨 수를 써서라도 찾아내라고 지시했다. 죄를 지은 사람이 합당한 벌을 받아야 하는 세상은 아직 가까이 오지 않은 듯했다.

재한이 원했던 일을 하고 해영은 한 바닷가 마을로 재한을 찾으러 갔다. 봉투에 찍힌 정현요양원의 주소지였다. 그곳에 단서가 있을 것 같았다.

"이거 이 우체국 소인 맞죠? 혹시 이 우편물을 누가 보냈는지 알 수 있을까요?"

2000년 11월 24일, 직원은 자신의 지역 우체국 소인이 맞다고 했지만 누가 보냈는지까지는 알 수 없다고 했다. 해영은 포기하지 않고 파출소로 향했다.

"실종된 사람을 찾는데요. 2000년 11월 24일 이후 이 근방에서 발견된 신원미확인 시신이나 백골사체 발견 기록 좀 확인할 수 있을까요?"

파출소장은 순순히 사건 기록을 건넸다. 꼼꼼히 기록을 확인했지만 재한은 없었다. 해영은 가슴을 쓸어내렸다. 그렇다면 어딘가에 살아 있을 수 있다. 재한이 아직 죽지 않았을 수 있다. 희망을 가지고 해영은 마을을 몇 번이고 돌았다. 분명히 단서가 있을 거라고 생각했는데 아무런 흔적을 찾을 수 없었다.

마을은 세상 일에 관심 없다는 듯 평온했다. 사람들은 조용히 하루를 시작할 준비를 하고 있었다. 그런데 그 사람들 사이로 눈에 익은 얼굴이 지나갔다. 수현이었다. 해영은 얼른 차를 세우고 수현이 들어간 카페로 따라갔다. 과거가 바뀌어 계절이나 헌 기처럼 자신을 알아보지 못한다면 어쩌나 싶었다. 수현은 카페 주인에게 재한의 사진을 보여주며 주변에서 본 적이 없는지 묻고 있었다.

"차 형사님? 나 기억나세요?"

수현은 아무 대답 없이 그저 해영의 얼굴을 바라볼 뿐이었다.

"정신을 차리고 보니 전담팀도 사라지고 아무도 날 기억하는 사람이 없었어요. 그래서 형사님을 찾으려고 진양서까지 갔는데 연락이 안 된다고 했어요. 계속 연락을 해보려고 했는데…."

"입력된 전화번호는 찾을 수 없었겠지."

수현은 해영을 기억하는 것 같았다.

"형사님도 그랬나요?"

둘은 테이블을 사이에 두고 마주 앉았다.

"그래, 너처럼 모든 게 바뀌어 있었어. 정신을 차리고 네가 실려간

응급실에 가봤지만 박해영이란 환자는 온 적도 없었대. 옥탑방에 가
봤더니 너네 어머님이 아파서 잔다고 그러셨어. 다행이었지."

"이재한 형사님은요?"

"기억나, 모두. 8월 3일 선일정신병원에 갔다 살아 돌아온 선배님
과 첫 데이트를 했었어. 그리고 경진동으로 오라는 게 마지막이었어.
분명히 선배님 유골을 확인했었는데 바뀐 상황에선 그런 기억은 전혀
없었어. 그 기억이 꼭 어제 같은데 선배님이 실종된 건 바뀌지 않았
고, 나는 15년째 여전히 선배님을 찾고 있어."

수현은 그리움 때문인지 자신의 처지에 대한 슬픔 때문인지 눈가
가 붉어졌다. 한동안 말을 하지 않고 창밖 바다를 응시했다.

"달라진 게 또 있어. 전화. 선배님이 실종된 뒤에 전화가 왔었어.
3개월 후였나. 나는 매일 국도변에 세워진 선배님 차량 사진을 보고
또 봤어. 뭔가 단서를 잡을 수 있지 않을까 하고. 사진을 보느라 정신
이 나가 있는데 전화가 왔어. 아무 말이 없었어. 수화기 너머 파도 소
리만 들렸지. 순간 직감했어. 아무 말도 하지 않았지만 선배님 맞냐고
소리쳤는데 전화는 그냥 끊겼어. 바로 전화국으로 전화를 해서 진양
서 강력1팀 내 자리로 전화를 건 발신지 추적을 부탁했지. 지금 우리
가 있는 이 마을에 있는 공중전화였어. 아무 말도 하지 않았지만 분명
선배님이었어. 아니 선배님일 거란 생각이 들었어."

"그 전화가 온 게 2000년 11월 24일인가요?"

"맞아!"

수현의 눈이 빛났다. 어쩌면 해영과 둘이 재한을 찾을 수도 있을

거라는 생각이 들었다.

"형사님이 그날 여기서 나한테 편지를 보냈어요. 중요한 증거물이 든 편지였어요. 우체국 기록은 1년마다 삭제돼서 누가 보냈는지 확인하진 못했지만 형사님이었을 거예요."

해영은 서류 봉투를 수현에게 보여줬다. 수현의 눈이 빛났다.

"여기가 맞어. 선배님은 분명히 이 근방 어딘가에 있었던 거야."

"15년 전에는 여기 있었겠죠. 하지만 지금은 아니에요. 이 편지를 왜 15년 전의 나한테 보냈겠어요. 형사님은 자기가 죽을 거라는 걸 알고 있었던 거예요. 그래서 이 증거물이라도 남기려고 일말의 희망을 안고 나한테 보낸 거예요."

"선배님이 죽었다는 증거는 없어."

"나도, 형사님이 살아있기를 바라요. 하지만 15년이라는 시간 동안 가족이나 동료에게 연락 한 번 없이 숨어 있을 사람이 아니잖아요. 살아 있었다면 분명히 그전에 연락을 했을 거예요."

"그럴 수밖에 없는 이유가 있었다면? 연락조차 할 수 없는 상황이었다면? 의식불명이라든가…."

해영은 어떻게든 재한의 존재가 살아 있다는 걸 믿고 싶어하는 수현이 안타까웠다.

"형사님…."

"선배님이 죽었다는 증거는 어디에도 없어. 그렇다면 살아 있을 수도 있단 얘기잖아."

말이 안 된다는 걸 누구보다 잘 알지만 그래도 수현은 끝까지 믿고 싶었다. 펑펑 울고 싶은 마음을 억누르며 고개를 숙인 수현은 서류 봉투에 찍힌 정현요양원의 로고를 보자마자 시선이 흔들렸다. 그리고 주머니에서 휴대전화를 꺼내 문자를 확인했다. '2월 5일 정현요양원에 절대 가면 안 돼.'라고 쓰인 문자였다.

"며칠 전에 받은 문자야. 심상치 않은 문자라서 전국의 정현요양원을 검색해봤지만 그땐 별다른 걸 찾진 못했어. 그 무전, 선배님, 나, 너, 이렇게 셋만 알고 있는 내용. 8월 3일 선일정신병원에 절대 가지 말라고 했던 그 무전 내용과 같아. 이런 작은 요양병원 같은 경우에는 신원확인 없이도 입원할 수 있어. 오랜 기간 은신도 가능하단 얘기지."

"하지만 이건 말이 안 돼요. 형사님은 계속 살인 혐의로 수배 중이었어요. 신용카드 한 장 쓸 수 없었을 텐데 15년 동안 어떻게 여기 숨어 있을 수 있었겠어요. 누군가 조력자가 없었다면 불가능합니다."

그래, 조력자. 재한은 가족이나 동료에게 연락을 안 했을 리 없었다. 그러다 해영은 과거가 변하고 재한의 생사를 확인하기 위해 시계방에 갔을 때 테이블 위 재떨이에 타다만 고속버스표가 생각났다.

"그래, 아버님이라면 충분히 가능해."

"만약 정말 이재한 형사님이 그 문자를 보냈다면… 거기에 가면 위험해요. 알잖아요. 형사님은 8월 3일 선일정신병원에 갔다가 죽임을 당했어요. 형사님은 계속 그 무전기를 가지고 있었어요. 우리와의 무전은 끊겼지만 또 다른 누군가와 무전이 닿았을 수 있습니다. 예전처럼. 미래의 누군가와 무전이 닿았고, 그 미래의 누군가가 2월 5일 정현요양원에서 위험한 일이 생길 거라고 경고를 한 걸 수도 있어요."

"아니, 반대일 수 있어. 선배님은 그 얘길 듣고도 선일정신병원에 갔어. 우리도 그럴 거라고 생각했다면, 그래서 그 메시지를 보냈을 수도 있어."

둘은 가보기로 했다. 함께 차를 타고 해안도로를 달려 정현요양원으로 향했다. 파도는 여전했다.

처음부터 말이 되지 않는 얘기였다. 배터리 없는 무전기에서 무전이 올 때부터 그랬다. 그러니 그 길의 끝에 뭐가 있을지 모른다고 생각했다. 해영은 미리 실망하지 않기로 했다. 한 번도 만나지 못했지만 가장 가까웠던 친구와 만나게 될지 아니면 뜻밖에 위험이 기다리고 있을지 아무것도 알 수 없다. 하지만 뭐든 괜찮았다. 해영은 바닷가를 달리며 생각했다.

'확실한 건 단 하나. 한 사람의 의지로 시작된 무전. 그 무전기 너머의 목소리가 내게 가르쳐준 한 마디. 포기하지 않으면 된다. 포기하지 않는다면 절대 처벌할 수 없을 것 같던 권력을 무너뜨리는 일도, 15년 동안 그토록 찾아헤맸던 사람을 만나는 일도 가능할 수 있다. 포기하지 않는다면, 희망은 있다.'

수현과 해영이 정현요양원에 다다를 무렵, 검은 양복의 사내들이 요양원에 들이닥쳐 병실을 마구잡이로 뒤지고 있었다. 그때 치지직, 어느 병실 창가 앞에 놓여 있던 낡은 무전기의 주파수가 움직였다. 그리고 그 옆 침대에서 한 남자가 천천히 일어났다. 재한이었다.

"과거는 바뀔 수 있습니다. 절대 포기하지 말아요."